ロメリア戦記

~魔王を倒した後も人類やばそうだから軍隊組織した~

有山リョウ
Illustration：コダマ

A History of the Romelia

contents

レイ
ロメリア
アル
エリザベート
アンリ王子

その時、二人の周囲に変化が起きた。

レイの体の周辺に気流が生まれ、アルの体からは熱が放出される。

気流は徐々に大きくなりつむじ風となり、アルの剣からは炎がほとばしった。

魔法！

間違いなく魔法の効果だった。二人に素質があることはわかっていたが、ここでその才能が開花した。

ロメリア戦記

~魔王を倒した後も人類やばそうだから軍隊組織した~

有山リョウ
Illustration:コダマ

A History of the Romelia

◆ロメリア・フォン・グラハム
グラハム家伯爵令嬢。アンリ王子の元婚約者。

◆アル
カシュー守備隊。ロメリア直属ロメ隊隊長。

◆レイ
カシュー守備隊。ロメリア直属ロメ隊副隊長。

◆アンリ・レウス・ライオネル
ライオネル王国の第一王位継承者。

◆エリザベート
救世教会公認聖女。アンリ王子の現婚約者。

第一章

～魔王を倒したら
婚約破棄された～

「ロメ、いや、ロメリア・フォン・グラハム伯爵令嬢。君とはもうやっていけない。君との婚約を破棄する。国に戻り次第別れよう」

アンリ王子に突然の婚約破棄を切り出されたのは、念願の魔王ゼルギス打倒に成功し、喜びの声も収まらぬ時であった。

よりにもよって今というか、今だからこそというか、宣言したアンリ王子の側《そば》には、救世《きゅうせ》教《きょう》の聖女エリザベートと、帰らずの森の賢者エカテリーナ、東方からやってきた女剣豪の呂《りょ》姫《き》が並び立ち、冷ややかな視線を私に向けていた。

一方的に婚約破棄を宣告されたが、私は少し呆れていた。

魔王を倒したといっても、ここは敵地のど真ん中だ。悠長にお喋《しゃべ》りしている時ではない。

「しかし王子、宿敵の魔王を倒したのです。その話は国に戻ってからでもいいのでは？」

十年前、魔王を名乗るゼルギスが魔族の軍勢を引き連れ、突如私達の住むアクシス大陸に現れた。竜の末裔《まつえい》を名乗る彼らは、自分達こそが大陸の覇者にふさわしいと、人類諸国家に対して宣戦布告をし、侵略を開始した。

初めて目にする魔族とその軍隊に、大陸の諸国家の対応は後手に回った。そして侵略が開始されて七年、多くの国が滅ぼされ、捕らえられた人々は奴隷となり、連れ去られた。

魔王軍の進撃は留まるところを知らず、戦火はついに我がライオネル王国にも迫った。

このままでは王国は滅びると、十五となり成人の儀式を終えたアンリ王子は単身魔王討伐の旅に出た。私は王子の婚約者として、止める両親の手を振り払い、王子の旅に同行した。

私達はいくつもの山を越えて大海を渡り、三年に及ぶ長い旅の果て、魔族が支配する魔大陸ゴルディアに足を踏み入れた。そして今、ついに魔王を討ち果たした。

魔王ゼルギスという領袖《りょうしゅう》を失い、これで魔王軍は崩壊する。私達は目的を達したのだ。

「悲願を達成した以上、あとは国に凱旋《がいせん》してから、話し合えばいいことでしょう?」

私としては婚約破棄の話など、故郷に戻ってからすればいいことだと思う。

「そうだ、だが君をその凱旋に加えるつもりはない。国に戻れば我々は英雄として迎えられるだろう。そのために戦ってきたわけではないが、それだけの苦労を私達は乗り越えてきた。でもロメ、君は何もしていないだろう?」

緑の宝石があしらわれた白銀の鎧《よろい》に身を固めたアンリ王子が、弾劾《だんがい》の指先を私に向ける。

「そうよ、戦えず、ただ王子についてきただけのくせに」

真っ白な絹に、金糸の刺繍《ししゅう》が施された法衣を着た聖女エリザベートが私に軽蔑《けいべつ》の目を向けた。

「足手まといのくせに、いつも後ろからあれしろこれしろと、いい加減うんざりだった」

つばの広い三角帽に、深い青のローブを着たエカテリーナが、蛇のようにねじれた木製の杖を私に向ける。

「今まで王子にどれだけ迷惑をかけてきたと思っているの?」

東方特有の幅広の刃を背負い、深い緑の武道着を着こなす呂姫が、柳眉《りゅうび》の間にしわを寄せて私を睨んだ。

彼女達の指摘は、半分ぐらいは事実だ。私にはアンリ王子や呂姫《りょき》のように剣で戦い、エカテリーナの様に魔法を放つことはできない。エリザベートのように治癒の力も持っていない。

それは服装にも表れている。王子や三人の女達は美しく立派な装備に身を固めているが、私はというと薄汚れたシャツに、茶色の胴衣とスカートが一体化した服を着ている。動きやすいが、ただの町娘と変わらない格好だった。腰に短剣を差してはいるが、これを戦いに使ったことはない。それ以外の装備といえば、背中の巨大な背嚢《はいのう》ぐらいだ。

身に着けている品でわかる通り、私の仕事は戦闘ではない。旅に必要な荷物を持ち、人々と交渉して補給を行い、進路や敵の情報を集めるなどの後方支援が主だった。

自分を過大評価するつもりはない。私でなくとも、目端の利く人間が何人かいれば代わりはできただろう。アンリ王子からしてみれば、戦った自分達が英雄であり、私の働きは脇役の仕事だと言いたいのだ。

だが私は自分の仕事を過小評価するつもりもない。王子達との旅は順調ではなかった。旅に出た頃は、私も王子も世間知らずで火のつけ方すら知らなかった。このままでは魔王と戦う前に野垂《のた》れ死《じ》ぬと、私は必死に旅に必要な知識や技術を習得し、王子達をここまで連れてきた。

王子達がいなければ魔王を倒せなかっただろうが、私がいなければ、王子は魔王の前に立てなかった。とはいえ、彼らが私の功績を認めないというのであれば、言っても仕方がない。

「しかし王子。私達の一存で、勝手に婚約を破棄していいのですか？」

私はアンリ王子に問い返した。

王族の結婚は政治的、軍事的な均衡の上に結ばれる。

我がグラハム伯爵家は、ライオネル王国の中でも大きな地位を占め、お父様は重臣に数えられている。私とアンリ王子との婚約は、王家と伯爵家の結束を内外に示すものであり、その婚約の破棄を、私達が勝手に決めていいものではない。

そのことを指摘しようとしたが、聖女のエリザベートが聖女らしからぬ声を上げた。

「はっ、そんなの親が勝手に決めたことでしょ。それに王子は以前の王子じゃないの。魔王を倒した英雄よ？　国内の冴《さ》えない伯爵令嬢なんかじゃ釣り合わないってことがわからないの？」

聖女の言葉に私は反応せず、ただアンリ王子だけを見つめて尋ねる。

「国王陛下には、王子からこのことを話していただけるのでしょうか？」

「ああ。もちろんだ。国王である父上や国の者達には、私から直接話そう」

アンリ王子の言葉に、私は素直にうなずいた。

正直に言えば、旅の途中から王子と私の心の距離は離れていた。

旅を出て半年と経《た》たないうちに、私達の旅は行き詰まっていた。すべては準備と知識の不足からくるものだった。私はこれではいけないと奮起したが、あの頃は私にもまだ余裕がなく、つい王子にはきついことを言ってしまい、関係はぎくしゃくした。

聖女エリザベートと出会ったのは、そんな時だった。彼女は美しく可憐《かれん》で、傷を治す『癒《いや》しの御業《みわざ》』を持っていた。アンリ王子は彼女を一目見て気に入ったし、エリザベートの目を見れば、彼女が王子に思いを寄せていることはすぐにわかった。

傷を癒してくれる相手に、人が親しみを覚えるのは当然のことだ。王子とエリザベートの関係は急接近した。その分だけ私とアンリ王子の距離は広がり、さらに旅の途中でエカテリーナと出会い、呂姫《りょき》が加わったことで、私と王子の断絶は決定的なものとなっていった。

エカテリーナは『帰らずの森の賢者』と呼ばれるほどの魔法の力を持ち、呂姫は東方から伝わる剣技を身に着けている。三人とも私にはない戦いの力を持っていた。王子は彼女達を気に入ったし、彼女達も王子のことを愛していた。

私と王子の関係は冷え切り、もはや私に家を飛び出した時の情熱は無かったが、それでも王子達について来たのには理由がある。

「しかし、王子。魔王を倒したとはいえ、王国には侵略のために遠征してきた魔王軍をはじめ、魔王の魔力により凶暴化した動物、魔物達も未だ多く残っています。魔族に捕らえられ、奴隷とされた人達もたくさんいます。彼らを救うため、国に戻ったあとも魔族を討伐しなければいけません。それらの戦いに私も同行しなくてよろしいのでしょうか？」

私がこの旅を続けたのは、ひとえに村を焼かれ、殺され、奴隷とされる人々を救うためだ。

「はぁ？　何の役にも立たないあんたが？」

「荷物持ちはもういらないの。いい加減にわかってくれない？」

「貴方《あなた》になにができるっていうのよ！」

三人の女達がまくしたてるが、私は王子だけを見て返答を待った。

「大丈夫だ、心配しなくても、僕達四人でやっていける。魔王だって倒したのだからな。格下の魔族や魔物なんて怖くもない」

王子は魔王を倒した戦果を誇るが、果たしてうまくいくのか、私は心の中で首を傾げた。

私はなにも、王子に対する恋心だけで旅についてきたわけではない。戦う力のない私がついていっても、足手まといになることは明白。ならばたとえ身が切られるような不安にさいなまれたとしても、耐えて待つことこそ婚約者の務めだと考えていた。

だが、アンリ王子が旅立つと知ったその夜。王子のために教会でお祈りをしていた時、荘厳な声とともに一つの奇跡を与えられ、旅についていくと決めたのだ。

奇跡の名は『恩寵《おんちょう》』。その効果は周囲にいる私の仲間に幸運と好調をもたらし、逆に敵対する者には不運と不調をもたらす。

自分自身にはなに一つ効果を発揮しないが、旅の間、王子達は常にこの『恩寵』の恩恵にあずかっていた。王子も最初のころは体の調子がいいことに驚いていたが、数日もすれば好調なことに慣れて当たり前となり、気にもしなくなっていった。

しかし『恩寵』の効果は侮れない。

戦いとは勢いで勝敗が決まるところがある。アンリ王子達はすでに好調な状態に慣れきっているが、敵対している相手にしてみれば、突然の不調に体の感覚がついていかず、小さな失敗が重なり本来の力を発揮できない。逆に好調続きの王子達は勢いづき、結果として戦いの流れを引き寄せることができた。

勢いに呑《の》まれ、魔王軍の歴戦の将軍や幹部。そして魔王ゼルギスでさえも抗いきれなかった。

だが私は、自分の持つ『恩寵《おんちょう》』のことを誰にも話していなかった。

『恩寵』の稀有な能力を考えれば、誰にも話すべきではないのだ。もし私が逆の立場でそのことを知れば、『恩寵』の能力者を捕まえ、座敷牢に閉じ込めて幸運を独り占めするだろう。

それゆえ、王子達は私の『恩寵』の力を知らない。

「わかりました。王子がそう言われるのなら、国に戻り次第、婚約は破棄しましょう」

『恩寵』なくしてうまくやれるかわからないが、王子がそこまで言うのならそれでいい。

私が引き下がったことに、聖女エリザベートが会心の笑みを浮かべる。婚約者の後釜《あとがま》を狙っている彼女にとって、ここでどうしても言質《げんち》が欲しかったのだろう。

「では王子。話が済んだところで、ここから脱出する準備をしましょう」

私は手を叩いて、話を切り替える。

いま私達がいるのは、魔族がひしめく魔大陸のど真ん中だ。首尾よく魔王を倒せたが、無事に脱出できなければ意味がない。本来なら婚約破棄の愁嘆《しゅうたん》場《ば》など演じている場合ではない。

「王子は魔王の首を切り落としてください。倒した証として持って帰る必要があります」

「あ？　ああ。わかった」

アンリ王子はうなずいてくれるが、首を持ち帰るという言葉にエリザベートが嫌悪感を示す。だが首級《しるし》を持ち帰るのは当然のことだ。

鱗《うろこ》で覆われ、巨大な牙が並ぶ魔王の首を王子が切り落とす。

首だけになっても、魔王は竜の末裔《まつえい》に相応《ふさわ》しい威容を見せている。しかし自身を竜の末裔としておきながら、なぜ竜王ではなく魔王を名乗ったのかは謎だ。

さらに私は魔王がいた部屋を漁《あさ》り、机の上にあった書類や日用品を次々に背嚢《はいのう》に入れていく。

「なに略奪なんかしているの、そんなことしている場合じゃないでしょ？」

エリザベートが文句を言うが、している場合だ。

「必要なことです。ああ、エカテリーナ。その魔王が使っていた杖は持って帰りましょう」

ゼルギスは魔王の名に相応しく魔法をよく使い、巨大な骨を加工した奇妙な杖を持っていた。魔王を知る者であれば、一目で魔王の杖とわかるだろう。ほかにも石のようなものや奇妙な道具、手帳など、かさばらないものなら片っ端から背嚢に詰め込んでいく。

「なぜそんな物まで、わざわざ持って帰る必要があるのよ」

「もちろん魔王を倒したことを、印象付けるためです」

呂姫《りょき》が問うので、私は答えながら今度は魔王の遺体を漁る。戦いのさなか転げ落ちた王冠や、ごつごつした指にはまっていた指輪、首飾りなども奪っておく。

「倒した証明など、この首一つで十分だろう？」

アンリ王子が魔王の首を掲げて言うが、私は首を振った。

「いいえ、そういう訳にはいきません。国の人間は魔王ゼルギスの顔を知らないのですよ？どうやってそれが魔王の首だと証明できるのです？」

「証明する必要などない。私が嘘を言うわけがないだろう」

アンリ王子は人を疑うことを知らない。そして自分が疑われるということも知らない。

「国の人間は、王子の言葉を信じるでしょう」

アンリ王子の体面を考えて一応そう言っておくが、実際はすんなりとはいかないだろう。国王陛下は信じて下さるだろうが、重臣の中には、信じない者も出てくるはずだ。

「ですが魔王の死を、広く国内外に示す必要があります」

私達の戦いは、戦争に勝つための戦いだ。魔王を倒しただけではだめなのだ。国内の人間のみならず、国外の列強各国や敵である魔王軍にも、魔王の死を伝えなければ意味がない。

「首級《しるし》以外にも、説得力のある材料が必要です」

首をさらすのは確かに効果的だが、すべての魔族が魔王と面識があるわけではない。地位の高い将軍ならば顔も知っているだろうが、大半の兵士は魔王を遠くから見たことがある程度だろう。首級が本物かどうかなどの判断はつかない。

魔王の署名が入った書類や手紙などはいい材料となるし、愛用の品があれば説得力が出る。死体を漁《あさ》っていると、首から小さな袋を提げていることに気が付いた。袋の中には小さな印《いん》璽《じ》が入っていた。

これは幸運。公式の書類に押す印璽ではないだろうが、肌身離さず持ち歩いているということは、緊急を要する命令書や手紙。数多い書類を処理するための略式の印璽だろう。印璽としての格は正式のものと比べて落ちるが、その分使用頻度は高く、目にした者も多いはずだ。印璽も奪っておき略奪完了。私は立ち上がって皆に声をかけた。

「よし、では逃げましょうか。ああ、首は私が持ちましょう」

王子から魔王の首の入った袋を受け取る。袋の底から血がにじみ出ていた。

「やっと？　ぐずぐずしている暇ないでしょ」

呂《りょ》姫《き》が文句を言うが、どうでもいい愁《しゅう》嘆《たん》場《ば》を始めたのは貴方《あなた》達ですよと言いたい。

「そうですね、急ぎましょう」

私の言葉に王子と呂姫が先頭を走り、エリザベートとエカテリーナが続く。最後尾を私がついていく。荷物が少し重いが、エリザベートとエカテリーナはそれほど足が速くないので、ついていくのはそれほど難しいことではなかった。

荷物を抱えて奇妙な建物内部を進む。ここは本当に奇妙なところだった。

私達が今いる場所は、魔王が住む城ではない。ゼルギスが建立した神殿だ。

魔王は時折この神殿に籠《こも》るらしかった。しかもその間、何者も近づけない。警備の兵士すら近くに寄せず、魔王だけとなる。

魔王を暗殺するには、絶好の機会といえた。

もちろん魔王も暗殺の危険を理解していた。神殿の内部は迷宮となり、いくつもの罠《わな》が仕掛けられている。内部をよく知る者でなければ、道に迷い罠にかかって、すぐに命を落としてしまうだろう。だが私達は別だ。

「王子、その三差路を右です。罠があるので左の壁に沿って移動してください」

私は後ろで、王子に指示を出した。

神殿の内部は複雑怪奇な迷宮だが、私は内部の情報を全て把握している。出入り口につながる順路だけではなく、罠の位置や回避する方法まで、すべてを記憶している。

「ロメリア、本当か？」

王子が問うので、私は懐から地図を取り出して確認した。やはり記憶に間違いない。

この地図には、神殿の内部の詳細が全て書かれてある。

「奴隷となっていた人達が作ってくれた地図に、間違いありません」

これら極秘資料をもたらしてくれたのは、魔族に捕まり、この大陸に連れて来られた人達だ。

魔王軍は人類の国々を滅ぼし、生き残った人々を捕らえ奴隷として、本国であるこの大陸に輸送している。

彼らは過酷な仕事を強制され、この神殿も石を引き、積み上げたと聞く。

だが辛い仕事の中でも彼らはくじけず、いつの日か魔王を打倒することを誓っていた。そして魔王の情報を集め、神殿の内部を書き写してこの地図を完成させた。

彼らのおかげで私達はゼルギスの行動予定を知り、神殿の中も安全に移動できる。奴隷達の協力が無ければ、魔王暗殺など夢のまた夢だっただろう。

「しかし、本当に魔王軍の兵士がいないわね」

迷宮のような神殿を駆け抜けながら、二番手を走る呂姫《りょき》がつぶやくように漏らす。

魔王が神殿に誰も近づけないおかげで、暗殺ができたばかりではなく、魔族達に魔王の死を気づかれていない。しかもゼルギスは昨日、この神殿に籠り始めたばかりだ。魔王は一度神殿に籠れば、何日も出てこないと言われている。運が良ければ魔王の死に気づかれるまで、数日はかかるだろう。十日が経《た》っても、気づかれないかもしれない。

これなら魔王の死が発覚する前に、魔大陸から脱出できる。

すべてはゼルギスの奇妙な行動のおかげだった。てっきり神殿の奥底で怪しげな儀式を行い、邪神にでも祈りをささげているのかと思ったが、ここはとても宗教施設には見えなかった。むしろこれではまるで……

考え事をしながら走っていると、神殿の入り口の近くまで戻ってこられた。

魔王が建立した神殿は、石が積み上げられ山のような形となっている。その外観は神殿というよりは、南方の砂漠にあると聞く、石造りの墳墓に似ていた。

巨大な正四角錐《すい》の形をしており、その頂点に、唯一の出入り口が存在する。

ここまで魔王軍の姿は無かったが、神殿の外には、魔王を守る近衛《このえ》兵がいる。暗殺を露見させないためにも、彼らに気づかれないように逃げなければいけない。

もちろん私は神殿の内部だけでなく、外の地形や兵士の配置も頭に叩き込んである。危険ではあるが、細心の注意を払えば問題ないはずだ。

私は脱出の手順を確認するため、周囲の状況を思い出した。

目の前にある角を曲がれば、すぐに神殿の出入り口が見える。入り口の両脇には近衛兵が二体、歩哨《ほしょう》に立っているはずだ。そこから先は長い階段が、神殿の麓《ふもと》までまっすぐ伸びている。麓には詰め所が一つ。ここには十数体ほどの近衛兵が詰めている。

神殿の敷地内には二十体にも満たない兵士しかいないが、敷地の外には常に千の近衛兵が巡回しており、神殿の周囲に作られた街には一万の兵士が守備を固めている。

蟻《あり》が這《は》い出る隙もない鉄壁の警備だが、こちらにはエカテリーナの姿を消す魔法がある。『無色の魔法《セロファア》』というものだが、これを使えばどれほど厳重な警備でもすり抜けられる。この魔法のおかげでここまで侵入することができたし、当然、脱出も容易だ。

脱出の段取りもすでに決めてあったはずだが、外へと続く手前の角で、王子と呂姫《りょき》が立ち止まり、手信号で注意を促す。

私が前を注視すると、扉のない神殿の出入り口からは、まっすぐ日の光が差し込んでいた。

だがその光を遮《さえぎ》る二つの影が、私達に向かって伸びる。

耳をすますと、武具がこすれる金属音と、足音が近づいてくるのが聞こえた。

敵兵！

敵の存在に、私の心臓が高鳴った。

神殿の入り口の前に、二体の近衛兵が歩哨に立っていたことは覚えている。だが彼らは中に入らないと聞いていた。なぜ？　もしや暗殺に気づかれたのか？

計画が大幅に狂ったことに、私は大量の汗をかいたが、魔族の動きにあわただしさはない。

固唾《かたず》を呑《の》んで近衛兵の動きに耳を傾けていると、地面を払うような音が聞こえてきた。

入り口から延びる影は棒のようなものを持ち、ゆっくりと地面を掃く仕草をしていた。その前では相方の兵士が跪《ひざまず》き、ごみを入れている様子がうかがえた。

私は安堵《あんど》の吐息が出そうになり、必死でこらえた。

どうやら魔王軍の近衛兵は、ちょっとした掃除もするようだ。魔王が神殿に籠《こも》っている間は、中に入れず掃除もできないのだろう。かといって魔王が出てきたとき、ごみがあっては問題になる。魔王を守護する精鋭の近衛兵が掃除をする姿は滑稽《こっけい》だが、魔王の死が気づかれていないのなら喜ばしいことだ。

掃除の音はすぐに止まり、足音が遠ざかっていく。掃除は入り口の周辺だけのようだ。

やり過ごせたことにほっと胸をなでおろしたが、なぜか王子と呂姫《りょき》が刃を抜き、互いにうなずきあっている。

ちょっと、待って。

止めようとしたが遅く、二人は勢いよく飛びだし、掃除をしていた兵士達に襲い掛かった。

相手は魔王を守る精鋭の近衛兵《このえ》だ。弱いはずもないが、この場に敵が潜んでいるとは思っておらず油断していた。さらに王子と呂姫の剣の腕はまごうことなき一流、美しさすら感じる剣捌《さば》きで斬り伏せ、二体の兵士を音もなく瞬殺した。

「なっ！　どうして殺したのです！」

私は責めずにはいられなかった。

「何よ、倒したんだからいいでしょ？」

呂姫が不思議そうな顔をして剣の血糊《ちのり》を払う。王子も私が責めたことに眉をひそめる。だがわかっていないのは彼らの方だ。

近衛兵は私達の存在に気づいていなかった。うまくやり過ごせたし、場合によってはエカテリーナの姿を消す魔法もあった。だというのになぜ殺したのか。

出入り口を守る兵士の不在に、他の兵士達はじきに気づくだろう。捜索が行われ、近衛兵の死体はすぐに発見される。侵入者がいると知れば、近衛兵は真っ先に魔王の安否を確認する。そうなれば魔王の死が露見し、暗殺犯を捕まえるための包囲網が敷かれる。

なぜそれがわからないのか。

アンリ王子もそうだが、特に呂姫はすぐに剣で物事を解決しようとする。敵がいればとりあえず斬り、倒してから考える。

瞬間的な判断を必要とする戦場では、それも一つの才能かもしれない。だが今この時は、その考え方が大問題を引き起こした。

だが今更言っても始まらない。今は一刻も早くこの場から立ち去らなければならなかった。

「エカテリーナ、今すぐ」

私はエカテリーナに、姿を消す無色の魔法《セロフア》をかけてと言おうとした。だが言い終わる前に、鳥の鳴き声のような言葉が神殿の外から聞こえてきた。

私は入り口まで駆けより、下から見えないように、首を伸ばして見下ろす。

神殿の麓《ふもと》では、詰め所から爬虫類《はちゆうるい》の顔をした近衛兵達が飛び出してきていた。十数体ほどの兵士が一塊になって、すごい速さで階段を上ってくる。明らかに異常事態に気づいた様子だ。早い、早すぎる。もしかしたら仲間に異常があれば、すぐに伝わる仕掛けか何かがあったのかもしれない。

後悔したが遅い。十数体の近衛兵は長い階段を一気に駆け上がり、槍《やり》を構え突撃してくる。

「私に任せて！」

魔法使いのエカテリーナが杖を構えて前に出る。杖には光の玉が生まれ、激しく発光する。

お願い、爆裂魔法だけはやめて！

私は止めようとしたが間に合わず、願いは爆音にかき消された。

帰らずの森の賢者と呼ばれるエカテリーナは、高い魔力を持ち、強力な魔法を駆使する。その威力は素晴らしく、階段を上ってくる十数体の兵士を一度に吹き飛ばした。そして爆音は地平線のかなたにまで届いただろう。

「楽勝♪」

エカテリーナは、踊るように木の杖を振り回す。

「それはいいから、早く無色《ゼロ》の魔法《ファ》をかけてください」

私はとにかく彼女に頼んだ。

「なんでよ？」

「なんでって、あれを見ればわかるでしょう？」

問い返すエカテリーナに、私は神殿の外を指差した。見下ろせば、数百の近衛《このえ》兵がこちらに向かってくるのが見えた。爆発音を聞きつけやってきたのだ。

エカテリーナはいくつもの魔法を習得しており、その魔力も強大だ。しかし森に籠《こも》り、実戦経験がこれまでなかった彼女は、魔法の選択をしばしば誤る。

あんな大きな音を出せば、近衛兵だけではなく、周辺にいた兵士の全てがここに集まることは少し考えたらわかるはずなのに、なぜその少しを考えてくれない。

「ばれてしまっては仕方がない。私があの敵を斬り伏せる。さぁ、来るがいい魔族共！　魔王を倒したこの私が相手だ」

アンリ王子は外套《がいとう》を脱ぎ捨てて、神殿の入り口に立った。剣を掲げ、緑の宝石をあしらった煌《きら》びやかな鎧《よろい》を太陽に反射させる。

その姿は、まさに神話に語られる英雄のごとき神々しい姿だったが、敵地に潜入し、暗殺しに来たのに目立ってどうする。

それに私達が姿を見せなければ、魔王に敵対していた魔族が暗殺した可能性も残せたのに、これで犯人が人間であることもばれてしまった。

「王子！　隠れて！」

私はすぐにアンリ王子の背中に外套をかぶせ、少しでも隠そうとしたが、もう遅いだろう。すぐにエカテリーナに指示する。

「早く無色《セロファ》の魔法を！　王子！　ここから逃げるのです」

それでもなお戦おうとする王子を無理やり引っ張り、私達はこの場から逃げ去った。

魔王軍の追跡は執拗《しつよう》を極めたが、辛くも逃げ延びた私達は、協力者が提供してくれた隠れ家に身を寄せていた。

しかしこの隠れ家は、快適とは言えなかった。

まず狭く暗い。五人と荷物を入れれば、満足に横になることもできない。明かりはエカテリーナが魔法で小さな光の玉を生み出してくれているが、光が漏れて隠れ家が発見されてはいけないため、大きな光は生み出せない。そして何よりこの隠れ家は、家畜小屋の下に穴を掘って作られているため、糞尿の臭いが充満していた。

「遅い！　遅いぞ！　あいつらは何をやっている！」

苛立ちながら、アンリ王子が不満の声を上げる。

協力者との取り決めでは、彼らは日暮れには隠れ家に顔を出す約束だった。

私は懐に手を入れ、懐中時計を取り出し、時間を確かめる。

職人が作った高価な一品だ。以前はお父様が使っていた物で、私の誕生日にせがんで譲ってもらった。この三年間の旅で、時計は傷や汚れが付いてしまったが、今も正確に時を告げてくれている。

「王子、まだ日暮れ前です。約束の時間までもう少しあります」

私は王子をなだめた。ここは静かに待つべきだろう。

しかし待つ時間というのは長く感じる。劣悪な環境であればなおさらだ。吐く息とともに、不機嫌さが充満していく。

不意に上から足音が聞こえ、空気を一瞬で凍てつかせた。

アンリ王子と呂姫《りょき》が腰を浮かして剣を抜く。エカテリーナも杖を持つが、私は手を伸ばしてその杖を押さえる。この狭い空間で魔法は危険だ。

足音が私達の真上で止まり、足踏みを二回、一回、三回。協力者の合図だ。合図の後、ゆっくりと頭上の板が取り外される。板の隙間から艶やかな黒髪をした女性と、小さな女の子の顔が見えた。

「ミシェルさん。セーラ」

ほっと一息ついて私は二人の名前を呼び、梯子《はしご》をかけて二人を迎えた。

「お姉ちゃん！　受け止めて！」

小さなセーラが梯子を使わず飛び降りてくる。私は慌てて手を差し伸べ受け止める。お転婆《てんば》な子だ。人のこと言えないけど。

「これ、セーラ。申し訳ありません、ロメリア様」

母親のミシェルさんが娘のセーラをたしなめ、私に謝罪するが、別に気にしていない。

「いいえ、ミシェルさん達にはお世話になりっぱなしで。こちらこそすみません」

彼女達は、魔王軍に祖国を滅ぼされ、奴隷として魔大陸に連れてこられた人達だ。

そして私達の協力者でもある。

魔大陸に潜入した当初、私達は何の情報も持っていなかった。

地図どころか大陸の名前も知らず。魔王の顔も、魔王がどこにいるのかもわからなかった。

現地に行って情報を集める。我ながら無謀ともいえる計画だった。それしかなかったので仕方ないが、この無謀すぎる計画を支えてくれたのが、奴隷として連れてこられた人達だった。彼らは私達に隠れ家を提供し、食料を分けてくれた。そして何より重要な魔王の情報を集めてくれた。神殿の地図や魔王の行動予定などは、全て彼らがもたらしてくれたものだ。

彼らの協力なくして、魔王討伐はなかっただろう。

「遅くなってすみません。これは少ないですが」

ミシェルさんが差し出した袋を受け取ると。中にはパンと水が詰まった水筒が入っていた。

私達は空腹で喉《のど》も渇いていた。みんながパンに飛びつき、水で喉を潤した。

セーラが物欲しそうにパンを食べる王子達を見ていたが、言葉を呑《の》み込み、口を固く閉ざす。

「あんまりお腹すいてないし、お姉ちゃんと半分こしようか」

私も空腹だったが、パンを半分に割り、セーラに差し出す。

セーラは喜び、ミシェルさんがまた謝るが、この食料はもともと二人のものだ。私はセーラとゆっくりと食べる。

「ミシェルさん。やはり魔導船《まどうせん》は出ませんか?」

私はパンを食べ終えた後、ミシェルさんに尋ねた。

この街にある大きな港には、魔王が造り上げた海上定期便の魔導船が停泊していた。

魔族が住む魔大陸ゴルディアと、私達が住むアクシス大陸の間には信じられないほどの大海原が広がっている。過去に旅立った船乗りはいたが、誰も何も発見できずに引き返してきていた。

しかし魔王ゼルギスはどのような魔導の神秘を使ったのか、魔法を動力とした船を造り上げ、嵐吹き荒れる大海原を渡り切り、私達のアクシス大陸にまで攻め入ってきた。

私達はエカテリーナの無色《ゼロ》の魔法《ファ》で魔導船に忍び込み、魔大陸に足を踏み入れた。

当然、国に帰るには再度魔導船に忍び込む必要がある。だが昼間の騒動のせいで厳戒態勢が敷かれ、魔導船の出港は延期されていた。いまや街から出ることもできない。

「はい、船の出港は延期されました。再開がいつになるかはわかりません」

「くそ、こんなところで足止めを食っている暇はないというのに」

ミシェルさんの言葉に、王子が毒づく。

その原因は貴方達《あなた》にあるのですよと言いたかったが、私は必死にこらえた。他人のしくじりを指摘しても始まらない。ここに来るまで何度もそれで失敗し、王子との関係を悪化させることとなった。過ぎたことは忘れて、今は問題の解決を考えるべきだ。

「落ち着いて、今は時期を見ましょう」

私はみんなにそう声をかけた。

外部の情報がないためこれは私の予想だが、おそらく魔王ゼルギスの死の知らせはまだ魔族の間で広まってはいないはずだ。

混乱を避けるために、まずは魔王の死を隠そうとするだろう。現在の厳戒態勢は、神殿で爆発を起こした魔王への反乱分子の捜索程度の名目のはずだ。

しかしこの後どうなるかは読めない。魔王の死を隠すために厳戒態勢を解くこともあり得るし、魔王の死を公表して暗殺者狩りを徹底するかもしれない。

「トマスさんはいつごろ戻られますか？」

ミシェルさんの旦那さんである、トマスさんの帰宅時間を尋ねる。

トマスさんは港での労役についている。彼は魔導船《まどうせん》の荷物に紛れ込んでいた私達を発見し、この隠れ家に匿《かくま》ってくれた。もともと騎士の家柄で、奴隷とされた人達を監督する立場にある。彼が戻ってくれれば、街や港のこともわかるはずだ。

「主人はもう少しすれば戻ると思います。それまではお待ちください」

喉《のど》から手が出るほど情報が欲しかったが、我慢するしかなかった。

視線を下げると、小さなセーラはパンを食べ終え、右手で左腕に触れていた。人差し指の下には、みみずばれのような傷痕《きずあと》があった。おそらく鞭《むち》の痕だ。

魔族は滅ぼした国から、子供を持つ夫婦を優先して奴隷にしていた。子供を育てて奴隷として使うことも考えているのだろうが、どちらかと言えば親を支配する道具として利用している。奴隷が反抗した場合、魔族は本人ではなくその子供に鞭をふるうのだ。奴隷が傷つき死ねば労働力を失うため、子供を打つことで、親の心を縛っているのだ。

一見するとうまい方法にも見えるが、これは悪手だ。

子供が鞭で打たれるところを見て、奮い立たない者はいない。今はまだ子供のために従っているが、奴隷として扱われながらも、彼らの心は決して折れてはいない。事実、多くの人達が私達に協力してくれている。

「セーラ、大丈夫？」

私はかがんで傷を確認する。痛々しい傷痕に目を細めたあと、エリザベートを見た。

救世教《きゅうせいきょう》の聖女と認定されている彼女は、『癒《いや》し手《て》』と呼ばれる傷を癒し治す力を持っている。聖女と呼ばれるだけあって彼女の力はずば抜けており、切り落とされた腕をつなげ、失われた臓器すら復活させる。まさに聖女と呼ぶにふさわしい驚嘆の力だ。

しかしセーラの怪我《けが》を見ても、エリザベートは治そうとする気はないようだった。

一瞬怒りが湧いたが、言っても仕方がないと諦める。

王子が小さな怪我をしたらすぐに癒してあげるくせに、他の人の怪我は知らん顔だ。

全員が命がけの戦闘の時ですら、明らかに王子ばかりを癒し、他の仲間を無視する傾向にあった。もちろん自分から頼めば回復してくれるが、言わなければ動かないエリザベートを、呂《りょ》姫《き》とエカテリーナは快く思っていない。かく言う私も彼女のそういうところが嫌いだった。

「セーラ。怪我をしているなら、傷薬をつけてあげるね」

エリザベートに軽蔑《けいべつ》の視線を向けた後、私は自前の傷薬を取り出し、セーラの腕の傷に塗り、他にも細かい傷を見つけては薬を塗る。

私の手が体に触れて、こそばゆいのかセーラが体をよじる。

その姿が愛らしく、薬を塗り終えた私はそのままセーラの体をくすぐる。腋《わき》や背中をわさわさと触るとセーラはキャッキャと笑顔を見せる。

隠れている手前、あまり声を出させるわけにもいかないのですぐにやめたが、子供の笑顔を見ていると心が安らぐ。


しかしやはりエリザベートには腹が立った。こういうのは本来聖女の役目だろう。

はるか昔、最初に癒《いや》しの御業《みわざ》を神から授かったとされる癒しの御子は、その奇跡の技で病や怪我《けが》に苦しむ人々を救って回ったと言われている。

そして御子から癒しの技を伝授された弟子達が、癒しの御子の亡きあと、御子を教祖とする救世教会《きゅうせいきょうかい》を立ち上げ、その教えと癒しの技を広めていった。

エリザベートは、その教えを受け継ぐ聖女なのである。

もちろん癒しの御子のように、全ての人の傷を治し癒せとは言わない。だが聖女として周囲に認知され、王子の婚約者の後釜《あとがま》を狙っているなら、もっと考えて行動しないとだめだ。

王や権力者というのは人気商売のところがある。実利を取ることも大事だが、時には損をしてでも名を取ることも必要だ。何より目の前の人を癒さずして何が聖女か。

内心でエリザベートに怒りをぶつけながら、セーラには微笑み、少し遊ぶ。花があれば花輪など作ってあげられるのだが、ここにそんな気の利いたものはない。上の家畜小屋から落ちてきた藁《わら》を編んで冠や粗末な人形程度しか作れなかった。

それでもセーラは、人形を喜び微笑んでくれる。本当に心が和む姿だった。


日が暮れて少ししてから、主人のトマスさんが戻ってきた。

厳しい労役でやつれているが、なお精悍《せいかん》な顔つきのトマスさんは、戻るなり王子に尋ねた。

「アンリ王子、もしや魔王を」

厳戒態勢が敷かれていることに、トマスさんは事情を察したのだろう。

「ああ、魔王を討ったぞ」

王子は切り落とした魔王の首を、袋から取り出して見せる。

「おおおおっ」

憎き仇敵《きゅうてき》の首級《しるし》を見て、トマスさんは涙を流した。

悲願であった魔王討伐に成功したのだ。これまでの苦難が報われた瞬間だろう。

「我らは国に戻り、魔王の死を伝えねばならん。お前は魔導船《まどうせん》を動かせないか？　港で働いているのだろう？」

王子が言うが、それはいくらなんでも無理というものだ。奴隷の仕事は単純な肉体労働が主った。


だ。魔導船《まどうせん》の操作などわかるはずがない。

「わかりました、なんとかして見せます」

しかしトマスさんは、何か手があるのか請け合ってくれた。

「王子、何か他にご用命はございますか?」

悲願であった魔王討伐をやり遂げた王子のため、トマスさんは何でもすると言わんばかりだった。

「トマスさん。すみませんが、塩を調達することはできますか? この首を塩漬けにしないといけないのです」

こんなことを頼むのは気が引けたが、私はトマスさんに塩の調達を頼んだ。このままでは首が腐ってしまう。国に持ち帰るためには、塩漬けにして腐敗を防がなければいけなかった。

「わかりました、桶《おけ》も一緒に都合しましょう。ほかに何か入り用な物はございますか?」

トマスさんが尋ねると、エリザベートとエカテリーナ、呂姫《りょき》の三人が次々に口を開いた。

「ねぇ、もう少し食べ物が手に入らない? できれば果実とかがうれしいのだけど」

「私は湯あみがしたい。このところ満足にできてないの」

「香水が欲しい。使っているのがなくなって」

女達は口々に無理を言う。トマスさんは請け合ってくれたが、私は恥ずかしかった。

トマスさん達は、外に出れば奴隷の身分だ。

奴隷が気軽に買い物などできるはずもなく、盗んでくるほかない。奴隷が盗みをして捕まれば、ただでは済まない。彼らに無理な注文などすべきではない。

私はアンリ王子に止めろと目を向けたが、彼は止めなかった。

本来、彼女達仲間を諫《いさ》め、導くのは王子の務めだ。しかし王子は自分が英雄であることに酔っている。酔った頭に周りが見えるはずもなく、いかに格好よく敵を倒すかということだけが彼の至上命題となっていた。

魔王との決戦も私は不意打ちを提案したが、王子は正面からの決闘にこだわり、その結果、死ぬかと思うほどの攻撃も受けた。

エリザベートの癒《いや》しが間に合いなんとか助かったが、卑怯でも姑息《こそく》に立ち回れば、危険を冒すことなく勝利することができたはずだ。

王族として格好をつけなければならないのもわかるが、この一戦には、個人だけではなく王国の、下手をすれば人類全体の存亡がかかっていたのだ。正義や騎士道精神などを持ち出している時ではない。そんなものは後から付け足せばいいのだ。

それに王子はトマスさん達を軽く、いや低く見ていた。自分は英雄であり、彼らは奴隷。滅ぼされた国の、劣った者達だという考えが態度に出ている。それがエリザベート達にも伝わり、我儘《わがまま》を増長させている。

しかしエリザベート達三人のありえない要求をトマスさんは断らず、二時間ほど出かけた後、ミシェルさんとセーラを伴って桶《おけ》と塩だけでなく、本当に香水や果物、体を洗う湯を調達してきてくれた。

これらを調達するのに、どれほどの苦労があったのか想像もつかなかった。だが三人は果物が酸っぱいとか香りが好みじゃないとか、湯の量が少ないとか不平を言っていた。

「王子。魔導船《まどうせん》の方ですが、なんとかなるかもしれません」

トマスさんの言葉に、王子は顔を明るくした。

「本当か？」

「はい、明日には魔導船が動くかもしれません。今日はゆっくりお休みください。それと、魔王を打ち倒した祝いに酒も手に入れました。どうぞ、お仲間の皆様と共にご賞味ください」

トマスさんが、酒瓶と杯を差し出してくれる。

「おお、これは有難い。気が利いているな」

王子が酒瓶を受け取り、赤い液体を杯に注ぐ。

「勝利に」

軽く掲げた後、アンリ王子は一気に飲み干す。

「王子、私にもください」

エリザベートが王子に近寄り、エカテリーナと呂姫《りょき》も続く。

私は王子達に飲みすぎないでくださいね、と言おうとしたが、勝利の美酒に水を差すのは無粋だった。それにあの程度の量なら、酔い潰れることもないだろう。

「ロメリア、お前も飲むか？」

久しぶりの酒に酔ったのか、王子が機嫌よく酒瓶を掲げてみせる。

「いえ、私はいいです」

私はお酒があまり好きではない。エリザベート達は同じ杯を回し飲みし、頬を少し赤らめて王子にすり寄っていた。

エリザベート達が仲間になった当初は、彼女達が王子に触れるのを見てやきもきしていたが、今は何とも思わない。王子に別れを切り出されたが、婚約破棄して正解といえるだろう。私と王子の間にはもう、かつてあったはずの気持ちはないのだから。

「ロメリア様はお酒がお嫌いでしたか」

私が酒を断ったことに、トマスさんはしまったと顔をしかめる。

「ああ、私のことは気にしないでください」

「いえ、何か別の飲み物をお持ちしましょう」

トマスさんは私に気兼ねして、何か持ってこようとしてくれる。私の好き嫌いで、よけいな気苦労をかけている。

「待ってくださいトマスさん。王子、やはり私にも一口下さい」

これ以上、トマスさんを煩《わずら》わせるわけにはいかない。王子から杯を受け取り、トマスさんに向けて掲げる。

「トマスさん。ご厚意をいただきます」

赤い液体を飲み干すと、酒精に喉《のど》が焼け、少しむせそうになる。お酒はやっぱり苦手だが顔をしかめず、美味しいと笑顔を見せる。

トマスさんはほっと顔をほころばせ、ミシェルさんと顔を見合わせる。ミシェルさんはなぜか憂い顔だが、どうかしたのだろうか？

尋ねようと思ったが、久しぶりのお酒に酔ったようで、頭が少し回らない。やはりだいぶ疲れていたようだ。

魔王を暗殺するまで緊張の連続だった。まだ敵地を脱したわけではないが、悲願を達成したことに緊張の糸が切れ、これまでの疲労が出てきたようだ。

「すみません王子。先に休んで構わないでしょうか？」

私は王子に頼んだ。安全のためにいつも交代で寝ずの番を立てている。いつもはくじ引きで寝る順番を決めているが、今日は先に寝る番を譲ってもらおう。

「ああ、いいぞ。私が最初に番をしよう」

残った酒を楽しみながら、王子が軽く請け合ってくれる。

「ロメリア様、本当にありがとうございました」

うとうとして船をこぐ私に、トマスさんが改めて礼を言ってくれる。

「本当に、ありがとうございます」

ミシェルさんも頭を下げてくれる。トマスさんとミシェルさんは互いに手を取り合っていた。仲がいいことだ。うらやましい。私も王子とああなれればよかったのだが。

「お姉ちゃん、また明日遊んでね」

小さなセーラが私に歩み寄る。あまりに眠いのでうまく返事ができない。私は小指を伸ばして約束の指切りで答える。

セーラのちっちゃい小指と絡めて約束する。かわいい子だ。私にもいつかこんな子供ができるのだろうか？

もう眠くて目が開けていられなくなった時、何かが倒れる音がした。音のした方を見ると、王子やエリザベート達が倒れていた。

寝ずの番はどうしたと王子を起こそうとしたが、体が動かない。

「アンリ王子、御武運を。必ずや魔王軍を打ち倒し、我らの無念を御晴らし下さい」

私の前にいたトマスさんが王子を見る。ミシェルさんがセーラの手を握り、涙を流していた。

どうして泣くの？

私の疑問は睡魔に吸い込まれ、闇の中へと落ちて行った。

夢も見ずに眠りについていた私を起こしたのは、焦りの色に染まった王子の声だった。

「ロメリア、起きろ！」

一声かけられて、私は一瞬で目を覚ました。そしてすぐに罠《わな》にかかったことに気付いた。

一服盛られた！

私は即座に飛び起きた。

たった一杯の酒で、あそこまで眠くなるのはおかしい。睡眠薬か何かを盛られたに違いない。

トマスさん達が裏切った！　まさか、どうして？

焦りと危機感、大量の疑問符が脳内を埋め尽くす中、私はとにかく身構え、周囲を確認した。

私の目の前では、焦りの表情を浮かべるアンリ王子。背後にはおろおろするエリザベート、薬の影響でふらつくのか、杖で体を支えるエカテリーナ。剣を構えて、頭上の入り口を見張る呂姫《りょき》の姿が見えた。

私を含め全員に怪我《けが》はない。周囲に敵の気配もなし。だが王子の姿がおかしい。いつも身に着けている剣と鎧《よろい》がない。

「あの三人が裏切った、私の剣と鎧を奪われた。くそ、奴隷どもめ！」

武具を奪われたと、アンリ王子が嘆く。

「薬を盛られたのよ！」

エカテリーナが顔をしかめながら叫ぶ。

「しょせん奴隷よ、信じられない相手だった」

呂姫が吐き捨てる。

「英雄である王子や私達を裏切るなんて、許せない！」

エリザベートが怒りの表情を見せるが、少し状況がおかしい。

「すぐに逃げよう！」

ここは危険だと、王子が隠れ家の入り口に梯子《はしご》を掛けようとしたが、私は止めた。

「待ってください、行動を起こすのは賛成ですが、武具の他に奪われた物は？」

私はまず持ち物を確認した。アンリ王子の武具が奪われたのは見てわかるが、呂姫の剣やエカテリーナの杖はそのままだった。それに魔王の首が入った桶《おけ》もある。中をすぐに確かめてみたが、塩漬けの首が入っていた。そのほか魔王から奪った品物や、旅の荷物も無事だ。奪われたのは王子の剣と鎧のみ。

「どうしてトマスさん達が？」

私は荷物をまとめながらつぶやく。トマスさん達の裏切りがどうしても信じられなかった。

「所詮奴らは奴隷だ、信じるには値しない。お前も裏切りをいつも警戒していたではないか」

アンリ王子が、裏切られた怒りを吐き捨てる。

確かに私も魔王暗殺の直前までは、トマスさん親子が裏切る可能性を警戒していた。

魔王暗殺を企てる者を差し出せば、大きな手柄となるからだ。同じ人間が裏切るなど考えたくないが、過酷な環境では人間性などたやすく奪い取られてしまう。ほんのわずかな見返りや、今日鞭《むち》打たれないという安寧《あんねい》のために、裏切る人間をいくらでも見てきた。

「でも、いま裏切る理由がわかりません。魔王を倒した後に裏切っても意味がない」

暗殺前に私達を魔王に差し出せば、褒美《ほうび》の一つも出たかもしれない。だが暗殺後に密告しても、下手をすれば暗殺犯の一味とみられる可能性がある。なぜ今なのか？

それに王子の剣や鎧が盗まれているのに、呂姫《りょき》の剣やエカテリーナの杖がそのままなのも気になる。裏切ったのなら、武器を全て取り上げるはずだ。なぜ一緒に持ち去らなかった？

「とにかくこの場を離れましょう。エカテリーナ。無色《ゼロフア》の魔法を。王子はこの短剣を」

いつも身に着けていた短剣を渡す。旅でもっぱら包丁として使っていた物だが、ないよりはましだろう。

エカテリーナが無色《ゼロフア》の魔法を使い、杖から銀色の光が広がり、私達を包み込む。互いの姿に変化はないように見えるが、これでほかの人からは姿は見えなくなったはずだ。

便利な魔法だが、使用にはいくつか注意点がある。まず姿は消せても音は消せないため、話したり足音を立てたりすることは厳禁だ。効果範囲も狭いため、一塊になっての移動が基本となる。魔力の消費量も大きく長時間維持できない。しかし潜入や逃走には大変便利な魔法だ。

互いにうなずきあい、剣を持つ呂姫を先頭に、短剣を手にした王子。杖を掲げるエカテリーナにエリザベートが続き、最後尾は首桶《おけ》を持つ私が受け持つ。

まず呂姫が梯子《はしご》を登り、天井の板をわずかに押し上げ、周囲を見回す。敵の姿は無いことを私達に伝え、天井の板を取り外して外に出る。みんなも後に続き、私も首桶を片手に持ちながら梯子を登る。

地上に出ると家畜小屋には馬が二頭、牛が一頭いたが、魔族の姿はない。やはりおかしい。裏切ったのなら、この周囲は魔王軍の兵士に包囲されているはずだ。

空を見れば、太陽が山際から顔を出して夜が明けていた。薬を盛られたのは日が暮れて数時間ほど後だったはずだから、もう一晩が過ぎている。トマスさんが裏切ったのなら、それだけ時間があれば、私達を百回は殺せたはずだ。

王子が手信号でこの場を離れようと指示する。全員がうなずき、身を寄せ合って移動する。

家畜小屋を出て路地裏を通り移動するが、やはり兵士の姿はない。一安心だが、もう隠れ家のあてはない。王子は不安そうに私を見るが、どうすればいいか、私にもわからなかった。

私はエカテリーナを見た。彼女が万全の状態なら、無色《セロ》の魔法《ファ》を三時間は維持できる。まだ余裕はある様子だが、早めに安全地帯を確保しなければいけなかった。

だが私達には、トマスさん以外の知り合いがここにはいない。裏切りや密告を警戒して、ほかの奴隷の人達とは接触をもたなかった。トマスさん以外に頼れる相手はいないのだ。

呂姫が刃を掲げ、手近な民家を指す。魔族の住人を殺して占拠しようと身振りで伝える。

勇ましいが絶対に駄目だ。いつ誰が来るかわからないし、厳戒態勢の中、あちこちで家宅捜索が行われているはずだ。殺せばよけい逃げられなくなる。

いっそのことこのまま魔導船《まどうせん》に忍び込み、貨物室で出航を待つべきか？　だが厳戒態勢が敷かれている現在、外に出る船は細かく調べられるだろう。魔王軍の入念な捜索を、エカテリーナの魔法だけで乗り切れるかどうかは、賭けになってしまう。

答えが出ない私の耳に、突然鋭い笛の音が聞こえてきた。

笛の音に、私は全身を緊張させた。魔王軍が仲間を呼ぶために使う笛だからだ。

すぐに周囲を見回したが、魔王軍の姿はない。笛の音もここではなく表通りの方からだった。

表通りからは大きな喧噪や悲鳴が聞こえてきて、何かが起きているのがわかった。

喧噪の原因を見に行くのは危険か？　それとも状況を知るためには必要か？　判断がつかない私に、王子が手で示して見に行くことを決断した。私は王子に従い後に続く。

早朝の表通りは朝市が立っており、多くの魔族や奴隷となった人の姿でにぎわっていた。並んでいる露店の店先には野菜に果物、肉や魚が積み上げられている。

人波を押しのけて、魔王軍の一団が通りを走り抜ける。目で追いかけると、進行方向の先では屋台が壊れ、果物が散乱していた。人だかりができており、魔王軍の兵士が槍《やり》を振りかざし、野次馬に近寄るなと警告している。

集まった者達を追い返そうとする兵士達の中心では、地面に三枚の布が敷かれていた。布の下からは手足がはみ出し、流れる血が池となっていた。人間が倒れ殺されている。布の大きさや、はみ出ている手足から見て、大人の男性と女性が一人ずつ、そして小さい子供が一人。

私はそれを見ると息が止まり、手に持っていた首桶《おけ》を落としそうになった。

顔は布で隠されて見えないが、殺された男が身に着けている武具は、王子が使っていた緑の宝石があしらわれた鎧《よろい》と剣だった。

「なんだ、どういうことだ？　あれは私の？」

混乱するアンリ王子が、禁を破ってつぶやく。

「トマスさんです。彼が身代わりとなってくれたのです」

私は喉《のど》から、悔恨と共に声を絞り出した。

侵入者が見つかるまで厳戒態勢は解かれず、魔導船は出航しない。言い換えれば侵入者が見つかり殺されれば、厳戒態勢は解かれるのだ。

王子の派手な鎧は、あの時魔王軍によって多く目撃されている。だからトマスさんは王子の武具を纏《まと》い、身代わりとなったのだ。

笛の音を聞きつけてやってきた魔王軍が、近くにあった荷台を徴発してトマスさん達の死体を荷物のように載せていく。

その時、一瞬だけ荷台の上の布がずれ、女性の顔と小さな女の子の手が見えた。

女性は艶やかな黒髪をしており、女の子は藁《わら》でできた人形を握り締めていた。

ミシェルさんとセーラだ。

私は唇を嚙《か》んで耐えた。そうしていなければ、私は叫びだしていただろう。

「馬鹿な、子供を巻き添えにしたのか」

アンリ王子が信じられないようにつぶやく。

私も同じ気持ちだった。だがトマスさんはああするしかなかったのだ。魔王暗殺犯の身代わりとなったのだ。家族は関係ないと言っても、魔王軍が聞いてくれるわけがない。家族そろって拷問され、最後には処刑される。なぶり殺しになるのならばと、親子は行動を共にし、同じ最期《さいご》を迎えることにしたのだ。

後悔と無力さが、私の全身を苛《さいな》む。

なぜあの時このことを予想しなかったのか、あの決意を秘めたトマスさんの顔を見て、なぜ気づかなかったのかと昨日の自分を責めた。

しかしどれほど責めても、三人が戻ることはない。

後悔に震える私の耳に、突然悲鳴が聞こえてくる。声のした方を見ると、通りに大勢の魔王軍がやってきていた。彼らは槍《やり》を振るい、次々と奴隷の人達を捕まえていく。

「なんだ？　おいロメリア、あいつらは何をしている！」

何もしていない奴隷を捕まえていくことが信じられず、王子が私に問う。

「奴隷が魔王を殺したのです。危険分子として彼らを捕まえているのですよ」

これは当然のことだった。私はこうなるとわかっていた。起こるべくして起きたことだ。

「ロメリア、捕らえられた彼らはどうなるのだ？」

「最悪、処刑されるでしょう」

王子の問いに、私は声を絞り出して答えた。

すでに多くの奴隷が労働力として社会に組み込まれているので、皆殺しにはならないだろう。だが見せしめとして何人かを処刑することはあり得る。さらにこれからの扱いも厳しくなり、彼らには過酷な運命が待ち受けているはずだ。

「なんだと！　では助けなければ」

捕らえられ、鞭《むち》を打たれる女性や子供を見て王子が憤る。だが私は止めた。

「いいえ、だめです！」

少数の兵士なら私達でも倒せるだろうが、ここには数万もの魔王軍がひしめいているのだ。そのすべては倒せない。それにそんなことをすれば、トマスさんの犠牲が無駄になってしまう。

「トマスさん達が身代わりになってくれたことで、厳戒態勢を維持する理由はなくなります。これで魔導船《まどうせん》も出航するはずです。今すぐ乗り込むのです」

トマスさんが、昨夜に魔導船が動くと請け負ってくれが理由はこれだ。今を逃せば次はないかもしれない。

「しかし、彼らを助けないと。殺されてしまう」

王子は虐《しいた》げられ、殺されそうになっている人々を助けようとする。だが優先順位が違う。

「わかっています。ですが、魔王の死を国に持ち帰る。これを何よりも優先するのです」

私はきっぱりと答えた。

ただ魔王を倒しただけではだめなのだ。魔王討伐の報を国に持ち帰り、我が国を侵略している魔王軍にも知らしめ、その戦意を打ち砕く。それができて初めて意味があるのだ。

この情報は数百人の命よりも価値がある。魔王軍の侵攻が止まり、反撃の狼煙《のろし》となる。数百人よりも多くの命が救われるのだ。なんとしてでも届けなければならない。

それに、遅かれ早かれこうなることはわかっていた。

人間が魔王を倒した事実が広まれば、当然、奴隷を危険視する動きが広がり、処罰される。トマスさん親子をはじめ、協力してくれた人達もそのことは理解していた。理解してなお私達を助けてくれたのだ。

私が捕らえられた人達を見捨てる決断を下すと、王子達は何と冷たい女かと見下げ果てた顔をする。だがどう思われようと、私の決断は変わらなかった。

「少し声を出しすぎました。今すぐこの場を離れましょう」

無色の魔法《ゼロフア》は音までは消せない。通りの喧騒《けんそう》があったため気づかれなかったようだが、安全を考えてここからすぐに離れるべきだ。

私はきびすを返し、路地裏から港を目指す。後ろからは捕らえられる奴隷達の悲鳴が聞こえてきたが、私は決して振り返らなかった。

私達は細い通りを縫うように進み、時には行きかう魔王軍の兵士の前を透明となった状態で歩き、ついに魔導船《まどうせん》に忍び込んだ。

私が予想した通り、角笛のような間延びした音を立てて、魔導船は出航した。

貨物室の中で、私は壁に開いた小さな隙間から外を覗いた。隙間からは遠ざかっている港が、そして魔族が支配する魔大陸が見えた。

魔大陸が見えなくなるまで、いや、見えなくなっても私は見続けていた。

私は拳を握り締める。私の耳には、まだ捕らえられた奴隷の人達の悲鳴が聞こえていた。

あの大陸には、まだ何千何万という人達が奴隷となって鞭《むち》打たれている。

必ず、必ず帰ってくる。

握り締めた拳には爪が食い込み、血が流れていたが、痛いとは思わなかった。

この拳以上に固く、私は彼らの救出を誓った。

魔導船に忍び込んで密航し、故郷へと帰る船旅は、三十日にも及んだ。

魔族が住む魔大陸ゴルディアと、私達が住むアクシス大陸の間にはとてつもなく広大な大海原が広がっている。魔王ゼルギスが造り上げた、魔導で動く船ですら長い時間を要した。普通の帆船であれば、さらに多くの時間がかかっただろう。

私達はその間、ずっと船底に隠れて息を潜めていた。

ここでも役に立ったのは、エカテリーナの無色の魔法《セロファア》だ。魔王軍の見回りは定期的であったし、油断さえしなければ見つかる危険は少ない。

ただ魔王軍よりも危険だったのが、魔族の移民だった。

魔王軍は占領した土地を確固たる地盤とすべく、移住希望者を募り、植民地化を開始していた。移民である彼らは、兵士のような規律はなく、よく食料を盗みに来る。見回りの魔王軍より、彼らと鉢合わせをする危険の方が大きかった。

長い間船底に身を潜め、ついに魔導船《まどうせん》が私達の故郷であるアクシス大陸へとたどり着いた。

久しぶりに踏む故郷の大地だが、ここも今や敵地だった。

魔導船が停泊しているのは、魔族が最初に踏みしだいた地だ。現在ではローバーンと名を変え、移民としてやってきた魔族が住み着き、魔族の一大拠点へと変貌していた。

ここでも多くの人々が奴隷とされ、鞭《むち》を打たれ石を運び、長大な城壁を建造させられていた。

魔族の支配地域だが、それでもここは私達の故郷だ。姿を消せる無色の魔法《セロファア》があれば、誰にも気づかれずに、脱出することは可能だった。魔大陸へと移動するときはそうしたのだが、私はここで、奴隷となった人達と接触することを王子に提案した。

「王子、ここで奴隷となって虐《しいた》げられている人達に、魔王を倒したことを教えましょう」

「なぜだ？　密告されるかもしれないぞ」

アンリ王子は、やはり奴隷となった人達を信じていないようだった。

「確かにその危険はありますが、魔王の死と、魔王を倒した王子の偉業を広めるべきです」

「なるほど、それもそうだな。英雄の偉業は広く知らしめるべきだ」

私が名誉欲をくすぐってやると、王子は途端に態度を変えた。

王子の意見も一理ある。英雄が生まれれば、それは人々の心の支えになる。特に奴隷として過酷な日々を送っている人達にとって、魔王の死や、魔王を倒した英雄の存在は大きい。

私は細心の注意を払って、魔族の目を盗み、奴隷の人達と接触した。

初めは彼らも、魔王を倒したことを信じてはくれなかった。だが魔王の首や冠を見せると、驚きながらも信じてくれた。そして私は奴隷となった人達に、魔王の死を広めるように頼んだ。

私は多くを望まなかったが、彼らは私の想像以上に動いてくれた。

魔王の死を知った者はその情報を持ってローバーンから脱出を図り、ローバーンにとどまった者は魔王の死を伝える張り紙を魔族の言葉で書き記し、街のあちこちに貼って回った。

もちろんこれらは危険な行為だ。魔王の死を書いた張り紙をするなど、見つかり捕らえられれば、危険分子として死ぬまで拷問されるだろう。

実際多くの人が捕まり殺されていった。だが少なくない数が逃亡に成功し、魔王の死を伝える張り紙は、ローバーンに住む魔族に小さな動揺を与えた。

私はここでも彼らの犠牲の上を進み、ローバーンを離れ、祖国であるライオネル王国へと向かった。

十日ほどかけて魔王軍の支配地域を脱し、故郷ライオネル王国の辺境にある町に到着した。

「ここはもう祖国なのか?」

辺境の町にたどり着き、アンリ王子が私に尋ねる。

「はい、王子。そのはずです」

私は何度も地図と地形を確かめた。私も王子もこの町には来たことはないし、王国出身ではないエカテリーナと呂姫《りょき》も知らない。エリザベートも知らない様だ。だが間違いはなさそうだ。

町を見回すと、ここは平和そのものといった様子だった。侵攻している魔王軍を避けてこの町を選んだ甲斐があった。

「我々の身分を明かし、王都ラーオンに早馬を出して、迎えに来てもらいましょう」

私は王子に提案した。国にアンリ王子の帰還を知らせれば、数日後には迎えが来てくれるはずだ。

「そうだな、迎えが来るまでこの町で疲れを癒《いや》そう」

王子も賛成してくれたので、私達は町長の家を訪ね、身分を明かした。

最初は私達のことを信じてくれるかどうか不安だったが、杞憂《きゆう》だった。それどころか町を上げての大騒ぎとなった。

どうやらアンリ王子が魔王ゼルギスを討伐したことは、逃亡した奴隷達から伝わり、すでに噂になっていたのだ。私達を見て、噂が真実だったのだと誰もが驚いていた。

すぐに伝令の早馬が王都に走った。町長は迎えが来るまで、ぜひ自分の館で逗留《とうりゅう》してほしいと頼み、王子もそれに応えた。

「では王子、ここでお別れですね」

町長が離れた隙に、私は王子に別れを切り出した。王国に戻り、身の安全は確保された。旅は終わったとみていい。ならこれ以上一緒に行動する理由はない。

「ん？　あっ、ああ、そうだな。ロメリア。そうだったな」

どうやら王子は魔王を倒した後に、自分から言い出したことを忘れていたようだ。

「私も王都ラーオンには用がありますので、これから向かう先は同じです」

三年前に旅に出たとき、私のお父様は国の大臣として要職についていた。今も変わっていなければ、ラーオンにある屋敷にいるはずだ。

「ですが王子の凱旋《がいせん》には参加せず、目立たぬようにしますのでご安心を。それと引き継ぎですが、魔王の首に王冠、杖と指輪に首飾り等の宝飾品は戦利品として王子がお持ち帰りください。それ以外の品は私がもらってもよろしいですか？」

印璽《いんじ》やそのほか手に入れた物のことを王子達は知らないが、これらは貰《もら》っておきたい。

「あっ、ああ。構わない」

アンリ王子はうなずいた。よし言質《げんち》は取った。

「あと、残った路銀もいただきます。私がこの館に逗留《とうりゅう》するのもおかしいでしょうから」

私は町の安宿にでも泊まるとしよう。だが残った路銀では王都に帰るための馬車や馬を用立てるには足りないので、こちらも使いを出して、お父様にお金を送ってもらわないといけない。

「な、なぁ、ロメリア」

頭の中でこれからの算段をつけていると、アンリ王子が声をかける。

「まだ何かありましたか？　王子」

私は振り返って尋ねた。引き継ぎはすべて済ましたと思うが、何か残っていただろうか？

「！　いや、何でもない！」

王子はなぜか声を荒らげて行ってしまった。私は首を傾げたあと、アンリ王子に背を向けて歩みだした。

これが私達の別れとなった。

私は特に感慨もなく歩みだした。これからやらなければならないことは沢山ある。

魔王ゼルギスは倒したが、この大陸にはまだ魔王軍が数多く残っている。アンリ王子は自分が全て倒すと言っていたが、あまりあてにはできない。もちろん王子がうまくやれればそれが一番だが、失敗した時のことを考えて、私も動くべきだろう。

本当は王妃となってからやるつもりだったが、婚約破棄されたので、一から自分でやるしかない。

「急がないとね、まずはお手紙大作戦」

手始めに町で紙を買い求め、安宿で部屋を借り、粗末な机であちこちに手紙を書いた。

最初に手紙を送る相手は王宮だ。魔王を倒したことが広く伝われば、国中の戦意が上がるはずだ。だがこちらの戦意を上げるだけではなく、敵の戦意も下げるべきだ。

まずは魔王の死を魔王軍に知らしめる。

魔王の首をさらすことは効果的だが、首は一つしかないので拡散性に欠ける。何より偽物だと疑われてしまう。魔王軍も兵士の動揺を抑えるべく箝口令《かんこうれい》を敷くだろう。情報を封じ込めさせないためにも、こちらからうまく広めてやるべきだ。

これには奪ってきた魔王の私物や、書類が役に立つはずだ。直筆の手紙や魔王軍の重要機密が書かれた書類などを見れば、魔王の死に説得力が出るはずだ。さらに魔王軍の兵士を捕虜にとり、魔王の死を教え、書類を持たせたうえで逃がしてやればいい。魔王軍に逃げ戻った兵士は、持たされた書類を見せ、魔王の死を仲間に伝えるだろう。

魔王軍は封じ込めに躍起になるだろうが、数を打てばいい。特に魔王の印璽《いんじ》を奪えたのが良かった。書類を書き写し、印璽を押せば本物のように見える。将校の中には、魔王からの命令書や手紙などを受け取り、この印璽を目にした者がいるかもしれない。彼らは箝口令を敷く側だが、彼ら自身が魔王の死に気づき、動揺するはずだ。

私は思いつく限りの方法を、さもアンリ王子が思いついたかのように書き、王宮に送っておく。さらに王宮がこの提言を無視する可能性があるので、他の有力者にも、書類や印璽《いんじ》を押した紙を分けて送ることを考える。

国内で有力な人物といえば、黒鷹《こくよう》騎士団を率いるザリア将軍がまず挙げられるだろう。黒鷹騎士団は王国最強と名高く、率いるザリア将軍は歴戦の猛将と諸国に知られている。人となりまではさすがに知らないが、うまく活用してくれると期待したい。

次に国教である救世《きゆうせ》教会《きよう》の実質的指導者、ファーマイン枢機卿《すうきけい》長も忘れてはならない人物だ。聖女エリザベートを見いだした人物でもあり、その影響力は国王陛下にも匹敵する。

「問題は、彼らが今も存命かどうかよね」

国を離れて三年、王宮内の勢力図が今どうなっているのかわからない。そもそも旅に出る前は、王宮の勢力図に興味がなかった。有力者と言えばこの二人しか知らない。

「これで良し。これで全部かな?」

大体考えていたことは全てやったつもりだ。でも何か忘れているような気がする。何だっけ?

しばらく迷って、私は実家に手紙を書くのを忘れていたことに気付く。

「そうだった、お父様を忘れていた」

まずはお金を送ってもらわないといけないし、王子に婚約破棄されたことも伝えないといけない。そもそも、お父様も私の知る有力者の一人だ。

お父様は国王の信頼厚く、王宮で大臣を務めていた。どんな仕事をしていたのか、子供の私は知ろうともしなかったが、要職についているのなら権限はあるはず。将軍や枢機卿長に書いたのと同じ内容の手紙を送付すれば、活用できるかもしれない。

すぐにお父様へ送る手紙にとりかかったが、さっきまであれほどすらすらと走っていたペンが止まり、最初の一行で悩む。

ペン先を紙に置いては離し、置いては離しを繰り返し、一向に書き出せない。途中でなんだか面倒になってきて、ついには用件だけをほぼ箇条書きにした手紙が完成した。

三年ぶりの手紙とは思えないひどいものだった。最後に愛していますと書き加えようと思ったが、白々しいのでやめておいた。

我ながらひどい手紙に封をして、町に出て手紙を配送してくれる馬屋に行く。礼金をはずみ早馬を出してもらった。

これでいま打てる手は、全て打った。どれか一つでも功を奏するのを期待しよう。

そして早馬を出して五日後、千からなる騎士団の列が辺境の町へとやってきた。

アンリ王子は騎士団を迎え、塩漬けにした魔王の首を掲げた。魔王の首を見て千の騎士が膝を折り、英雄の帰還を称えた。

私は英雄として称えられる王子達の様子を、遠くから眺めていた。どうやらアンリ王子が王都ラーオンへと戻る行程は、そのまま凱旋《がいせん》の行進となるようだった。

まず先頭で槍《やり》を持つ騎士が、穂先に突き刺した魔王の首を高らかに掲げて進む。そのあとを騎士団に護衛されたアンリ王子が進む。

アンリ王子は騎士団が持ってきた美しい鎧《よろい》を身にまとい、白馬にまたがっていた。その姿は、まさしく絵巻物から抜け出てきたような英雄の姿だった。

エリザベート達三人にもドレスや衣装が与えられ、屋根が取り払われた豪華な馬車に乗り、アンリ王子の白馬に続いていく。

壮麗な凱旋《がいせん》行進を見送ると、私の所にもお父様からの手紙が届いた。手紙には私が送ったものと同様に短い文章で、とにかく王都の屋敷に戻ってきなさい。と書かれていた。

無心したお金も同封されており、そのお金で私は一番安い馬車を用立て、王子達の凱旋に続く形で王都ラーオンへと向かった。

王子達は凱旋の行程を急がず、大きな町に着くと必ず逗留《とうりゅう》していくようだった。おそらく王子の名とその姿を知らしめるため、ゆく先々で人々が集まるのを待っているのだろう。

遅い行進に付き合っていられないので、私は町で王子を追い越し、先に王都へと向かった。

ラーオンに到着すると、ここでも王子を歓迎する準備が行われており、都には笑顔と活気があふれていた。これを見ると、私達の旅も無駄ではなかったのだと思う。

にぎわう街並みを通り過ぎ、馬車を王都の中心へと向けて走らせてもらう。

王都の中心に建てられた王城ライツの周囲には、貴族の屋敷がいくつも立ち並んでいる。

立派な建物が続く中、ひときわ大きな屋敷が見えてきた。三年ぶりの我が家だ。

馬車から降り、久々に実家の前に立つと門の両脇に立つ門番が険しい目で私を見ていた。

「何者だ？　ここをどなたの屋敷と思っている？」

門番が私を誰何《すいか》する。三年前には見なかった顔だ。どうやら私が旅立ってから人が替わったらしい。当然向こうも私の顔を知らない。

どうしたものかと少し迷う。この門番の態度は正しい。我がグラハム家は王家とのつながりも深い由緒正しい伯爵家。来客は有力者ばかりで、一定以下の者に対しては取り次がないのが慣例だ。私の今の格好は町娘の装いだし、乗ってきた馬車も立派とはいえない。この状況では身分を明かしたとしても、信用してもらえないだろう。ここは穏便に処世術でやり過ごそう。

「すみません。グラハム様のお屋敷とお見受けしましたが、ここにカイロさんという方はおられますか？」

私が物腰低く尋ねると、門番はカイロという名前にうなずいた。

「ああ、なんだ。あんた、カイロさんの知り合いかい？」

「はい、親しくさせていただいております」

カイロ婆やは長年勤めている世話係だ。私にとっては実の母より親しみを感じている相手だ。

「お仕事中に申し訳ありませんが、言付けをお願いできますか？」

私は門番に近づき、手をとり小銭を握らせた。小さな賄賂《わいろ》を渡して取り次ぎを頼む。

「いいよ、あんたの名前は？」

丁寧な言葉遣いと賄賂《わいろ》が利いたのか、門番は簡単に請け負ってくれた。

「ロメと言っていただければ、わかるかと思います。すみませんがよろしくお願いします」

私の名前に、門番は何か気づいたような顔をしたが、ありえないと小さく笑った後、館に歩いていった。

門番が館に入ってしばらくすると、悲鳴のような声が館から聞こえた。勢いよく館の扉が開いたかと思うと、一人の老婦人が飛び出てくる。久しぶりに見る、カイロ婆やの姿だった。

「ロメおじょうさぁまぁぁぁぁ」

自分の年も忘れて走ってくる婆やは、この三年間で老け込み白髪が増えていた。

今にも倒れそうな婆やを、私は抱きしめ受け止める。

「ロメお嬢様、本当にお嬢様ですか？」

「ええそうよ、婆や。心配かけたわね。ただいま」

「ああ、よかった、お戻りになられて本当に良かった。ロメお嬢様の顔を見られて、カイロはうれしゅうございます」

カイロ婆やは、皺《しわ》だらけの顔に涙をこぼし泣き崩れる。

泣いて抱きしめ合う私達を、門番の二人が呆気《あっけ》にとられて見ている。婆やが落ち着くまでの間に自分の身分を明かす。

「ああ、私はロメリア・フォン・グラハムと言います。この家の主の娘にあたる者です。三年ぶりに戻ってきました」

　私の名を聞くと、門番達が驚いて顔色を青くする。

「ああ気にしないでください。これまで通り仕事をしてください。ほら、婆やもそろそろ泣き止んで、ね」

　罰せられるかもしれないと怯える門番と、泣き続ける婆やの両方に声をかけておく。

「はい、でもでも、会えてうれしゅうございます」

　婆やは泣き止まず、困ってしまう。それだけ心配をかけていたのだと反省する。

　なかなか泣き止まない婆やの肩を抱きながら、三年ぶりに家に入る。

　我が家に足を踏み入れると、使用人達の姿が見えた。門番と同様に新顔が多い。

「三年の間に、知らない顔が増えたわね」

「それなのですが、その、お嬢様。いろいろありまして」

　婆やは何か言いづらそうにしていたが、今は後だ。まずはお父様とお母様に会うべきだろう。

「その話はあとで。お父様とお母様はいるのね、お兄様達はまだ戻っていないの？」

　私には年の離れた兄が二人いる。ただし、二人とも留学しており、戻ってくるのはまだ先の予定だったはずだ。

「はい、まだ留学からお戻りになってはおりません。旦那様と奥様は広間におられます」

「そう、ならまずは二人と話す」

婆やが答え、私はお父様達がいる広間に向かった。

広間に入ると、女性の泣き声が聞こえてきた。見れば背の高い初老の男性と、太った女性がいた。お父様とお母様だ。

「お父様、お母様。ロメリアです。ただいま戻りました」

私は二人の前に行き、軽く頭を下げる。三年ぶりに会ったお父様は皺《しわ》と白髪が増えていた。少し痩せたようにも見える。逆にお母様は以前より太っていた。ハンカチを涙で濡らし、私を見るなりさらに嗚咽《おえつ》を漏らす。

「ああ、なんてことなの、王子から婚約を破棄されるなんて、なんてかわいそうなの」

「お前、落ち着きなさい」

お父様がなだめるがお母様が泣き止むことはなく、とにかく嘆き、泣き続ける。

「ひどい、あんまりです。王家に忠誠を尽くしてきた我が家に、このような仕打ちをするなど」

お母様の泣き声を聞いていると、私は苛立ちが募ってきた。

そういえばお母様はこういう人だった。とにかくよく泣く人なのだ。だがお母様は決して人のために涙を流さない。この人の涙は自分を憐れむためだけにある。その証拠に、私の無事を喜ぶ言葉はない。

「お前、もう部屋で休みなさい。ロメリアのことは私がすべてうまくやっておくから」

お父様はお母様に部屋へ戻るように言い、使用人に連れて行かせる。

「ええ、お願いします。もう私にできることはありません」

お母様は最後まで私に声をかけず、泣きながら出ていった。廊下に出てもなお泣き叫び、広間にまで声が聞こえた。お母様が泣き出せば、付き合っている方が疲れる。好きなだけ泣かせてやるのが一番だ。

遠ざかる泣き声に、ため息が二つ重なる。音を発した二人の視線がぶつかった。

私はお父様が話すのを待ったが、口を開こうとしなかったので、こちらから切り出すことにした。

「改めて、ただいま戻りましたお父様。勝手に出ていき、申し訳ありませんでした」

今だから言えることだが、三年前の私はどうかしていた。旅立つ王子のことしか考えられず、家を飛び出した。残される家族や婆やのことなど頭になかった。

正直、お父様にはひっぱたかれても仕方ないと思っていた。そうでなくても叱責や罵倒《ばとう》の言葉が飛んでくることは覚悟していた。

しかしそのどれもなかった。

お父様は微動だにせず私を見つめる。その小さな目は、何を考えているのかわからない。

「あの……それと、すでにご存じのようですが、アンリ王子とは旅の道中に色々ありまして、婚約を解消されてしまいました。もう王家から通達はありましたか？」

私の問いにお父様が短くうなずく。

「ああ、正式な発表はまだだが、婚約破棄の打診があった」

「家名を貶めてしまい、申し訳ありません」

私はただ頭を下げる。正直、これはグラハム家にとっては大きな痛手だ。

我が家は王家とのつながりが強く、王家を支える重臣に数えられている。私と王子の婚姻は、その結束を内外に示すためのものだった。

王家から婚約を破棄されたということは、お父様の中央での権威は失墜したに等しい。おそらくラーオンに居られず、いずれ実家のある伯爵領の領都グラムに戻ることとなるだろう。

これは勘当《かんどう》されても文句が言えない大失態だ。一族の歴史に残る汚点といえる。

しばらくの沈黙のあと、お父様はようやく口を開いて尋ねた。

「怪我《けが》は、ないか？」

「？　はい。怪我はありません」

意外な言葉に、私は拍子抜けした。

旅のさなか、大きな怪我は何度かした。崖から落ちて足を折ったし、船が難破して溺れかけたこともある。魔族の放った毒矢に肩を射抜かれた時は、本当に死ぬかと思った。

ありがたいことに、その時にはすでにエリザベートが仲間になっていたので、癒《いや》しの技で治してもらい、今は傷痕《きずあと》すら残っていない。もっとも、小さな擦《す》り傷《きず》や切り傷は治してくれなかったので、体にはいくつか傷が残っている。

深窓の令嬢をやっていた三年前と比べれば、今の私はだいぶ薄汚れているだろう。過酷な旅で肌も荒れ、髪も痛みきっている。とはいえ、容姿にそれほど愛着もないので後悔もないが。

「そうか、疲れただろう。ロメリア、もう今日は休みなさい」

「わかりました、休ませていただきます」

お父様の許しを得て部屋を出ると、広間の外では婆やがそわそわしながら待っていた。

「ああ、ロメお嬢様。どうでした？」

「休みなさいって、それだけよ」

本当にそれだけなので、ほかに言いようがない。お母様はわかりやすいが、お父様はわかりにくすぎる。

「旦那様を怒らないであげてください。お嬢様が出ていかれた後、社交界でこれは駆け落ちで、ロメお嬢様がアンリ王子を誑《たぶら》かしたのだと言われたのです」

「ああ、なるほど」

婆やの言葉に、私は納得した。駆け落ちは恋愛小説の華だ。だがそれは駆け落ちした二人にとってであり、残されたものは地獄を見る。

子供の結婚は親が決めるものだし、子供は親に従うもの。その意に反して子供が駆け落ちしたということは、その親や一家は子供もろくに育てることができなかった者達と見られ、後ろ指を指されることとなる。

世間は王家を悪く言うことはできないので、私が王子を誑《たぶら》かしたという風評が流れたのだ。

使用人達が入れ替わっているのも、悪い噂に嫌気がさして、辞めた者が多いからだろう。

「でも、王子は手紙を残したはずだし、旅をする私達のことも伝わっていたでしょう？」

確か三年前、旅立つ時に王子は置き手紙を残しておいたと言っていた。それに旅先で知り合った人に、王子の正体に気づかれることが多々あった。その時に王子は、自らの旅の目的が魔王退治であると語っていた。

この事実を王宮が知らないはずがない。私との駆け落ち説など、すぐに否定されたはずだ。

「はい。しばらくしてその噂は消えたのですが、今回の婚約破棄で……」

「ああ、もう婚約破棄のことも知れ渡っているのね」

てっきり打診があっただけかと思っていたが、社交界ではすでに噂になっているらしい。

「はい。正式な発表はまだなのですが、どこかから漏れたようです」

「出どころは教会かしら？」

婆やの言葉に、私は情報源を推測する。私と王子の婚約破棄が決定すれば、王子には新たなお相手が必要となる。一緒に旅をした、救世教会《きゅうせいきょう》の聖女エリザベートは筆頭候補だろう。教会としてもエリザベートを後押しするべく、地固めや根回しに奔走《ほんそう》しているはずだ。

「ロメお嬢様！」

教会を悪く言うなどバチが当たると、信心深い婆やが声を荒らげる。

だが婆やは一転して気落ちし、肩を落とす。

「しかし実際はそのようです。昨日も教会に行ったのですが、ロメお嬢様はふしだらな女だなどと根も葉もない噂が流れておりまして」

私のせいで信心深い婆やに、教会で居づらい思いをさせてしまったようだ。

「王家としても、そういう噂を流すしかないでしょうねぇ」

私は王家の行動に、ある意味納得する。

婚約は本来、神聖な契約だ。それを一方的に破ったのだから、それなりの理由がなければいけない。ただの性格の不一致というだけではだめなのだ。

しかしふしだらな女であるということは、婚約を破棄する大きな理由となる。

「私、処女検査でもされるのかしら?」

王家との婚姻の場合、処女性は特に重要視される。聞いた話では結婚前には大勢の女官の前で、処女かどうかを確かめられるらしい。

一応純潔は守っているが、人前で裸をさらすのは抵抗がある。

「ロメお嬢様、乙女が口にする言葉ではありませんよ」

婆やにまたたしなめられる。体は乙女でも、心はもうそうではないらしい。

「ごめんなさい」

私は謝っておくが、実際のところ処女検査はないだろう。処女だと答えが出ると、婚約破棄する理由がなくなってしまう。おそらく悪い噂を流すだけ流して、グラハム伯爵家の体面を考えて、処女検査は行わないとするつもりだろう。

恩着せがましいやり口である。

しかし私の悪い噂が流れているなら、お父様も社交界で悔しい思いをしただろう。随分と親不孝をしてしまった。しかし、それならなおのこと、お父様が私に対して何も言わなかったのが不思議だ。

お父様はいったい何を考えているのか？

わからなかったが、私はすぐに考えるのをやめた。他にもやらなければいけないことがあったからだ。

私は三年ぶりに王都ラーオンにある家に戻ったわけだが、ここには長くいられないことはわかっていた。

私が婚約破棄されたため、お父様は王都での権威を失い、王都にいられなくなるからだ。てっきりすぐにでも、本当の故郷と言えるグラハム伯爵領の領都グラムに帰るのかと思っていたが、そうはならなかった。

魔王を倒した王子が凱旋《がいせん》帰国を果たし、盛大な饗宴《きょうえん》が開かれ、それが何日も続いたからだ。

私は参加しなかったが、伯爵家としてお父様が祝賀に列席しないわけにはいかなかった。

これまでにない盛大な宴《うたげ》で、国中の誰もが英雄の誕生を祝っていたが、お父様だけは宴を楽しめなかった。楽しめるわけがなかった。

宴に先立って、私とアンリ王子との婚約破棄が正式に発表されたからだ。

お父様としては歯を嚙《か》み砕くほどの屈辱だっただろうが、歴史に名を刻む偉業を成した王子に文句をつけるわけにもいかない。どれほど怒りを抱えていても、笑顔でいつ終わるとも知れない宴に毎日出かけていた。

私は王都ラーオンにいる間、外を出歩かずに館で謹慎していた。

お父様がつらい思いをしているのに、原因である私が遊び歩くわけにはいかない。

とはいえ、時間を無為にするのは好きではないので、お父様がいない間に執務室に忍び込み、領地に関する書類を見せてもらうことにした。

お父様の執務室では、大きな机の上に、いくつもの資料が積み重なっていた。

連日の宴で、領地運営の仕事は滞っており、仕事はたまる一方らしい。

私はその書類の一つを手に取り、読ませてもらう。

我がグラハム伯爵領は、領都グラムを中心に三十の地方に分割されている。いま私が手に取ったのは、伯爵領全体の財務記録だ。

ざっと見てわかったのは、領地から得られる税収は、全体的に右肩下がりということだった。

火の車というほどではないが、我がグラハム家の財政状況は芳《かんば》しくない。

特に伯爵家の特産品である、磁器や蒸留酒の売り上げが落ちている。

戦乱で贅沢《ぜいたく》品の需要は低下している。商品がだぶつき、商人に買い叩かれているようだった。

お父様も何とか頑張っているが、資金繰りに苦労している。まとまった資金があれば財政状況を改善できるだろうが、利益を貯めておく余裕がない。少額の資金を逐次投入するしかなく悪化の一途をたどっている。

放蕩《ほうとう》娘としては、お父様に親孝行の一つでもするべきだろう。

しばらく考えてから財務記録をもとの場所に戻し、今度は地方領地の記録を探す。しばらく探していると、カシューと名付けられた地方の報告書を発見することができた。

このカシュー地方は王国の東端に位置し、辺境とされている場所だった。他国との国境に接しているため伯爵領が直轄地として治めているが、軍事的にも経済的にも重要な場所とみられておらず、代官が一人派遣されているだけの小さな地方だった。

伯爵領のなかでも小さな地方で、誰も目に留めないような所だ。だがそこから上がってきた報告書に目を通すと、なかなか面白いことになっているようだった。

僻地《へきち》ゆえお父様はろくに目を通していないし、経理担当も重要な領地でないため、報告をそのまま鵜呑《うの》みにしている。だが丹念に読み解けば、おかしなところがある。これは叩けばいろいろ問題が出てきそうだ。

ここにあるカシュー地方に関する書類を全てもらい、さらに書庫に行き、過去の記録もさかのぼって全て手に入れる。

両手に書類を持って自分の部屋の前に戻ると、カイロ婆やが私の部屋にやって来たところだった。

「ロメお嬢様、その書類はどうされたのですか？」

私が両手一杯に持つ本や書類を見て、カイロ婆やが驚く。

「何でもないの。婆やちょうどいいから、部屋の扉を開けて頂戴《ちょうだい》」

私は両手が塞《ふさ》がっているので扉を開けてもらい、部屋に入る。室内は荷物が積み上げられていて雑然としているが、荷物をよけてテーブルに歩み寄り、書類を置く。

「それで婆やどうしたの？　何か用？」

「ロメお嬢様、本当にこれらの品をお売りになるおつもりなのですか？」

婆やが積み上げられた荷物を残念そうに見た。この荷物は全て私が以前使っていた服や装飾品、小物類だ。

「着られない服なんて持っていても仕方ないでしょ」

旅に出て三年、過酷な生活で身長が少し伸びて、十五の時の服はもう体に合わなかった。何より服や装飾品の趣味が変わり、それほど魅力を感じない。これからのことも考えて、思い出の品以外は売ってお金に替えることにしたのだ。

「ですが、グラハム伯爵家が物売りをするなど」

体面の問題があると、婆やは悲しんでいた。

確かに、貴族が家財を処分するのは、あまり外聞がよろしくない行為だ。

「まぁね、でも婆や、これには考えがあるの」

私は意味ありげに笑った。もしかしたら大きな利益になるかもしれないのだ。

「それで、そのことを言いに来たの？」

それなら婆やとの話はこれで切り上げたい。私は早く持ってきた書類に目を通したいのだ。

「いえ、セッラ商会の方が来られております」

「ああ、そうだったの、お通しして」

私は婆やに取り次ぎを頼む。セッラ商会は王国一の呼び声高い大店《おおだな》だ。我が家の御用商人でもあり、懇意にしている。今日は売りに出す品を買い取ってもらうために呼んだのだ。

部屋で待っていると、婆やに案内され、身なりのいい小太りの青年がやってきて頭を垂れた。

「これはロメリアお嬢様、この度は我がセッラ商会とお取引いただきまして、ありがとうございます。私は今回の商談を任されているミネボーと申します」

セッラ商会のミネボー氏が、やや大仰な仕草で挨拶《あいさつ》をする。

「このたびはご足労いただきありがとうございます。まさかセッラ商会の跡取りの方が来ていただけるとは、思いませんでした」

私は記憶の隅から彼の名前を思い出す。確かミネボー氏は、セッラ商会会長の息子さんだ。

「当然でございます。グラハム様には日ごろお世話になっておりますから。今回は私が鑑定をさせていただきます」

ミネボー氏は満面の笑みを向けるが、商人の笑顔ほど信用ならないものはないだろう。

「売りに出す品はここにある物で全てです。さっそく査定にかかってください。ここで待たせてもらいます」

私の言葉にミネボー氏がうなずき、集められた品々を鑑定して金額をつけていく。私は部屋でカシュー地方の書類や記録を確かめる。カイロ婆やは出て行ってもいいのに、まだ売りに出すことに納得できないのか、部屋に残っていた。

しばらくすると査定が終了したらしく、ミネボー氏が声をかけてきた。

「お嬢様、鑑定が終わりました。さすがグラハム家、素晴らしい品ばかりですね」

ミネボー氏は商人らしいお世辞を言うが、私はそういったものには興味がない。

「それで、いくらぐらいになりますか?」

私は早速値段を尋ねた。商談で大事なのは何よりも金額だ。

「これぐらいでしょうか?」

ミネボー氏は値段を紙に書いて提示してくれるが、それは相場よりもずっと低い値段だった。

私の婚約破棄のせいで、伯爵家は現在落ち目である。足元を見られることはわかっていたが、こちらが想定していた値段の半値以下とは吹っ掛けてくれる。

もちろん彼らは商人だ。利益を唯一の神と信奉し、最大化のために努力することは否定しない。しかし相手が落ち目と見て侮り、この程度の小さな取引でこの態度はいただけない。

「そうですか、わかりました」

私は相場もわからない馬鹿のふりをして紙を受け取り、署名をした。これで取引は成立だ。

「ところで、もう一つ引き取ってほしいものがあったのです。これはいくらになりましょう?」

私は机の引き出しから箱を取り出し、中を見せる。

それは灰色っぽい、石のようなものだった。

遠目に見れば石、あるいは巨大な卵の化石のようにも見えるものだった。だがこれを見た瞬間、ミネボー氏の顔色が変わったのを私は見逃さなかった。

「ほぉ、これはこれは」

ミネボー氏は灰色の塊を受け取ると、しげしげと眺めてうなずいた。

「鉱石ですね。いや、これは珍しいものです。変わった鉱石を集めている好事家《こうずか》がいますので、金貨二枚で引き取りましょう」

「まぁ、こんな石ころが金貨二枚ですか」

ミネボー氏の言葉にそばにいたカイロ婆やは声を上げて驚いていたが、私はため息をついてミネボー氏から塊を取り上げた。

「どうやら貴方《あなた》には、これを扱うのは早すぎたようですね」

私は呆れながらミネボー氏を見る。

こう見えても私は目利きができるのだ。本職の商人と比べればそれほどではないが、値段や品物の知識はある程度わかっているつもりだ。

全て、旅で出会った商人から教えてもらったものだ。

道中、商人達とはよく一緒に行動した。彼らは商隊を組み、都市から都市を移動する。商人は護衛を必要としていたし、私達は旅のついでに路銀を稼げて都合がよかった。

野営中に彼らとはよく話をした。話好きの人間が多く、運んでいる商品の自慢や、これまで扱った大きな商いの話など、夜の暇つぶしには事欠かなかった。

おかげで私は目利きの目が養われ、相場や粗悪品をつかまされないコツ、交渉の仕方などを見て覚えることができた。もちろんこの石のような物の正体もわかっている。

「これが鉱石とは、セッラ商会も落ちたものです」

「な、なんですと」

私の言葉にミネボー氏が露骨に動揺する。人を騙《だま》そうとするには肝《きも》が足りない。かつて出会った商人達は、自らの店を持てなかったが、少なくともミネボー氏よりは商才があった。

「ロメお嬢様、それは何なのですか？」

カイロ婆やが尋ねるので、私は真実を教えてあげる。

「これは竜涎香《りゅうぜんこう》です」

私が品物の正体を明かすと、ミネボー氏の顔色がさらに悪くなった。

「竜の喉《のど》にできる結石なのですけれど。香料として珍重されます、小さなものでも同量の金と取引されていますよ」

婆やは金と同じ価値があると聞き、私の手の中にある塊を驚きの目で見た。

私が持つ竜涎香は破格の大きさで、手に入りきらないほど巨大だ。

「魔物とされる竜からとれるのですが、滅多にとれないうえ、この大陸には大型の竜がおらず、とれても小石ほどのものしか手に入りません。これほど大きなものは二つとないでしょう」

何故そんなものを私が持っているかと言えば、実はこれは魔王を倒した時の戦利品なのだ。

あの時はとにかく机にあるものを袋に入れたのだが、その中にこれが交じっていた。あとで調べて死ぬほど驚いた。竜が多くいるとされる、魔大陸ならではの品物だろう。

アンリ王子やほかの仲間はこのことを知らない。私だけで高価な戦利品を独り占めしたことになるが、魔王を倒した栄誉は分け合わなかったのだから、これで等分としてもらおう。

しかし改めて見ると大きい。しかもほんの少しだが削ったあとがあるので、魔王も疲れた時にこの香りで癒《いや》されていたのかもしれない。そう考えると憎き魔王にも人生があり、くつろぎの時間があったということで、少し考えさせられる。

「ロメお嬢様、それは一体いくらぐらいするのですか？」

カイロ婆やが尋ねるが、笑うしかない。

「これに値段などつけられませんよ、私ならこれを王家に献上します。大陸に二つとない品です。これを所蔵することで、王家の格が上がることは間違いありません」

王家は宝物を収蔵し、各国の代表を招いては国宝を見せあう。希少な品を多く所蔵するということは、それだけ財力があり、文化と歴史があり、信用があるという証明だからだ。この竜涎香なら、さぞ自慢の種となるだろう。

「これほどの品を献上すれば、王家はどんな頼み事でも聞いてくれることでしょう」

私はこの品の価値が、計り知れないことを保証した。王家に献上して何を要求するかは、商人としての腕の見せ所だろう。扱う人間次第でいくらでも化ける。

翻《ひるがえ》って、私は白い目でミネボー氏を見た。カイロ婆やも呆れた顔をしている。値段がつけられないほどの高価な品を、ただの鉱石と言い放ち、金貨二枚で買おうとした男だ。

「あの、その、お嬢さま」

ミネボー氏が何か言おうとしたが、私は聞く気はなかった。

「貴方《あなた》とはもうお話ししたくありません。今日はもうお引き取りを」

私は彼を切って捨てた。

商売の鉄則は、安く買い高く売ることだ。そこは否定しないが、ミネボー氏にとって商いはもはや詐欺に近い。旅の最中に出会った商人にも多くいた手合いだ。初めの頃はそういった連中に騙《だま》されたが、何度か会ううちにすぐに見分けがつくようになった。ミネボー氏を見たときにも一目でわかった。

「あの、その、ロメリアお嬢様。これは」

「話したくないと言ったでしょう？　お帰りください。ああ、売りに出した品は持って帰ってくださいね」

私が切り捨てると、ミネボー氏は逃げるように帰っていった。

「ロメお嬢様、あの程度で許すのですか！」

カイロ婆やは憤慨しているようだった。伯爵家を騙そうとしたことが許せないのだろう。

「構いません。それより婆や、お父様が帰ってきたらすぐにこのことを伝えてください」

おそらく明日にでも、セッラ商会の大物がやってくるだろう。

あとはお父様に任せればいいと、私はのんびり構えていたが、さすがは王国一の大店《おおだな》。行動の速さは私の予想を超えていた。その日の晩にミネボー氏の父親、セッラ商会のセッラ会長本人がやってきたのだ。

宴《うたげ》の帰りでお父様は疲れていたが、セッラ会長直々とあっては面会を断るわけにはいかなかった。事情の説明のために私も同席して、三人で会うこととなった。

「それでセッラさん。今夜はどういったご用件で？」

椅子に座るお父様は、宴の疲れが隠せず、ややぶっきらぼうな声で応対した。

「それが、今日うちの息子が、ロメリアお嬢様に大変失礼なことをいたしまして」

セッラ会長は、額に脂汗を流して謝罪した。

「失礼なこと？　一体なんです？　ロメリア。何かあったのかね？」

事情を知らないお父様が私を見た。

「問題はこの竜涎香《りゅうぜんこう》です」

私は魔王の所持品であった塊を取り出し、事の次第をすべて話した。

話を聞いている最中、セッラ氏は苦渋の表情を浮かべていた。これは勘当《かんどう》ものの大失態だろう。もっとも私も親不幸をしたので、ミネボー氏を笑うことはできない。

「うちの愚息が申し訳ないことをしました。お許しいただけるのなら、その竜涎香を私どもにお売りください。相応《ふさわ》しい値段で買い取りをさせていただきます」

頭を下げつつ、セッラ会長は私に再度の交渉を申し込んできた。

好都合と言える状況だが、セッラ会長直々の取引に、私は位負けしている自分を感じた。

セッラ商会は王国一の大店だ。それにセッラ商会には意地もあれば体面もある。一度買い叩こうとした手前、今回は採算度外視で高額の値をつけるだろう。動く金額を考えると、今の私では荷が重すぎる。

それに婚約破棄の件ではお父様にも悪いことをした、ここは埋め合わせをしておこう。

「セッラ会長、残念ですが、これをお売りすることはできません。そもそもこれは人にあげるつもりだったのです」

私は問題の竜涎香《りゅうぜんこう》を手に取り、お父様を見た。

「そういえばお父様には、旅のお土産を渡すのを忘れていましたね。これをお納めください」

言いながら、私は竜涎香をお父様に差し出した。

もはやこれは黄金以上の価値を持つ。そんな品をお土産としたことに、お父様は小さな目を何度も開け閉めしていた。私は混乱するお父様から、視線をセッラ会長に移した。

「ということで、これはお父様の持ち物となりました。あとはお父様と交渉してください」

私は問題をお父様に押し付ける。お父様なら気後れすることはないだろう。

「わかりました、ではグラハム様。どうかその竜涎香を私にお売りください」

セッラ会長が、今度はお父様に頭を下げる。

「それは構いませんが、セッラさん。いくらで買い取っていただけるので？」

「細かな値段交渉をするつもりはありません。もしこの金額でお売りいただけないのであれば引き下がります。どうかこの金額でお売りください」

セッラ会長は懐から、金額を書いた紙を差し出してくる。

金額が書かれた紙を受け取ると、お父様はいつもの無表情を忘れて、眼を大きく見開き驚いた。私もお父様に金額を見せてもらったが、書かれている数字を見て吹き出しそうになった。

そこには私の予想する十倍の金額が書いてあった。値交渉しないなど、商人らしからぬ行動だが、一世一代の覚悟があってのことだ。さすがはセッラ商会の会長だ。やることが違う。

「わかりました、そこまでされるのでしたら、この竜涎香はお売りしましょう」

この金額はむげにはできないと、お父様もうなずいて竜涎香を差し出した。

「ありがとうございます」

セッラ会長は竜涎香を受け取り、頭を下げる。そして再度私を見て、また頭を下げた。

「ロメリアお嬢様。このたびは、うちの愚息が誠に申し訳ないことをいたしました。聞けば竜涎香だけではなく、他の商品の下取りに関してもみっともない真似をしたとか、ぜひもう一度査定をさせていただきたい」

セッラ会長は下取りの値段が不当であったことにも言及し、正そうとしてきた。

だが私はこの話をきっぱりと断った。

「それはできません。あれはすでに終わった取引です」

足元を見ていることはわかっていたが、納得して署名したのだ。それを戻すなどできない。

「しかし、私どもといたしましても、あのような商いをそのままにするわけにはいきません」

会長としても、息子がやらかした不始末をそのままにできないのだろう。何より、貴族相手の貸し借りは高くつくことが多い。なんとしてでも、今夜のうちに終わらせてしまいたいのだ。

「わかりました、では埋め合わせとして、『魔法の絵具』を用意していただけませんか？」

私は入手困難な魔道具の名前を口にした。

それは一見するとただの砂に見えるのだが、魔法使いが握り締めて火に投げ入れると、炎の色が変わるという特性がある。魔法使いの素質を判定するときに用いる品物だ。

魔道具は基本的に高価なものが多く、しかもこの『魔法の絵具』は稀少《きしょう》とされていて、簡単には手に入らない。しかしセッラ商会ならそろえられるはずだ。

「いつでも構いませんので、送っていただけますか？」

「わかりました、明日お届けに上がります」

なぜそんなものを欲しがるのかとは問わず、セッラ会長はただ請け負う。

さすが王国一の大店《おおだな》。普通の商会なら扱うことも難しい品物を、明日そろえると言ってみせた。

実際、本当に翌日に品物が届いた。商人としてセッラ会長は間違いなく一流だろう。

私は欲しかった品物を入手できたし、お父様も思わぬ大金が手に入った。あの資金があれば、難航していた領地経営を立て直すことができるだろう。

連日続いていた宴《うたげ》もようやく終わり、宴の最後に、アンリ王子と聖女エリザベートの婚約が発表されたそうだ。

私としてはどうでもいいことだが、エリザベートとエカテリーナ、呂姫《りょき》の間でどんな話し合いがあったのかは気になった。しかしもはや私には知る由もない。

こうして私は王都を離れ、生家のある、グラハム伯爵領の領都グラムに帰った。

本当の実家と言える領都グラムに戻ると、私は忙しく動き回った。

まずは取り急ぎ服を用立てる必要があった。王都では間に合わせのドレスを着ていたが、ドレスは正直好きじゃない。動きやすく丈夫な服が必要で、仕立て屋に赴き好みの意匠を伝え、十着ほど作らせた。

さらに工房に行き、体に合う鎧《よろい》や兜《かぶと》、剣などを作らせた。

女の私が鎧を着ることに、工房の親方連中は意外な顔をしていたが、貴族の間で流行っているのだと嘘をついてごまかしておいた。

さらに人をやっていくつか人物調査を行い、お父様の部屋から勝手に拝借した資料を精査してあわただしい毎日を送っていた。

忙しさで言えば、お母様やお父様もそうだった。

特にお母様は毎日泣くことに忙しく、悲鳴や泣き声が聞こえてこない日はなかった。華やかな王都ラーオンから、こんな田舎に戻ったことが納得できないらしい。

慰める使用人達が大変そうだが、それも仕事とあきらめてもらおう。

お父様も竜涎香《りゅうぜんこう》で得た大金を、どう使うかで毎日忙しく動き回っているようだった。ただ財務記録を見て思うに、お父様は目の前の金に弱い。もう少し長期的な考えを持てばいいと思うけれど、娘の私が口出ししても仕方ないので黙っておく。

しかし家族の会話は相変わらずなかった。お母様は部屋にこもったきり出てこないし、お父様とは食事時に会うのだが、決まりきった挨拶《あいさつ》だけで、他に話題がない。

どう接していいのかわからないまま、ついに私の準備がほぼ終わった。仕立て屋に注文していた服は明日には届くし、予定していた物資もそろった。あとはお父様と話をつけるだけだ。

「お父様、少しお話があります」

私は午後のお茶を楽しんでいるお父様のもとに赴き、話を切り出す。

「実は色々考えていたのですが、長旅の疲れを癒《いや》すために、辺境のひなびた場所で、少しゆっくりしようと思っているのです」

もちろん嘘だが、これは突飛な行動ではない。私はアンリ王子に婚約破棄され、社交界では居場所がない。なら落ち着いた田舎で、穏やかに過ごしたいと言っても不思議ではないはずだ。

「……どこに行きたいのだね？」

お父様の言葉に、すぐに私は返答した。

「東にあるカシューです」

私はかねてより選んでいた地名を口にした。

「わかった、好きにしなさい」

予想通りお父様は許可を出した。何かと手を焼かせる娘が、自分から辺境に引っ込んでくれるのであれば、手間が省けると喜んでいるのだろう。

「はい。ただお父様、私あそこで不自由したくありませんの。お父様に迷惑はかけません。その代わり、カシューでは好きにさせてください」

私はちょっと我儘《わがまま》娘っぽくねだってみる。

「……わかった。いいだろう」

お父様はこれも了承した。私に煩《わずら》わされるより、好きにさせたほうが楽だと考えたのだろう。カシューでやることの言質《げんち》は取った。後で正式な書類にしてもらおう。

「ロメリア。いつ発《た》つのかね？」

「できるだけ早く。旅の途中に護衛をつけてもらえますか？」

お父様の問いにすぐに答え、ついでに護衛もねだっておく。

カシューは辺境で、魔王軍の手はまだ伸びていない。しかし近頃は魔物が増えてきているそうだ。盗賊が出ることも考えられるので護衛は必須だ。それに現地を見て回りたいと考えている。護衛をつけてもらい、道中で寄り道をして視察も兼ねよう。

「わかった、手配しておこう」

拍子抜けするほどお父様は私の言うとおりにしてくれる。お父様なりに気を使ってくれているのだろうか？

「お母様にも、一応お別れをしておこうかと思います」

私はお母様の名前を出した。下手をすると、もうこれっきり二人には会えないかもしれない。三年前はできなかったが、今回はちゃんと別れの挨拶《あいさつ》をしておくべきだろう。

それがいいだろうとお父様も同意し、私はその足でお母様の部屋に向かった。

お母様の寝室に向かうと、外にまで泣き声が響いていた。私はため息一つして覚悟を決める。

「お母様、ロメリアです。入りますよ」

私はノックをした後、部屋に入る。

広い寝室は散らかり放題だった。洋服に靴、宝石類に下着やハンカチなどが散乱していた。

「ああ、ロメリア。どうしましょう。もうこの世の終わりだわ」

私を見るなり、開口一番にそんなことを言い出した。お母様はこの世の悲劇と災厄を見つける天才だ。

やれ使用人が冷たいだの、友人が自分を蔑《ないがし》ろにしているだの、商人が粗悪品しかよこさないだの、愛玩動物も自分になつかないだの、森羅万象が自分をのけ者にしていると思っている。

そして嘆きながら、決して私の目を見ようとしない。

普段ならそれでもいいが、これが最後になるかもしれないのだ。

「お母様！」

私は延々と続く愚痴を聞くのも飽きて、大きな声を出してパンと手をたたく。

声と音に驚き、お母様が目を見開いてようやく私を見た。

私は両手をお母様の顔に添え、じっくりと覗き込むように見つめる。

お母様の顔を正面から見たのは久しぶりだ。お母様も私の顔をまっすぐ見たのは久しぶりだっただろう。

じっくりと顔を見た後、私は両手を顔から下げお母様の背中に回し、抱擁した。

突然の抱擁に、お母様は驚き緊張に体を固くしていた。

「明日カシューへと旅立ちます。これでお別れです」

別れの挨拶に、私はなけなしの愛情を全て振り絞った。

さようなら、お母様。自分以外を愛せない可哀想な人。しかし私もお母様を愛せなかった。

愛してはいないけれど、元気ではいてほしい。

「さようなら、お達者で」

私は抱擁を解き、お別れを告げる。

部屋から出ていくと、部屋からまた泣き叫ぶ声が聞こえてきた。

泣き声に振り返ることなく、私はカシューへと旅立った。

第二章
～辺境に赴いて砦を乗っ取ることにした～

三年に及ぶ魔王を倒す旅は、過酷なものだった。

貴族として育った私には、飢えや寒さだけでもつらいものだったし、魔族の支配地域に入ってからは、常に襲撃の危険があった。

三年間の厳しい旅を耐えきった私だったが、カシューへの旅路は、その私でも音を上げたくなるほどきつい行程だった。

なぜなら、馬車の中は愚痴の言葉で埋め尽くされていたからだ。

愚痴の主は、旅に同行を申し出てくれたカイロ婆やだった。

「まったく旦那様と、奥様は。やっと戻ってきてくれたロメお嬢様を辺境にやるなんて」

カイロ婆やはぶつくさと文句を言う。すでに何度も聞いた話だった。婆やは私のカシュー行きに納得がいっていない様だった。

確かにこれは一見すると婚約破棄されたような不良娘を、勘当《かんどう》したように見える。

「だから、違うと言っているでしょう。婆や」

カシュー行きは私が自分から言い出したことだと、何度も説明しているのに婆やは取り合わない。二人の態度がひどすぎると今も言っている。

「だってそうでございましょう。被害者はロメお嬢様なのですよ。どうしてお嬢様が辺境に行かねばならないのです。だいたいあの王子ときたら、最初に旅についていったロメお嬢様をこともあろうに捨てて、あんなどこの馬の骨とも知れない女と婚約するなど、ひどすぎます」

カイロ婆やが怒りをぶちまける。普段の信心深さはどこへやら、教会公認の聖女を捕まえてその言葉はまずいと思うが、もうたしなめるのも疲れた。同じく馬車に乗っている、カイロ婆やの夫であるカタン爺やも、呆れて注意しなくなってしまった。

「そんな傷心のロメお嬢様に、奥様はただ泣くばかりで、旦那様は何も言わない。これではあんまりです。せめて、せめて何か一言あるべきです」

私は別に傷心でも何でもないが、確かに、叱責の言葉が飛んでこなかったのは意外だった。婆やの言うような温かい言葉は期待していなかったが、何もないのも拍子抜けで怖い。

「それに使用人達も使用人達です。ロメお嬢様がカシューに行くというのに、誰もついていこうとしない。まったく呆れました」

カシューへと都落ちをする私に同行してくれたのは、婆やとその夫である爺やのみだった。

「別にいいのよ、彼らにだって考えがあるでしょうし」

私は彼らを非難しない。好んで辺境に行きたがる者はいないだろう。

「しかしですねぇ」

カイロ婆やはまだぶつくさ言っていたが、もう聞き飽きた。

「婆や、いい加減にして、全ては私が決めたことよ」

「ですが、ロメお嬢様。これから行くカシューの地は辺境も辺境。魔物も出るっていうじゃありませんか。そんな地にお嬢様を行かせるなんてあんまりです」

「知っている。でもそんなに悪い所じゃないわよ。自然が豊かでいい所よ」

婆やに私はカシューの良さを教える。もっともそれしかないともいえるが。

「ロメお嬢様は、カシューに行ったことがあるのですか？」

「一度だけね」

婆やの問いに短く答える。カシューには王子との旅の途中で、図らずも立ち寄ったことがある。予定外の寄り道だったが、そのおかげで面白いことを知ることができた。

「はい、もう愚痴はそれぐらいにして頂戴《ちょうだい》。やらなきゃいけないことはたくさんあるんだから」

私は窓から外の景色を見た。馬車はすでにカシューに入っている。のどかな田園風景が広がっていたが、街道沿いにある町の柵がいくつも壊れているのが見えた。

おそらく魔物による被害だろう。街道にまで被害が出ているなら問題だ。奥地の村ではさらにひどいことになっているはずだ。やはりこれは実地で調べる必要がある。

「爺や、悪いけれど御者に言って馬車を止めてもらって。ちょっと寄り道しましょう」

私は進路を変更させ、魔物の被害を調査するため、辺境のさらに奥地を巡回した。そのせいで旅程が遅れに遅れ、新居として定めたカルルス砦《とりで》に到着したのは、予定より十日も後だった。

「ここが王国の東の果て、カルルス砦か。意外にいい所ね」

予定から十日遅れて到着したカルルス砦を、馬車の中から見て私はつぶやく。

そこは四方を壁に囲まれた砦だった。

「まぁ、カルルスとはこんなところなのですか」

武骨な砦を前に、婆やはめまいを起こしていたが、私はここがそういう場所であることは知っていた。私が欲していたのは、美しい邸宅ではない。兵士が駐屯《ちゅうとん》できる軍事施設だ。

「そうよ、いい所でしょ？　自然は豊かだし、魔物が出てもここなら安全よ」

私は婆やに言ってやった。

カシュー地方は、北を峻険《しゅんけん》なガエラ連山に塞《ふさ》がれ、南は湿地。東には荒野がありその先は隣国とつながっている。隣国とは過去に戦争をした歴史がある。敵国に対する備えとしてこの東の果てにカルルス砦が造られたのだが、そもそもカシューに戦略的価値はなく、カルルス砦にも戦火の記憶はない。そのせいか砦には弛緩《しかん》した空気が漂っていた。門の両脇を固める二人の門番は、槍《やり》を杖にしてあくびをしていた。魔王軍は王国の西に展開しているため、カシューが主戦場から遠いことも士気が低い原因の一つだろう。

「ロメお嬢様、こんなところに住むことはできません。今すぐミレトの街に戻りましょう。あそこならもう少しまともな生活ができます」

ここに来るときに通り過ぎたのだが、ミレトはカシューで一番大きな街だ。確かにあそこなら快適に生活できるだろう。

「私はここでやることがあるの。ミレトに行きたいのなら婆や一人で行って頂戴。なに、どんなところも住めば都よ」

私達を護衛してくれた兵士が、私の身分を門番に告げる。門を開けてもらい馬車が砦《とりで》の中に入る。

カルルス砦の中は広々としていた。資料によれば、最大千人は駐屯《ちゅうとん》できる規模のはずだ。見たところ兵士の数は五十人ほどしかいないが、記録上では百人はいるはずだ。演習か巡回警備にでも出かけているのかもしれない。

私が馬車から降りると文官らしき男性がやってきて応対してくれた。話をすると、カルルス砦を預かるカシュー地方の代官は、現在は演習のため不在らしい。すぐに馬を走らせて連絡を取ってくれるそうだが、帰りを待つしかなさそうだった。

とりあえず爺やには荷物を下ろしてもらい、婆やには住む場所の掃除をしてもらう。何か仕事を与えれば、少しは静かになってくれるだろう。

私はここまで送ってくれた護衛達を帰し、自分は砦の中を見て回った。

だが軽く視察しただけでも、砦の状態が万全ではないことがわかった。

人数が少ないのは仕方がないにしても、まず兵士の士気が低い。戦地から離れているため兵士達に緊張感がなく、見知らぬ私が動き回っているのに、誰も呼び止めない。

それに兵士の装備も貧弱だ。武具はくたびれているし、数も不足しているように見えた。特に砦の防衛に必要な弓や弩《いしゆみ》の数が少ない。軍馬も十分とはいえないようだった。

一通り見て回ると、爺やが荷物を下ろし終え、応接室に荷物が運び込まれていた。私も応接室に入り、持ってきた書類を確認しておこうと荷物を解く。そして書類を確かめていると、護衛を連れた小太りの男性が部屋に入ってきた。

着ている鎧《よろい》には見事な装飾が施されているので、身分が高いことは一目でわかった。

「ロメリアお嬢様ですね、お待たせして申し訳ありません。そしてよくおいで下さいました。私がこの領地の代官を任されているセルベクというものです」

小太りの男性が柔和な笑みを浮かべて頭を下げる。彼はカシュー地方を束ねる代官であり、この砦を指揮する最高指揮官でもある。この砦は実質、彼のものと言っていい。

「セルベク代官、これからよろしく頼みます。そして早速で悪いのですが、一つお願いがあります。どうやらこの地方には頻繁に魔物が出没しているようです。隊を編成して討伐するべきでしょう。私が指揮を執《と》りますので、兵士に軍馬、武器に食料などを提供していただきたい」

開口一番の私の言葉に、セルベクは驚き、そして笑った。

「さすがはアンリ王子と旅をされただけのことはありますね。勇ましいことですが、領地の守護は私の仕事です。ロメリアお嬢様にはお部屋にいていただかないと」

「そうしたいのは山々ですが、セルベク代官。その仕事が滞っているようです。村のあちこちから、魔物の襲撃の報告が上がっているようですよ？」

「そんなもの下々の戯言です。税を払いたくないから、魔物が出たなどと言っているのです」

セルベクは切って捨てようとしたが、私は騙《だま》されない。

「そんなことはありません。魔物の出没は本当です。ここに来るのが遅れたのは、寄り道をして領内の被害を確かめたからです。実際に被害が出ていましたよ」

私がこの目で見たのだから間違いない。まだ大きな被害となっていないが、魔物の数は次第に増えていると思われる。大規模な討伐をしなければ、いずれ大きな問題となるだろう。

「なんと、これはセルベク一生の不覚。すぐさま討伐隊を編成しましょう。しかしロメリアお嬢様はここにいていただきます」

「いいえ、私も同行します」

私は頑《がん》として譲らなかった。どうしても兵士が欲しいのだ。私の手足となる軍隊が。

「ロメリアお嬢様。一体何の権限があってそのようなことを言われるのです？　確かにここはグラハム伯爵様の領地ですが、貴方《あなた》には何の権限もないのですよ？」

セルベク代官が私の資格を尋ねる。確かに、伯爵令嬢でしかない私には、セルベク代官に命令する権限もない。ただし、委任状が無ければの話だが。

「権限ならばあります。ほら、ここに委任状があるので確認してください」

私が書類を見せると、セルベクの顔が驚きに固まった。私が見せたのはお父様直筆の全権委任状だ。これがあれば私は父である伯爵と同等。カシューの中でできないことはない。

お父様は生活費や使用人などを、好きにさせる程度のつもりで渡したのだろう。だがこれがあれば砦《とりで》の兵士も扱える。その気になればセルベク代官も更迭《こうてつ》できるのだ。

「こ、こんなもの、ただの紙切れだ。いくら伯爵令嬢でも、女の命令など兵士は聞かない。それにグラハム伯爵様も、そんなことのためにこれを渡したのではないはずだ。撤回するよう手紙を送ればそれで終わりだ」

セルベク代官は後ろの兵士達に目配せする。兵士達は力強くうなずく。

代官子飼いの兵士だろう。今日初めて見た貴族より、付き合いの長い代官を選ぶのは当然だ。

「ですが、貴方の首も危ないのでは？　魔物を放置したせいで税収は右肩下がりです。お父様がこの事実を知ればどうなることか？」

私はカシューの領地経営がうまくいっていないことに言及した。辺境であり、もともとの数字が大きくないため注目されていないが、お父様が知れば即刻首を挿《す》げ替《か》えられるだろう。

脅され、セルベクの目の色が変わった。

「お嬢様、勘違いされては困ります。私はグラハム伯爵様よりお嬢様をしっかりお守りするように命じられております。もしお嬢様が私の言うことを聞いていただけないのであれば、心苦しいですが、部屋で謹慎していただくことになりますぞ」

セルベクの力に物を言わせた軟禁宣言。告げ口の手紙を出す隙すら与えるつもりはないのだろう。しかしそれも予想通り。

「ああ、そうでした、もう一つ書類を渡すのを忘れていました。写しですが、これも貴方に差し上げましょう」

私がさらにいくつかの書類を見せると、セルベク代官の顔色が一気に悪くなった。

書類に書かれていたのは、代官が行った不正の証拠だ。税をごまかし公金を横領している。

「こ、これはその、りょ、領地を運営するためには仕方なく。誰もがやっていることだ」

セルベクは苦しい言い訳をした。確かに、この程度はどこもやっていることだろう。

「領民を思ってのことですか、それは素晴らしいですね。しかし武器を横流ししたのはまずかったでしょう。しかもそれが盗賊に流れ、使われたのは大失態です」

私は、セルベク代官が行った不正に言及した。

露見しないように細心の注意を払ったのだろうが、横流しした武器が盗賊に使用されて問題になっていた。武器の出所を調べていた調査官に、セルベク代官は賄賂《わいろ》を渡してうやむやにしたが、私はそれ以上に金を払って証拠をつかんだ。

「武器の横流しは、国家反逆罪にもなる重罪です。処刑は免れないでしょう」

私が罪を指摘すると、セルベク代官の瞳に刃が宿る。

「ロメリアお嬢様、どうやら私の言った意味がわからなかったようですね」

その視線はなかなか怖い。一見すると無能そうに見えるが、この代官はなかなかに肝《きも》が据わっている。実際、彼の前の代官は面白い死に方をしていた。意外に食わせ者のようだ。私は今夜にでも殺されるかもしれない。

「お前達。すぐにお嬢様を塔の最上階にお連れしろ。誰にも会わせず一歩も外に出すな」

セルベク代官の命に兵士達が歩み寄るが、抵抗する気などさらさらない。

「わかりました、どうぞご自由に。貴方《あなた》がお父様にどんな言い訳をするのか楽しみです」

「どういうことだ？」

私が両手を挙げて無抵抗を示すと、セルベク代官が顔色を変えて問う。

「それは写しだと言ったでしょう？　原本は領都グラムにいる知り合いに預けています。私が手紙を送らなければ、原本が公開されるようになっています」

私が答えるとセルベクは目を見開いて驚く。

「さぁ、兵士どの、私の部屋に案内してください。手間はかけさせませんよ。誰かと会いたいとも言いませんし。手紙の一通も出す気はありませんから」

「ちょ、ちょっとお待ちください、ロメリアお嬢様」

セルベク代官は私の腕をつかんで止めようとしたが、振りほどいた。

「女性の体に無断で触れるとは、失礼にもほどがありますよ？」

自分でもたまに忘れるが、こう見えても私は伯爵令嬢なのだ。

「お、お待ちください、ロメリアお嬢様。なにをお望みです」

「いえ、もういいですよ、お願いは次に赴任される新しい代官にしますから」

必死に嘆願するセルベク代官に笑って返事をすると、代官は今にも泣きそうな顔をした。

「いえ、私がやります。私にお命じください」

セルベク代官は早々に折れてくれた。

うなだれる代官を見て、内心一息つく。

とりあえずうまく事が運んだ。これでようやく一歩目だ。あと何歩進めばいいのか、考えると少し憂鬱《ゆううつ》になる。だがすぐに気合を入れ直した。まだまだ先は長いのだから。


セルベク代官との交渉を終えた後、私はあてがわれた部屋でまず着替えをすることにした。

伯爵令嬢に相応《ふさわ》しいドレスを脱ぎ捨て、この前仕立てたばかりの服に袖を通す。

白いブラウスの上に、襟が大きい濃紺の上着を羽織る。三年前には見なかった型で、ジャケットというらしい。西の大国、ヒューリオンで最近作られ流行しているそうだ。袖口や襟元に金の刺繍《ししゅう》が施されていて、なかなか見栄えがする。

胸元には白で鈴蘭《すずらん》の様な意匠が施されている。

下は黒のズボン。ぴったりと肌に張り付き、脚の形がはっきり見えてしまうが、馬に乗るときに邪魔にならないだろう。さらに黒の長靴を履き、腰に軽い細身の剣を装備して一応完成。すべて特注の品だ。女用の軍服というものがないため、一から作るほかなかった。

戦場に出るときは、この上から特注の鎖帷子《くさりかたびら》と胸鎧《よろい》を着る予定だが、今日はいいだろう。

軍装に身を固めたあと片手に収まりきらない大きさの革袋を一つ持って、砦《とりで》の広場に出る。

広場では代官が用意してくれた兵士達が整列していた。

セルベク代官は早速私の望みをかなえてくれた。兵士二十人に軍馬三頭。荷馬車一台。投げると爆発する魔道具である『爆裂魔石』を三つ提供してくれた。

しかし兵士を見ると、セルベク代官の心の内がわかるというものだった。

与えられた兵士はみな若く、体格もよくない。今年集められた新兵ばかりだった。

とはいえ、不正を盾《たて》に文句をつけるつもりはない。私は彼を脅したのだ。快く精鋭部隊を貸してもらえるとは思っていない。

それに、これはこれでいい。癖のついていない新兵。手始めに彼らを鍛え上げ、一人前の兵士にすることが私の仕事だ。まずは彼らにやる気になってもらおう。

私は並ぶ新兵の前に立ち、声をかけた。

「初めまして、グラハム伯爵家長女にして全権代理人のロメリアです。聞いていると思いますが、これから領内を跳梁《ちょうりょう》する魔物を一掃する討伐隊を結成します。また、この討伐隊は魔王軍との戦いも視野に入れています。皆さんにはしっかり働いていただきたい」

私の言葉に対して、新兵からは失笑が返ってきた。

「何で俺らがそんなことを。魔王軍は貴方《あなた》の王子が、いや貴方を捨てた王子が倒してくれるのでしょう？」

生意気な顔をした赤い髪の青年が言うと、周囲から笑いが漏れる。どうやら私が王子に婚約破棄された話は、こんな僻地《へきち》にまで広まっているようだ。

本来、貴族を笑うと面倒なことになるのだが、ここで安い矜持《きょうじ》を振りかざすつもりはない。

「貴方《あなた》、名前は？」

私は発言した赤い髪の青年に尋ねる。

「アルと申しますが？　お嬢様？」

二十歳そこそこの青年が、笑いながら答えた。

「アルですか、悠長なことですね」

私は少し呆れた。辺境にいると、こうまで緩くなれるのか。

「アル、貴方は王子の率いる軍が来ると言いますが、それはいつの話です？」

私の問いに、アルはすぐに返答できなかった。

「それは……」

言い淀むアルに、私が代わりに答えてやった。

「答えは、永遠に来ない、です。王国が辺境を守るために、出兵してくれるわけがないでしょう」

アンリ王子が国内の魔王軍を一掃するため、討伐軍を興すことは間違いない。だが王国軍の防衛目標は、王国の経済を支える交易路や人口が多い主要都市だ。こんな辺境に派遣されるのは最後の最後だ。

「そんなことだと、世間知らずと笑われますよ」

年下の小娘に世間知らずと言われ、アルをはじめ兵士達は機嫌を悪くする。だが彼らはもっと焦るべきだ。

「私は貴方達より年下ですが、王子と旅をして、魔王軍の怖さは誰よりも知っているつもりです。魔王軍に滅ぼされた町や村は、それはもう悲惨なものですよ」

私は過去に見た魔王軍の脅威を思い出す。それは今なお胸が痛くなる光景だった。

「魔王軍に襲われて、家も畑も失った人に待っているのは餓死か凍死、あるいは病死のどれかです。しかし彼らはまだ幸運といえましょう。魔王軍や魔物に殺された人達の悲惨さと言ったら言葉がありません。魔王軍は捕まえた人間を奴隷にするか、なぶり殺しにするかのどちらかです。魔物は生きたまま人間を食います。その死にざまといったら。『やめろ、俺を食わないでくれ』と屈強な男が泣き叫ぶ声は、今も耳に残っています」

私が見てきた戦場の地獄を語ると、兵士達は声を失くしていた。

今年集められた新兵達には、ちょっときつい話だったかもしれない。私も初めてその光景を見たときは、何日も眠れずに過ごし、一刻も早い魔王討伐を心に誓った。

どうしようもない王子とその女達について行ったのも、ひとえに殺された人、これから殺されるかもしれない人達を思ってのことだ。

「アルの言う通り、王子が討伐軍を結成されるでしょう。その結果、どうなると思います？」

私は兵士達に尋ねた。

アンリ王子率いる王国軍と魔王軍の激突が、どのような過程をたどるかは私にもわからない。戦争では何が起きるか予想がつかないからだ。

しかし魔王が倒され、補給路も断たれた魔王軍は、さすがに戦力を維持できない。どれだけ手間取っても、王国軍は最終的には勝ちを拾えるはずだ。

「王国軍は勝利するでしょう。しかし、敗れた魔王軍は本国に逃げ帰ることはできません。彼らの故郷は海を渡った魔大陸にあり、帰る船がないのです」

魔族が故郷に帰るには、私達が密航した魔導船《まどうせん》が必要だ。しかし迎えの船は来ないだろう。魔大陸では魔王が死に、混乱の極みにあるはず。救助の船を出すとは思えず、アクシス大陸に侵攻してきた魔族は、見知らぬ土地で孤立することになる。

「王子率いる討伐軍に蹴散らされた魔王軍の残党は、本国に逃げ帰ることができず一斉に四方へと広がるでしょう。各地で軍閥化し、自分達の国を作ろうとするはずです。当然、カシューのような辺境の地は格好の狙い目となります。今はまだ被害は少なくて済んでいるかもしれませんが、いずれ連中は必ず来ます。それが貴方《あなた》達の故郷でないとは、誰にも言えない」

私が確実に来る未来を指摘すると、兵士達がうつむく。彼らの脳裏には、故郷の家族や恋人のことが思い出されていることだろう。

「別に王国のために戦えとは言いません。貴方達は自分の故郷のために戦うべきなのです」

私の言葉に、兵士達の何人かが表情を変える。自分達で故郷を守らなければならないという心に火がついたのだ。しかし大部分はうつむいたままだった。戦闘経験のない新兵である彼らは、自分達が魔王軍や魔物と戦い、勝てるとは思えないのだろう。

生存本能を考えれば当然のことだ。だからその本能をくすぐってやろう。

「故郷を守るためとはいえ、ただで命を賭けろとは言いません。褒美《ほうび》は考えています」

私は持って来た革袋を前に出し、中に入っている物を取り出して見せた。すると小さな歓声とともに、四十の瞳が吸い込まれるように私が掲げた物を見る。

私が摘《つま》むのは、ピカピカに磨き上げられた黄金色に輝く金貨だった。

カシューで暮らす支度金として、お父様にもらった金貨だ。それも貴族が国家に税金を納める時に用いる、大金貨で用意してもらった。

「貴方達はこれがいくらほどの価値になるか知らないでしょう。言っておきますが、これ一枚で、優に三年は遊んで暮らせますよ」

私がそう教えると、生唾を呑《の》み込む音が聞こえた。

「働きに応じて褒美を出します、大手柄を立てれば、この金貨は貴方達の物です」

私の言葉に、兵士達は色めきたった。

黄金とは不思議だ。ただの綺麗な金属でしかないのだが、多くの人の心を惹《ひ》きつける。

私は革袋から金貨をつかめるだけつかみ、見せびらかす。

「ほら、よく見てください、この輝きを。偽物ではありません。本物の金貨です」

兵士達の目が黄金の輝きに吸い込まれている。私は整列する彼らの前を歩き、鼻先まで近づけてやる。黄金に魅せられ兵士達の目の色が変わっていく。

こうすることで、黄金の匂いを嗅がせることができるらしい。

もちろん黄金に匂いなんて存在しないが、心で臭いを嗅がせることが重要らしい。以前、旅で知り合った商人がやっていた手だ。

金のためなら何でもする最低の商人だったが、人を動かす手法に関してだけは長《た》けていた。

商人いわく、金と脅しで動かない人間はいないそうだ。

黄金に憑《と》り付かれた人間の言葉だが、ある程度は真実なのだろう。故郷を守るという大義に、黄金の魔力。

正義だけで人は動けず、欲にかられる人間はここぞという時にもろい。二つが合わさることで、一つの力となる。

なんとか兵士達をまとめることができた、これで二歩目。次は実戦だ。


天を突くように並べられた槍《やり》が、一斉に振り下ろされる。

王国から支給された兜《かぶと》に胸当てをつけた兵士達が、掛け声を上げて前へと槍を突き出し前進する。広場の端まで進むと、槍を上げてその場で回れ右をする。そして槍を振り下ろし、同じことを繰り返す。

カルルス砦《とりで》のすぐ横に設けられた練兵場では、集められた新兵達が訓練をしていた。

私も練兵場に行き、兵士達の訓練を遠目に眺める。

すでに基礎的な訓練や体力づくりは終えていたので、一応形にはなっている。

ただし実戦経験のある古参兵がおらず、訓練も型通りのものでしかない。実戦でどれほど通用するのかは未知数だった。

弓兵もおらず、接近戦しかできないのも問題だ。新兵達に弓を扱ったことがある者がいなかったため、今後適性を見て訓練をしていくしかない。

適性といえば、魔法使いの適性も調べておきたいところだった。

魔法使いの素質を持つものは少なく、百人に一人いればいい方だといわれている。運が良ければあの中に一人ぐらい魔法が使えるものがいるかもしれなかった。

一応、適性を調べるための魔道具は手元にはある。セッラ商会に用意してもらった、『魔法の絵具』だ。

検査はいつでもできるが、高価で入手困難な品物だ。どれだけ戦えるかわからない新兵には、気軽に使用できなかった。

とはいえ、魔法使いはぜひとも欲しい。兵士が使いものになれば、適性を検査していきたい。

あと傷の治療を行う、癒《いや》し手《て》の不在も問題だ。

本来なら砦《とりで》には一人の魔法使いと、二人の癒し手を常駐させることになっているが、魔王軍が現れたため国中から魔法使いと癒し手が引き抜かれていて、ここカルルス砦は現在そのどちらも空席のままだ。

魔法使いがいないのは仕方ないにしても、傷を治す癒し手がいないのは困る。戦闘行動を行えば当然負傷者が出るし、訓練でも怪我《けが》人は出る。せめて一人は癒し手が欲しかったが、これも今はどうしようもない。

無い無い尽くしで頭が痛いが、今はあるもので我慢するしかない。

「アル隊長。調子はどうですか?」

私は訓練中の兵士に歩み寄り、例の生意気な青年のアルに声をかける。

セルベク代官に与えられた兵士達は、全員が新兵で階級も序列もない。とりあえずのまとめ役として、威勢のいいアルを仮の隊長としたのだ。

「見ての通り完璧です」

自信過剰な発言だと思うが、今は指摘しない。アルの隊長職も失敗するまではそのままにしておこう。

「それは何より。では訓練は今日で終わりです。実戦に行きますよ、南に二日ほど下ったところにある村で、魔物が出たそうです」

今朝がた、魔物の発見と討伐の嘆願書が私のところに来た。嘆願書には山に入った村人が、小型の魔物十四と遭遇したとあった。

魔物とは、動物が何らかの原因により変化して凶暴化した姿だ。

魔王軍が現れる以前は時折発見される程度だったが、魔王ゼルギスはいかなる方法を用いたのか、自在に魔物を作り出すことに成功し、私達の大陸に大量の魔物を放った。

しかもゼルギスが生み出した魔物は、ほかの動物を魔物にする力を持っているらしく、放たれた魔物が各地で増殖し、大陸全体を蝕《むしば》む災いとなっている。

「魔王軍が生み出した魔物は特に凶暴で、人間に敵意を持ち、見境なく襲ってきます。放っておけば、村が襲撃されるのも時間の問題でしょう。今のうちに討伐します」

私が討伐を宣言するとアルがうなずいた。

「よ〜し、おまえら。実戦だ！」

アルが声を張り上げる。何人かの兵士はつられて声を上げた。生意気な男だが、威勢のよさが少しは役立ちそうだった。

翌日、私は宣言通り兵士を率いて、砦を出発した。

私を入れて三名が馬に乗り、最後尾が食料を積んだ荷馬車という編成だ。

出発前にはカイロ婆やが何度も私を引き留めたが、ここで止まるわけにはいかなかった。

南へと進む行軍の速度は速い。二十人しかいないので軽快だ。それに何人かの兵士達は褒美《ほうび》に目がくらみ、早く敵を倒したいと考えているようだった。

士気はそれなりに高いようだが、あまりあてにはできない。しょせんは金と危機感で作ったかりそめのもの。吹けば飛ぶような威勢のよさだ。実戦で吹き消されないことを祈るしかない。

兵士に合わせて馬を進めていると、私の隣で同じく馬に乗る兵士がこちらを見ていた。

確か、レイという名前の青年だった。

そばかすの浮いた幼さの残る顔で、青白い肌に痩せた体とひょろ長い身長は、日当たりの悪い場所で育った大根の様だ。私より年上のはずだが、顔のせいで年下にも見える。ただ、農民出身なのに馬に乗れて文字が読め、簡単な計算もできるというちょっと変わった青年だ。

「なにか用ですか?」

「あっ、いえ。馬に乗るのが上手だなと思いまして」

私に話しかけられると思っていなかったのか、レイはしどろもどろになりながら返答する。

「ええ、王子と旅をしていたときに、馬に乗る機会がありましたから。その時覚えました」

私は旅の思い出を少しだけ語った。

旅は基本徒歩だったが、時には馬を借りて移動することもあった。初めはうまく乗れなかったが、旅先で出会った草原の民に馬術を教えてもらい、最後には仲間の中で一番うまくなった。

「馬は好きです。馬車も扱えますよ。風雪に覆われた北方凍土を旅したときは、犬ぞりも扱いました」

私は動物が好きだ。特に馬は美しい生き物だと思う。

「それはすごいですね」

レイがお追従を言うと、レイの隣から口笛が聞こえた。

「ほんとだ。まさに野生児」

レイと同じく馬に乗るアルが、偉そうな顔で笑っていた。

顔をしかめてレイがアルを注意するが、本人はどこ吹く風。私も咎《とが》めたりはしなかった。

「そういう貴方《あなた》達は、なぜ馬に乗れるのですか？　たしか農民でしたよね？」

私としてはアルとレイの方が意外だ。農民出身で、馬に乗れるのは珍しい。

「ああ、俺は勇敢だからな。農耕馬に乗っていた」

アルが自慢げに言うが、勇敢と無謀をはき違えた言葉だろう。とはいえ、無謀は兵士にとって必要な要素でもある。

しかし農耕馬を持っているということは、アルの生家はなかなかの豪農なのかもしれない。

「あの、僕は農民ではありません。その、教会の孤児院で育ちました」

レイが控えめに主張する。

「ああ、だから読み書きや算術ができるのですね」

私は納得した。大体の農民は、自分の名前が書ければ十分と言われている。その中でレイは教育が行き届いているなと思っていたが、なるほど、そんな理由があったのか。

「教会で手伝っていたのですか？」

「はい、父親代わりの神父様は薬草の知識があったので、周辺では医者代わりでした。あちこちの村によく出かけていたのですが、急患が担ぎ込まれると、僕がすぐに神父様を呼びに行かなければいけなかったので、乗馬を覚えました」

「なるほど、それは素晴らしいですね」

私はレイを称えた。人を助けるために技術を得たのであれば、称賛されるべきだ。

素直に褒めると、レイは顔を俯《うつむ》かせて鼻を掻《か》いていた。どうやら褒められることに慣れていないらしい。

そんなレイを、アルが笑って手を伸ばし、わき腹を突いていた。仲のよろしいことだ。

実は二人には期待している。

アルは生意気だが体格がよく、新兵の間では一目置かれている。現在は仮の隊長としているが、失敗しなければ正式な隊長にしたい。レイは兵士にしては気弱すぎるが、読み書きができるため、ゆくゆくは兵糧や武器の分配などの管理を任せてしまいたいと思っている。

それぞれに欠点はあるが、今は長所に期待したい。

そして我々はそのまま行軍し、いくつかの山を越え、途中で野営をして二日が過ぎた。

行程は順調に進み、緩やかな丘を登る。地図の上ではこの先が目的の村だ。ここを越えれば目的地である村が見えてくるはずだった。

私は兵士を率いて斜面を登り、丘の上に立つ。

丘からは地図の通り、一面に広がる盆地が見え、畑と柵に覆われた村が一望できた。

しかし村を見ると、私と兵士達の間に衝撃が走った。

「お、おい、あれは！」

兵士の誰かが畑を指差す。指の先では畑のあちこちから火の手が上がり、黒い獣が松明《たいまつ》を持ち畑の中を疾走《しっそう》していた。獣に追われ、村人が逃げ惑っている。

「魔物だ！」

兵士の叫び声の通り、盆地には魔物がいた。

体長一メートルほどの、猿鬼《エンキ》と呼ばれる猿の姿をした魔物が村の周囲にある畑で暴れまわっている。その数、約三十。畑仕事に出ていた村人達は、柵で覆われた村に逃げ込もうとしているが、猿鬼に阻まれうまく逃げられないでいる。

予想していない突然の遭遇に、私は血の気が引くのを感じた。

最悪の状況だった。ちゃんと準備してから挑む予定だったのに、こんな出会い方をするとは思わなかった。だがこうなっては仕方がない。眼下では逃げ遅れた村人が襲われているのだ。

「行きましょう！　彼らを助けるのです！」

私は声を張り上げるが、応える声はない。兵士達は戸惑っている。

ダメか。

私は自分の力不足を感じた。予定外の遭遇に準備ができず、兵士達の心に火をつけ損ねた。

だが突然、私の横で大きな雄叫《おたけ》びが上がった。

「うぉおおおお、行くぞ！　お前ら！」

気炎を上げたのはアルだった。馬の手綱を左手で操りながら、右手に持った槍《やり》を高々と掲げている。向こう見ずだとわかっていたが、良い威勢だ。

一人が勢いづいたことで、他の兵士達にも火がつき、それぞれに雄叫《おたけ》びを上げる。

恐怖をごまかすための声だが、今はそれでいい。

「行きますよ！　私に続いて！」

私が先頭に立ち、馬で斜面を駆け降りる。馬に乗るアルとレイも付いてくる。

「お嬢様、お下がりください」

レイが後ろで叫ぶが、そんなことできるわけがない。

兵士達は経験の浅い新兵の集まりだ。いつ誰が臆病風に吹かれて歩みを止めるかわからない。一人が止まれば三人が止まり、三人止まれば十人は前に進めなくなる。だが目の前で先に進む者がいれば、つられて付いていく。ならば私は皆に見える位置で、前に進む必要がある。

馬を駆り、真っ直ぐに村を目指す。

魔物達は村に逃げ込もうとする村人を追って、そのまま村に入ろうとしている。村の中に入られては、被害が増大する。それだけは避けなければならない。

「行かせません！」

私は馬の腹を蹴り、速度を上げ魔物と村の間を滑り込むように走り抜ける。

突然横から飛び込んできた騎馬に、猿鬼《エンキ》達が驚き進軍を止める。

そこに追いついてきた兵士達が、接近して槍を構えて突き刺していく。

横合いから殴りつけたことで何匹か仕留めることができたが、猿鬼の数が多い。それに持っている松明《たいまつ》が厄介だ。猿鬼はある程度知能があり、簡単な道具を使うことは知っていたが、火まで使うとは知らなかった。

猿鬼が赤々とした炎を振り回すと、兵士が怯えて後ろに下がる。獣が使う火を、人間が恐れていてはあべこべだ。

「落ち着いて、火など怖くありません。燃え移っても消せばいいだけです」

私はとにかく兵士を叱咤《しった》して、落ち着かせた。

油がまかれているわけではない。燃え盛る前に消火すればいいだけのことだ。ほかにも木の棒を振り回し、石を投げてくる猿鬼がいるが、頭にさえ当たらなければ致命傷にはならない。

「陣形を組んで、訓練を思い出して互いで援護し合うのです」

槍と剣での戦いは、射程の違いから槍が大幅に有利と言われている。だが槍の有利な点は射程だけではない。槍の真骨頂は集団戦にある。槍をかいくぐろうとする相手を、隣同士で助け合えば圧倒できる。

これは基本中の基本だが、初陣《ういじん》の新兵達は浮き足立っていて、基礎すら忘れてしまっている。

「アルとレイは私のもとへ！　そこ！　一人で戦わない、仲間のそばに！　もっと密集して」

私は突撃で分散してしまったアルとレイが集合するまでの間、孤立している兵士に声をかけて、なんとか戦線を作り上げる。

だが、作り上げられた戦線はあまりにも危うい。今にも途切れてしまいそうな線だ。

さらに集まってきた猿鬼《エンキ》が、集まった兵士達の側面に回ろうとする動きがあった。

槍《やり》は側面に回られると弱い。まさか猿鬼がそれを知っていて行動しているわけではないだろうが、この状況で側面に回られると一気に崩れる可能性がある。

虎の子の爆裂魔石を使うかと考えたが、敵が散らばっている状態では効果が薄い。それどころか、爆発音と衝撃に味方が驚くかもしれない。私が何とかするしかない。

「レイ、アル。行きますよ、来てください」

私は分散していた二人が戻ってくるのを見て声をかける。

「ちょっと待ってください、お嬢様」

「全く、勝手なお嬢さんだ」

後ろでレイが制止し、アルが文句を言うが構っていられない。馬を駆り突撃する。

狙うは槍兵を前にして、集まっている魔物達の後ろだ。

私でも扱えるように選んだ細身の剣を抜き、片手で手綱を操りながら、猿鬼の背後を駆け抜ける。とにかく声を上げながら、剣をめったやたらに振り回した。

とはいえ、この剣を振り回す行為にはほとんど効果がなかった。

猿鬼の身長は一メートル。馬に乗っていては剣がほぼ当たらない。後ろを駆け抜けた馬の足音に驚いた猿鬼が数匹いたぐらいだろう。

私の攻撃はあまり意味がなかったが、その後ろに続いたアルの活躍は目覚ましかった。

馬上で槍を振り回し、何匹もの猿鬼をなぎ倒している。途中で槍が耐えきれずに半ばで折れてしまったが、折れた槍でアルは殴りつけていた。

猿鬼達は背後をアルに襲われ、混乱に陥った。

こういう時、私の持つ『恩寵《おんちょう》』は最大限の効果を発揮する。

猿鬼達の圧力が下がったことを、兵士達は敏感に察知して、槍を突き出し前進した。

何匹もの猿鬼が串刺しにされ、魔物は一気に崩れる。

兵士達は勢いづき、さらに前進する。兵士達が十歩進んだ頃には、すでに猿鬼に戦意はなく、手に持っていた石や棍棒《こんぼう》を捨てて逃げまどい始めた。

「よし！」

逃げる猿鬼を見て、私は声を出さずにはいられなかった。

これで勝利は確定した。だが終わってはいない。本番はむしろこれからだ。山に逃げられれば、殲滅《せんめつ》に時間を要する。今ここですべて片付ける必要がある。

こういう時に弓兵がいれば、楽に背中を打てるのだが、いないものは仕方がない。

私は乱れた呼吸を整える間もなく、馬首を返した。

「アル、レイ。もう一度です」

私はたまたま近くにいたアルと、少し離れた位置にいたレイに再度声をかける。数が少ないため、集合するのは楽でいい。

二騎を従え、逃げる猿鬼《エンキ》を追った。

今度の仕事は牧羊犬だ。四方へと逃げる猿鬼に対し、大きく弧を描いて走り、外へと逃げようとする猿鬼を中央に誘導する。剣を振るう必要もない。ただ駆け抜けて逃がさないように威《い》嚇《かく》すると、『恩寵《おんちょう》』のおかげか、逃げまどう猿鬼が盆地の真ん中に集められていく。

中央に集められた猿鬼達を、兵士達が串刺しにしていく。

「アル、レイ。二人とも無事ですか?」

私は馬の速度を緩め、背後を振り返り確かめる。

今まで後ろを見ている暇がなかったので、改めて確認すると、すぐ横に青い顔をしたレイがいた。息も荒く、必死で食らいついてきたといった様子だ。

さらに後方を見ると、アルがいた。その手には槍《やり》を持っておらず、剣を抜き馬から身を乗り出して猿鬼を斬りつけている。

折れた槍を捨てて、剣で戦うことにしたのだろう。血刀を振るう姿は、なかなかに勇ましい。

私は戦況を確認するため周囲を見回す。ほとんどの猿鬼を倒すことができたが、倒し損ねた猿鬼が一匹、逃げているのが見えた。

「レイ、来てください！」

すぐそばのレイに声をかけて、馬を走らせる。

こうなったら一匹も逃がさない。馬を駆り、逃げる猿鬼を追いかける。

非力な私に魔物を倒す力はないが、この状態ではそれすらいらなかった。真っ直ぐ馬を駆り、逃げまどう猿鬼を馬の蹄《ひづめ》で踏み抜く。

足下で悲鳴が聞こえ、踏みつぶした感触が伝わってくる。少し罪悪感がよぎったが、すぐに振り払う。これは戦いだ。命の取り合いの最中に、甘いことを言っていられない。

馬を止め振り返ると、地面に猿鬼がうずくまっていた。

しかし死んではいない、右の太ももが大きく陥没しているが、まだ生きている。

「お嬢様」

追いついてきたレイが、青い顔をしてうごめく猿鬼を見下ろしていた。

「レイ、とどめを」

「え？」

とどめの指示に驚いたようにレイが私を見るが、私は真っ直ぐに彼を見返す。

レイはまだ魔物を一匹も倒していない。槍は綺麗なままだし、返り血も浴びていなかった。

彼を臆病だとそしるつもりはない。だが敵を殺したことのない兵士を、このまま連れて行くわけにはいかない。

戦いはこれからもっと激しくなる。さっさと童貞を捨ててもらわないと困る。こんな機会は滅多にない。積極的に活用したい。

「早くしてください。それが兵士の務めでしょう」

「はっ、はい」

私に命じられ、流されるままにレイが槍《やり》を構える。猿鬼《エンキ》は必死で抵抗して声を上げる。

猿鬼の形相に気圧《けお》され、レイは槍を繰り出せない。

「早く！」

私が怒鳴ると、反射的にレイが槍を繰り出す。だが槍は外れて地面に突き刺さった。

「しっかりと狙って」

再度私に叱咤《しった》され、レイは何度も槍を繰り出す。何度目かでようやく猿鬼に当たるが、貫いたのは肩であり、致命傷にはほど遠い。

「レイ、一撃で仕留めなさい。相手は死にものぐるいで反撃してきますよ！」

とどめに手間取るレイがなおも槍を繰り出すが、うまく急所に当たらない。

「くそ、くそ、くそ」

レイは何度も猿鬼に槍を突き刺す。

すでに猿鬼は絶命していたが、興奮したレイはそれに気付かず何度も何度も突き刺していた。

猿鬼が原型を留めなくなった頃、ようやく死んでいることに気付いたレイが顔を上げる。

「やりました」

顔に返り血を浴び、瞳孔が開いた目で笑うレイの顔には見覚えがあった。

旅に出て、初めて魔物を倒した王子が同じ顔をしていた。あの時は彼を抱きしめ、この人の支えになりたいと思ったものだが、今は昔だ。

「よくやりました。本隊に戻りますよ」

私が短く褒めると、レイは驚くほど大きな声で返事をした。

大きな声が少しおかしくて、笑いながら本隊に戻ると、こちらでも猿鬼の殲滅《せんめつ》を終えており、あちこちで先ほどのレイと同じように、何度もとどめを刺す新兵の姿が見られた。

ざっと見渡すが、大きな負傷者は見られない。

兵士達は敵を倒した興奮と勝利に酔いしれているが、まだ終わったわけではない。

「レイ、負傷者を集めて治療に当たってください。アルは怪我《けが》のない者を五名連れて猿鬼にとどめを刺して回ってください。死んだふりをしているかもしれないので注意すること」

私はレイとアルに命じる。

「はいはい、人使いの荒いことで」

返り血を浴びたアルが文句を言うが、笑いながら従う。魔物を倒したことで興奮しているのだろう。

「ほかに手の空いている者は、畑の消火と負傷した村人の救出を」

私は兵士に手早く指示を出したあと、襲われていた村に向かった。

村では柵の隙間から、村人達が顔を出していた。

「皆さん、私達はカシュー守備隊の者です。皆さんを助けに来ました」

所属と魔物の討伐に来たことを告げると、村から喜びと安堵《あんど》の声が聞こえてきた。

村を守る門が開き、一人の老人が現れた。

「救援に来ていただき、ありがとうございます。村長としてお礼を申し上げます」

村長が感謝を述べてくれる。その横から村人達が出てきて、畑に取り残された村人を救助し、消火を始める。私も兵士達に交じって怪我《けが》人の手当てを手伝う。

救助を終えて村人の被害を確かめると、三人の村人が犠牲となり、重傷者も五人いた。

もう少し早く来ることができていればと、後悔の念が湧く。しかし終わってしまったことだと割り切るしかない。

「カシュー守備隊の皆様。村を救っていただきありがとうございます。お礼と言っては何ですが、ささやかながら宴《うたげ》の席を設けたいと思います。少しですが肉や酒もご用意いたします」

村長の申し出に、兵士達が歓声を上げて喜んだのは言うまでもなかった。

その夜に開かれた宴は、規模はささやかではあったが大いに盛り上がり、兵士達はこんなに楽しいことはないと笑い合っていた。

少し浮かれすぎているが、何せ初陣《ういじん》での大勝利である。水を差すのは無粋というものだ。

兵士達の中には、酒杯ではなく銀貨を握り締め、眺めている者もいた。

今回の褒美《ほうび》として与えた銀貨だ。あれ一枚で羊が一頭買える。猿鬼《エンキ》を倒した褒美には少し多いが、初陣での手柄だ、次につなげるためにここははずんでおく必要がある。

新兵達は、人生で初めて得た大金に誰もが胸躍らせている。大金持ちになるのも夢ではないと興奮しているのだろう。

宴では特に声が大きいのはアルだった。酒杯を片手に巨大な肉にかぶりついている。

戦功一番ということで、アルには銀貨二枚を渡した。初めて手にした大金に、アルは大はしゃぎだ。渡した金を早速使い、村人から羊を買い取って、丸焼きにして豪快に食べている。

もちろん一人で食べきれる量ではないので、皆にもふるまっていた。

もっと大事に使いなさいと言いたいところだが、この浪費癖は都合がいい。褒美を渡して豪快に散財しているところを見れば、次は自分もああなりたいと、兵士達もやる気になる。しかも金を使えば当然なくなるから、次に贅沢《ぜいたく》するためにはまた稼がなければならず、手柄欲しさに戦場を求め、勇敢に戦うことになる。よいことである。

「皆さん、今日はよく戦ってくれました」

宴も終わりに近づき、私は最後に声をかけることにした。

「明日、この村を出発し、次の村を目指します。そこでも魔物が出没しているとのことです」

新たな敵と戦場を聞いても、兵士達に恐れはない。中には口笛を吹いて喜んでいる者もいる。手柄を立て、金を手に入れる好機だと思っているのだ。

「この調子で、カシューにいるすべての魔物を討伐していきましょう。私達ならそれができる」

兵士達を煽《あお》ると、一斉に歓声が上がる。あまり調子づかせると危険だが、彼らには頑張ってもらわないといけない。

次なる戦場が、私達を待っているのだから。


十八の槍《やり》が天を突くように整列し、槍を抱えた兵士達は固唾《かたず》を呑《の》んでじっと前を見据えていた。

視線の先には深い森が広がっている。

兵士達が森を見据えていると、森から梢《こずえ》をかき分ける音が聞こえ、小動物や小鳥が逃げ出す姿が見える。

鳥達に遅れて、森から黒い影が飛び出す。

一瞬兵士達が身を固めたが、すぐに仲間の姿だと気づく。

馬に乗り森から飛び出してきたのは、囮《おとり》役を任せたアルだった。

森を突っ切ったため木の枝や葉っぱを体に張り付かせ、まっすぐにこちらに向かってくる。

アルより遅れて数秒後、森から黒い影が五つ飛びだしてきた。

巨体を蹄《ひづめ》で支えて突撃してくるのは、魔物化した猪だ。背中に縦縞の模様を持つ猪達は、寝床を襲撃したアルに激怒し、わき目も振らずに追いかけてくる。

「アルが逃げる場所を空けて」

私は整列していた兵士四人に命じて後退させる。陣形に穴をあけると、馬に乗ったアルが穴に逃げ込んでくる。

すぐに穴を塞《ふさ》ぎ、兵士達が猪を待ち構える。

文字通り猪突猛進する猪は、兵士達を見ても方向転換をしない。私の狙い通りまっすぐにこちらに向かってくる。

私は距離を測り、十分に猪を引き付けて兵士に命じた。

「倒せ！」

私の号令と共に、立てていた槍が一斉に振り下ろされ槍衾《やりぶすま》が形成される。猪達は方向転換もできず、自分から槍に突き刺さりに来た。

勢いよく突進してくる猪達を、兵士達が槍で受け止める。

私なら到底支えきれぬ重量と速度を、兵士達はわずかに後退するも力強く受けきり、三頭の猪が串刺しとなり即死する。

だが残り二頭は致命傷とならず、槍《やり》の内側に入り込み首を振り、槍を跳ね返す。

「陣形を保って！」

私は落ち着いて対処するように指示を出したが、この命令は不要だった。兵士達は陣形を乱さず、冷静に対処して陣形を保持した。猪を寄せ付けず、さらに二人の兵士が見事な連携を見せ、同時に槍を放つ。猪に逃げ場はなく、二本の槍に貫かれる。残りの一頭も兵士が慌てることなく槍を引き、突き刺して殺した。

私は兵士達の動きに満足し、手綱を握る拳を強く固めた。猪の突進にも怯《ひる》まず、抵抗されても冷静に対処できている。初陣《ういじん》からこれで四度目の実戦。経験を経て兵士達の練度が上がってきている。これは『恩寵《おんちょう》』の効果ではない。彼らの実力だ。

猪を皆殺しにした兵士達を見て、私の側で馬に乗っていたレイが、前に出たそうにしていた。

「落ち着いてください、レイ。戦いたいでしょうが、貴方《あなた》には私を守ってもらわないと」

私はレイを落ち着かせる。猪の突撃に騎兵は役に立てない。それに護衛としてだけではなく、何かあった時のためにも、手元に戦力は必要だ。後ろを見ると先ほど逃げ込んできたアルが馬を返して戻ってきて、私の隣につく。

「そうだぜ、レイ。本番はここからだ」

全力で馬を走らせたため、荒い息をつくアルが、戦いがまだ終わっていないことを告げる。

「アル。やはりいましたか？」

「ええ、でっかいのが」

私の問いに、アルがうなずく。私は倒された魔物達を見た。すでに大人の猪と同じかそれ以上の巨体だが、その背中には縦縞があった。つまり、これでもまだ子供なのだ。

「レイ、手綱を頼みます」

私は馬から降り手綱をレイに渡した。腰のベルトに着けたポーチから、布に包まれた丸い物体を取り出した。慎重に布を取り外すと、お札が貼られた素焼きの球体が現れる。札には奇妙な文様が書かれていた。代官から支給された爆裂魔石だ。

爆裂魔石は投げつけることで爆発する魔道具だ。素焼きの球体の中には、衝撃で爆発する魔法の触媒が詰め込まれている。貼られている札は安全装置で、お札が貼られているうちは衝撃を与えても爆発しないが、剝《は》がした後は要注意だ。素焼きの球体が割れ、中身が露出すれば爆発する。

私は注意してお札を剝がし、落とさないように一つを右手に持ち替え、予備として左手にも爆裂魔石を握り締めておく。準備は完了。相手がいつ来てもいいように態勢を整え、森を見る。

私の準備が整った直後、静かだった森が轟音《ごうおん》と共に爆《は》ぜた。

私は爆音に身をすくめ、吹き飛んだ森を見る。森では枝や土、石が空に舞い散乱するなか、土煙をかき分けて黒い巨体が姿を現す。

それは馬車ほどの巨体を持つ猪だった。

全身が針金のような獣毛でおおわれ、真っ白な牙が天を突くようにそびえ立っている。漆黒の顔には殺意にまみれた赤い瞳が爛々《らんらん》と輝いていた。

その赤い瞳が、私達の足元に転がる猪達の死体を見る。巨大猪が身を震わせたかと思うと、数十本の角笛を同時に吹き鳴らしたような咆哮《ほうこう》を上げた。

巨大猪は、今倒した魔物の母親だ。子供達を殺され、母猪は殺意と怒りの塊となる。

「出た、三つ足だ！」

アルが叫ぶ。言葉の通り、巨大猪には右前足がなかった。三本の足でその巨体を支えていた。

聞くところによると二年ほど前、猟師が仕掛けた罠《わな》に、一頭の猪がかかったらしかった。らしかったというのは、罠を見に行っても、肝心の猪の姿はなかったからだ。罠にかかった猪は、自分の足を引きちぎり逃げおおせた。一本足だけを残して。

野生下で足を失えば、普通は生きてはいられない。だが三つ足は驚異的な生命力で生き残り、魔物となった。そして罠を仕掛けた猟師の家を突き崩し、猟師とその家族全員を食い殺した。

子供達を殺された三つ足が、巨体に似合わぬ速度で突進してくる。その勢いは生物の範疇《はんちゅう》を超え、転がる岩のようだ。いくら槍《やり》を並べても止められるものではない。

だが私は逃げず、兵士達も三つ足の巨体に驚いてはいるものの、逃げなかった。

私は呼吸を合わせ、迫りくる巨大猪に向かって、右手に持っていた爆裂魔石を投擲《とうてき》した。

爆裂魔石が突進してくる三つ足の頭部にぶつかり、素焼きの球体が割れた。その瞬間、まばゆい光を放ち、迫りくる猪の頭部で魔石が炸裂《さくれつ》した。

頭部で起きた爆発を受け、三つ足の突進が斜めにぶれる。しかし勢いは止まらず、そのまま地面に激突するように倒れこんだ。

体が浮くほどの衝撃が伝わる。兵士達からは歓声が湧き起こるが、喜ぶのはまだ早い。

「まだです、早くとどめを」

私はすぐに息の根を止めるように命じた。爆裂魔石が頭部の左で破裂し、三つ足の頭は毛皮が吹き飛び頭蓋骨が露出している。しかし強固な頭蓋骨はひびが入った程度で、脳は破壊されていない。爆発と衝撃で脳震盪《のうしんとう》を起こしただけだ。

兵士達がとどめに動こうとしたとき、私の横を一頭の馬が駆け抜けた。レイだ。

「レイ、駄目です」

私の制止を聞かず、レイが槍を構えて突進する。だが蹄《ひづめ》の音で意識を取り戻したのか、三つ足が突如目を開けて起き上がり、首を振り巨大な牙でレイが突き出した槍を振り払った。

馬が驚き前足を上げて立ち上がる。はずみでレイが落馬した。

私はすぐに予備の爆裂魔石を右手に持ち直すが、あの位置ではレイを巻き込んでしまう。

落馬して尻餅をつくレイを、三つ足が見下ろす。

「レイ！　下がれ！」

仲間の窮地にアルが馬を繰り出し、三つ足に向けて槍を繰り出す。三つ足がアルに気づき、牙で槍《やり》を受ける。

アルが全身の力を籠《こ》めるが、首の一振りで槍が弾き飛ばされてしまう。

だがアルの行動は無駄ではなかった。その隙に隊列を組んでいた兵士達の中から、三人がいち早く飛び出し三つ足に向かう。

先行するのは二人の兵士だ。まるで合わせ鏡のように動き、三つ足の左に回り込むと左前足の付け根に槍を突き刺した。槍捌《さば》きも見事だが、何より機転が利いた一撃だった。

内臓や急所を貫いても、三つ足の生命力なら死ぬまでにどれだけ暴れ回るかわからない。だが三つ足は右前足がなく、左前足だけで体の上体を支えている。左前足の付け根を突き刺され、三つ足の体勢が崩れた。

そこに遅れてやって来たのは、ずんぐりとした体格の兵士だった。背は低いが体はがっしりとしており、全身の力で三つ足の脇の下を突き刺す。

心臓の位置を突き刺され、三つ足が痛みの咆哮《ほうこう》を上げる。さらに続いて兵士達が殺到し、いくつもの槍が腹に突き立てられた。

山の向こうまで聞こえそうな断末魔を上げて、三つ足はその最期《さいご》を迎えた。

巨大な猪の死を確認して、私は兵士達に気づかれぬように安堵《あんど》の息を漏らした。

予想はしていたがやはり三つ足は強敵だった。だがここ数回の戦闘で、兵士達の練度は高まっている。やはり実戦に勝る経験はない。それに、戦闘を経たおかげで色々わかってきた。

「皆さん、よくやりました。特にグランとラグンの働きは見事でしたよ」

先ほど三つ足の左前足を狙った、二人の兵士を私は称えた。彼らは双子でいつも一緒に行動し、合わせ鏡の様な連携を見せる。二人の同時攻撃は見事で、よく敵を仕留める。それに機転も利いて、今日のような援護もできる。隊の要を任せられる存在だ。

「オットーもよくやってくれました」

二人に遅れて突撃し、三つ足の心臓に槍を突き立てた兵士も忘れずに褒めておく。

小柄だが体格はよく力持ち。大工の倅《せがれ》らしく手先が器用で、木材の切れ端で置物などを作ったりしているのを見たことがある。工兵としての適性が高そうなので、いずれしかるべき人に預けてみるのもいいだろう。

「カイルも、よく巣を見つけてくれました。貴方《あなた》の働きがなければ、この作戦は不可能でした」

私は兵士の中で、一際痩せた青年を見る。

まるで痩せこけた猫のような姿だが、身が軽く木の上になどするすると登っていく。

純粋な戦闘力としては平均より少し下だが、敏捷《びんしょう》で偵察兵としての適性が高い。彼のおかげで三つ足の寝床を見つけ、おびき出すことができた。事前の準備は何よりも重要だ。この作戦における彼の功績は大きい。

「お嬢様、俺には無しですか？」

アルが軽口をたたく。

「はいはい、わかっていますよ、よくやってくれましたね、アル」

褒めるだけなら懐は痛まない。口先を動かすだけで人が喜んでくれるのなら、いくらでも褒める。それにアルの働きは、実際に大したものだった。

態度は今も生意気だが、戦闘に関しては一番伸びている。命知らずで恐れ知らず。今回も危険な囮《おとり》役を買って出てくれ、三つ足とその子供達を森の外までおびき出してくれた。

それでなくてもアルには期待している。先日『魔法の絵具』を用いて、適性検査を行ったのだが、アルが握り締めた『魔法の絵具』を火に振りかけると、激しい赤い光が周囲を照らした。アルには炎の魔法の適性があるらしい。魔法を使えるようになればさらに強くなるだろう。

「それでは、魔物の死骸《しがい》を処理するための穴を掘ってください。三つ足の首は斬り落として近隣の村に届けましょう」

討伐の証として三つ足の首を見せれば、村人も安心してくれるだろう。

私の指示に兵士達が動く。だが一人動かない者がいた。レイだ。

戦闘で決定的な働きができず、悔しそうに唇をかんでいる。

何か声をかけようと思ったが、失敗した時に声をかけると逆に落ち込むと考えて、やめておいた。

どうも最近レイは空回りしている。

私の護衛という役目を割り振っているのだが、それでは納得できないのか、前に出たがる。

だがもともと荒事に向かない性格なのか、怪我《けが》ばかりが増える結果となっている。

前線で戦うより、後方支援の方が彼には合っていると思うのだが、とにかく手柄を立てたいらしい。どう扱えばいいのか、私にも答えが出ない。人を使う難しさというものだろう。

戦いの才能がないのであれば、私も悩まずに食料や武器の管理をする事務方にしてしまえるのだが、レイにもアルと同じく魔法の才能があることがわかった。炎は緑色に光ったため風の魔法の適性があるらしい。少ない人数の中に、二人も魔法使いの適性持ちがいるとは嬉しい誤算だが、どう育てていいのか迷う。

魔法を適切に扱えるようになるには、指導者の下で最低でも百日の訓練が必要と言われている。魔法を使える教育者を探すのは一苦労だし、高額の費用が必要となる。

戦力の中心として活躍するアルが抜けるのは痛いし、兵士として不安定なレイが魔法使いとなって活躍できるのかもわからない。とはいえ魔法使いは戦力としてほしい。費用と時間を捻出し、信頼できる魔法使いを見つけて預けるべきだろう。

「どうしたんですか？　またいつもの考え事ですか？」

今後の行動方針に修正を加えていると、アルが気さくに声をかけてくる。

「この後、別の村に立ち寄ってから、砦《とりで》に戻って訓練をし直すべきかと思っていましてね」

「なんです？　俺達の働きに満足してないんですか？」

アルが反論するが、切って捨てる。

「当然です。魔王軍は強敵ですよ。歴戦の騎士ですら彼らには敵《かな》わない」

魔族の生まれ故郷である魔大陸は過酷な環境で、彼らは生まれながらにして戦士だ。しかも長く戦乱に明け暮れ、全員が経験豊富な熟練兵ときている。平均的な魔族の兵士は、平均的な人間の兵士の二人分に相当すると言われている。

アル達も強くなったが、まだ付け焼刃と言っていい。一度カルルス砦《とりで》に戻って訓練を徹底し、強力な軍隊に練り上げる必要がある。

「そのうち俺が覚醒《かくせい》して、今よりずっと強くなってみせますよ」

アルが息巻くので、私は否定せずに笑っておく。

『覚醒』とは強敵との戦いや、命の危機を経ることで、急激に力を増す現象のことだ。

旅の途中、王子も何度か覚醒して強くなっていった。私の『恩寵《おんちょう》』と同じような力が、激しい戦いをくぐり抜けた戦士に力を貸しているのだろう。

アルが覚醒してくれれば言うことはない。おそらく魔法も使えるようになるだろう。

「あっ、信じていませんね」

私の半笑いの顔を、アルが見逃さなかった。

それはそうだろう。これまで覚醒を狙って起こした者はいないと言われている。覚醒と呼ばれる現象は広く知られているが、その原理は全く解明されていないのだ。

旅の最中に王子は何度か覚醒していたので、もしかしたら『恩寵』に覚醒を促す力があるかもしれない。だが試すにはあまりに危険な賭けだ。

「アル。覚醒を試みた者が、無謀な行動をした結果、死んだ例はいくらでもあるのですよ。それにカルルス砦には癒し手《いやして》がいません。死にかけるような怪我《けが》をしたら助かりませんよ」

王子が激戦の後に覚醒したのも、『恩寵』の効果というよりも、エリザベートの癒しの力のおかげだろう。死にかけるほどの重傷を負っても、生還させる聖女の力があったからこそ起こった現象と言えるだろう。

癒し手が不在の現状では、覚醒を狙いに行くのはあまりにも危険だろう。

「それより、村に三つ足の首を届けた後は、このまま南下して、別の村に向かいますよ」

「また魔物が出たのですか？　次の相手はなんです？」

私が今後の方針を話すと、アルが敵の情報を尋ねる。

「村人の話では、中型の熊のような魔物が出没しているようです。退治に向かった村人が、誰も帰ってこないそうです」

私は村からもたらされた、嘆願書に書かれていた情報を思い出す。

出会った村人が全て殺されているようで、目撃情報がほとんどないようだった。

「山に残された痕跡《こんせき》から、数は多くはないようです。一体から多くて五体でしょう」

情報が少ないのが気になるが、数が少ないのなら囲めば倒せるだろう。今回のように爆裂魔石で吹き飛ばすという手もある。

「了解了解、やれやれ、大忙しだ」

ぼやきながらも、アルは兵士達のところに戻り、三つ足を埋める作業を手伝う。

アルは生意気だが才能があり、他にもグランやラグン、オットーにカイルなど粒がそろってきている。うまく鍛え上げれば強力な軍隊ができる。

これまで淡かった希望が、現実味を帯びてきているのを感じていた。

これならば魔王軍相手に渡り合えるかもしれない。確かな手ごたえに、一人拳を握り締めた。


私は荒い息を吐きながら、黙々と山道を歩く。

状況は最悪だった。こんなことになるなど、数日前までは予想もしていなかった。

現在、私達は山の中を追い立てられるように歩き、逃げまどっている。

振り返れば、兵士達が皆疲れ切った顔で歩んでいる。しかも半数以上が負傷し、満足に手当てもできていなかった。

馬も荷馬車も失い、水と食料も残りわずか。飢えと渇きに疲労が重なり、行軍の速度も遅くなる。だが少しでも早く移動しなければいけなかった。

焦りと疲労に思考が鈍る。だがそろそろ時間だということを思い出して足を止めた。

「小休止を取ります。少し休んでください」

私が足を止めて命じると、兵士達はその場にへたり込んだ。

歩き詰めで私の足も限界だが、兵士達の手前、座ることはできない。疲労を隠しながら最後尾の兵士に、脱落者がいないかどうか目で問う。

最後尾の兵士は頷いて、脱落者がいないことを教えてくれた。

「カイル、疲れているところすみませんが、木に登ってくれますか？」

私は休んでいるカイルに仕事を頼むと、痩せた青年は小さく頷いてすぐ近くにあった木に登っていく。しかしやはり疲労はあるのか、いつもよりは遅い。

木に登ったカイルが、四方を確認する。

「いました！」

木の上でカイルが、私達が歩いてきた方向を指さす。私達を追いかけてくる死神、それは五体の魔王軍偵察分隊だった。

私達がこの山に来たのは、魔物化した熊が出没したとの情報を得たためだった。

私は迂闊《うかつ》にも、その話を鵜呑《うの》みにしてしまった。

だが寄せられた情報をよく読めば、熊の魔物である証拠はどこにも無かった。

それに思い返せば、誤情報だと気づくきっかけもあった。

熊が魔物化していれば木の幹などを爪でひっかき、自分の縄張りを示すことが多い。だがそういった痕跡《こんせき》はなかった。それらの手掛かりにも気づかず、私達は山に入った。

そして魔物が目撃された地点に向かってみると、そこにいたのは熊の魔物ではなく、蜥蜴《とかげ》の様な鱗《うろこ》をもつ、魔王軍の兵士だった。

数はたったの五体。しかし歴戦にして手練《てだ》れの者達だった。

魔王軍はこれまで侵略に侵略を重ね、多くの戦闘をこなしてきた兵士ばかりだ。しかも少数で敵地に潜入し、地形や防衛力などの情報を持ち帰る偵察兵は、特別な訓練を施された精鋭だ。ついこの前まで新兵だった私の兵士達とは、練度が違いすぎた。

突然の魔王軍との邂逅《かいこう》に驚きながらも、兵士達は訓練通りの働きを見せた。だが槍《やり》を並べて作られた陣形は易々と突破され、多くの兵士が傷を負った。

私は爆裂魔石を全て使い、何とか兵士全員を率いて山奥へと逃れた。

魔王軍は強く、死者が出ていないのが奇跡だった。『恩寵《おんちょう》』のおかげかも知れないが、危機はまだ去っていない。

逃げ延びた私達を、魔王軍の偵察分隊は正確に距離を保ち、ぴったりと追跡してくる。

どうやら私達を皆殺しにして、自分達の存在を隠すつもりのようだ。たった五体で、私達を皆殺しにできると考えているのだ。

実際、それぐらいに戦力差は開いている。追いつかれれば、私達に抗う術《すべ》はない。

「カイル。魔王軍との距離はどれぐらいです」

私は木の上のカイルに尋ねる。

「二キロ後方です」

たった二キロしか離れていないというカイルの言葉に、へたり込んだ兵士達が慌てて立ち上がる。先ほどの戦闘の恐怖が忘れられないのだろう。追いつかれたら死ぬと彼らも理解している。だが今は慌てるときじゃない。

「落ち着いてください。連中は私達を動揺させるために、わざと姿を見せているのです」

潜入工作に長《た》けた偵察兵の分隊が、少し上から覗いた程度で見える位置にいてくれるわけがない。

「私達が焦って歩調を乱し、バラバラになるのを待っているのです」

懐からゼンマイ式の懐中時計を取り出す。王子との旅にも同行した長年の相棒だ。いつも肌身離さず持ち歩いている。

「一時間歩いて五分休む。このペースを守るのです。これが一番長く歩いていられます」

旅の途中で知り合った、老練の兵士が教えてくれたことだ。歩くことが兵士の仕事だと彼はよく言っていた。

それに連中が姿を見せている間は、まだ大丈夫だ。姿が見えなくなった時が一番危ない。

「今はゆっくり休んでください。このペースで歩けば、すぐには追いつかれません」

私は兵士を落ち着かせ、元気づける。問題は夜だ。日が暮れたころに連中は仕掛けてくるはずだ。それまでに手を打たなければいけない。

どうにかしなければと考えていると、レイと目が合った。

レイは怪我《けが》こそしていないものの、すでに死んでいるのではないかと思うほど顔色が悪い。自分を責めているのだろう。

先ほどの戦闘の際、レイが不用意に槍《やり》を繰り出し、陣形がわずかに乱れた。そこを付け込まれ、陣形が崩されたのだ。

勇み足ではあったが、責めるほどの失敗ではなかった。レイの失敗がなかったとしても、いずれ崩されていただろう。レイが原因とするのは、結果論に過ぎない。だが崩される原因となったにもかかわらず、自身は傷一つ負っていないことに、レイは責任を感じているのか、今にも死にそうな雰囲気だった。

何か声をかけるべきなのだろうが、今の彼には何を話しても逆効果になりかねない。それに一人に構っている場合でもない。

視線を移すと、木の幹に体を預けたアルが、荒い息を吐いていた。

体に当てた布には赤黒い血がにじみ、顔色は紙のように白い。アルはこの中でも一番重傷だ。まだ死んでいないのが不思議なくらいに。

「大丈夫ですか？　傷を見ましょう」

私は止血のために当てた布を取るが、傷口が酷《ひど》い。出血は何とか止まったが、このまま行軍を続ければ、再度出血するかもしれない。

私は行軍の最中に見つけて採取した薬草で、何とか応急手当てを試みる。

「それは薬か？」

私が取り出した薬草を見てアルが問う。何か喋《しゃべ》っていないと意識を保てないのだろう。

「ええ、昔旅をしていて覚えました。貴方《あなた》曰く、私を捨てた王子を助けるために覚えました」

最初に会ったときに、アルが私をからかった話で嫌味を返してやる。アルは顔をしかめた。

怪我が痛んだからということにしておこう。

旅を始めた頃は私も必死だった。戦えない分、できることは何でもやった。特に質の高い薬草は市場には出回らないから、直接買い求めるか自分で採取するかのどちらかでしか手に入らない。王子を助けるために、頑張って薬草の種類を覚えたものだ。聖女が仲間になってからは、発揮することがなくなった知識と技術だったが。

「なぁ、俺を置いていけ、俺は足手まといだ。このまま俺を連れて行けば、みんな死ぬ」

アルの言葉に、兵士達がうつむく。うすうす皆がわかっていることだった。一番重傷のアルに合わせて移動していては、行軍が遅れる。全滅の危険性が高まる。

効率を考えれば見捨てるのが最適解だ。だが効率的なことが、常に正しいとは限らない。

「そんなことはしません。私は共に戦った仲間を見捨てません。貴方達が死ぬときは、私も死ぬときです」

アルは驚いたような顔をした。

話を聞いていた兵士達の中には、感極まり涙ぐんでいる者もいる。

感動した兵士には悪いが、今言ったことはもちろん嘘だ。私はそんなに高潔な人間ではない。必要があれば私は仲間を切り捨てるだろうし、利の大きい方を取る。今の言葉はアルに、そして周りの兵士に聞かせるための言葉だ。

兵士達の心をつかむには、こうした演出も必要だ。私は彼らに命を懸けさせているのだ。命を懸けたくなる人物であると、思わせる必要がある。

「だ、だが。このままでは」

アルはなおも喋《しゃべ》ろうとしたが、私は遮《さえぎ》った。

「もういいから黙っていてください。これでも食べていて」

私はアルの口に薬草を突っ込む。

「うげぇ、なんだ、これ。ニガッ」

「薬草です。鎮痛効果がありますから、吐かずに食べてくださいね」

私は薬草の薬効を説明する。もっとも、鎮痛効果はそれほど高くはない。ただとにかく苦くて口の中が麻痺《まひ》するおまけ付きだ。これで口の悪さが治ればいいのだけれど。

苦い葉っぱを何とか飲み込むアルの傷口を処理し、私は立ち上がって兵士達を見た。

先ほどの嘘のおかげで、兵士達の目は生き返った。とりあえず、逃げ出そうとする者はいない。ギリギリなんとかなるかもしれない。

「皆さん、聞いてください。すでに理解していると思いますが、追ってきている魔王軍偵察分隊は強敵です。ですが我々は、あの敵をなんとしてでも倒さなければいけません」

私の言葉に、倒すどころか勝ち目すらないぞと、兵士達は目で訴えていたが、続きを話す。

「彼らは敵地に潜入して、情報を持ち帰る役目を負った偵察兵です。カシューのような僻地《へきち》の情報を集める目的は、本隊の進路を決定するための情報収集と考えられます」

私の言葉に、兵士達に動揺が起きた。

カシューに魔王軍の本隊が来る。それは恐怖と絶望の襲撃と同義だった。

たった五体の偵察分隊に、二十人がなすすべもなく逃げているのだ。その本隊が来るとなればどうなるのか？　故郷が血と炎に染まることは、想像に難くなかった。

「もちろん、本隊が必ず来るとは限りません。来るかもしれないし、来ないかもしれない」

私が口にしているのは、あくまで可能性の問題だった。しかし候補の一つに上がっていることは間違いない。運が悪ければ、カシューは戦火に消えてしまうのだ。

「あの偵察兵を倒せば、本隊が来る可能性を、少しは減らすことができるかもしれない。進軍先を決めあぐねている敵の将軍が、帰ってこなかった偵察分隊を目に止め、進路を決める判断材料とするかもしれません」

もちろんこれは都合のいい考えだ。巨大な戦場で、私達の与える影響などないに等しい。

だが未来は誰にもわからない。だからこそ、常に最善と全力を尽くすしかないのだ。

私の言葉に怯えていた兵士達が、決意の表情へと変わる。武器を持つ手に力がこもる。戦意と士気は消えていない。

「れも、ろうやって」

変な声を出したのはアルだった。

食べさせた薬草のせいで、舌が麻痺《まひ》しているのだ。しかし言いたいことはわかる。

相手はたった五体で、二十人からなる私達を一方的に蹴散らした精鋭ぞろい。正面から戦って勝てる相手じゃない。

「策があります」

勝算があるとした私を、アルやレイ、他の兵士達はすがるような目で見る。重責が私を襲うが、怖気づくわけにはいかない。少しでも不安を見せれば伝染する。大きく息を吸い込み、心を強く保ち作戦を話した。

「まず、我々の利点は二つ。一つは土地勘があることです」

現在、私達は逃げ込んだ山を越えて、ここに来る時に使った山道へと移動している。このまま進めば元の道に戻れる。その先の地形は把握できている。

「そして数です。私達は総勢二十一人。数の多さをどれだけ有利に使うことができるか、それが勝負の分かれ目です」

相手は五体で二十人を相手取ることができるが、それでも五体しかいないのだ。

「まず二人一組の四つの小隊を作ります。そして二つの小隊にはそれぞれに別の道を進んで、ここからミレトの街を目指してもらいます」

ミレトの街には数百人からなる守備隊がいる。街に魔王軍の情報を伝えれば、偵察分隊は交戦を避けて逃げるはずだ。

「れ《で》も、ほ《そ》れは」

私の策に、ろれつの回らないアルが信じられないといった顔をする。言いたいことはわかる。数が多いことが重要としつつ、分散するのは愚策に見えるだろう。

実際、戦力の分散は悪手だ。だがそれでも分散には意味がある。

「まずは主導権をこちらが握っておく必要があります。向こうに先手を取られれば、押し切られて負けます。私達の分散策に気づけば、連中は寡兵を割る愚を犯さず、早急に各個撃破を狙ってくるでしょう。おそらく最初に狙うのは私達本隊です。そこを叩く」

私は拳を握り締め、力強く続きを語る。

「この先を進めば来た道に戻れます。そのまま進めば切り立った山肌が続き、細い道の先で小さな広場があります。あそこで待ち構えます」

来るときにも休憩したのでよく覚えている。上は切り立った山肌、下は崖。前と後ろは細い道。あそこなら少数の戦力でも相手と戦える。

「でも、ロメリア様。それで勝てますか？」

瘦身のカイルが不安げに問う。確かに、狭い場所で陣取るだけでは連中には勝てない。それに魔王軍は精鋭ぞろい。必ずこちらの上を行こうとするはずだ。

「偵察分隊は私達が待ち構えるのを見て、必ず部隊を半分に割り、迂回《うかい》挟撃を仕掛けてくるでしょう」

あくまで私の予想だが、あえて断言しておく。歴戦の魔王軍なら正面からの力押しを避けるはずだ。何より迂回して挟撃すれば、私達を逃がす心配はなくなる。

「前と後ろから攻撃される形となりますが、これが狙いです。私達を挟撃する相手を、残った小隊二つを使い逆に挟撃します」

私は作戦の肝《きも》を話した。

「分散策の真の目的は数のごまかしです。道の前後に伏兵として小隊を配置します。敵が襲撃してきたら本隊は防衛に徹して時間を稼ぎ、引き付けている間に伏兵が後ろから襲い掛かり、挟み撃ちとします。相手は五体。後ろを取られれば、二体を防御に回すしかありません。そうなれば正面の相手は三人。どちらか片方は一人だけを相手にすればいいことになります」

魔王軍はそれぞれが鍛え抜かれているが、個としての強さは私達の二倍から三倍ほど。戦力比を考えれば、二十人いる私達の方が有利なはずだ。それでも私達がいいように敗北したのは、魔王軍が長く戦場にいて、連携がとれているからだ。連携力が敵の強さを増幅している。ならば相手を分散させ、連携をとれなくすれば、こちらの数の利が生きる。

私の挟撃作戦を聞き、これなら何とかなりそうだと兵士達もうなずく。

もちろんこれで必ず倒せる保証はない。『恩寵《おんちょう》』の効果を計算に入れたとしても、うまくいくかどうか。しかし今はこれが精いっぱいだ。弓兵や魔法使いがいればもっと違った作戦をたてられたが、今はこれしかできない。

「まずは陽動のための小隊を作ります。これには重傷者を当てるつもりです。そして、敵を包囲する小隊ですが、グランとラグン、オットーとカイルに任せたいのですが、いけますか？」

私に指名され、四人は重責に表情を硬くしながら最後にはうなずく。

「ほれ《お》はのこるへ《ぜ》」

ろれつの回らない言葉で、アルが本隊に残ると言い切る。

「アル。貴方《あなた》の勇気や勇敢さは誰も疑いません。しかし今の貴方では足手まといですよ」

「らから《だ》ら《だ》。あひて《い》ほゆ《を》らんさ《だ》せるには、けがひ《に》んがいなひ《い》と」

アルが何を言っているのかさっぱりわからなかったが、意味は伝わった。

本隊の目的は囮《おとり》だ。別動隊から目をそらさせ、油断させて誘い込む必要がある。その点で大怪《け》我《が》を負ったアルはいい囮役と言える。魔王軍からしてみれば、自分達が深手を与えた兵士がいるのだ。歴戦の戦士でも油断してしまうだろう。

「しかし、アル。貴方は死ぬかもしれませんよ」

負傷した状態で敵の襲撃を受けるのだから、アルの生存率は極端に下がってしまうだろう。

「ほれならほれまでら、ほれより、ほっちこそひげろ」

アルは私に逃げろと言っているようだが、それこそできない相談だ。私が逃げたら、確実に奇襲が失敗する。

「私はこの部隊の指揮官です。最後まで行動を共にする義務があります」

何よりすでに私が指揮を執《と》っているところを、連中に見られてしまっている。女の私は目立つし、魔王軍も絶対に覚えている。私の姿が見えなければ、連中は別動隊の存在を疑う。奇襲を完全に成功させるには、必ず私が敵の正面にいなければならない。

それに指揮や『恩寵《おんちょう》』の効果を考えると、私が本隊から動くわけにはいかないだろう。

「では、行動を開始しましょう」

私は手を叩き、準備に取り掛かるように指示する。残された時間は短い。手早く指示して四つの小隊を作る。まずはアルを除いた怪我《けが》人で構成された二組四人を本隊の進路とは違う方向に進ませる。そして本隊はこのまま直進させ、山肌の一本道に入る手前にカイルとオットーの二人を伏兵として残す。さらに進み、山肌にできた小さな広場で本隊を停止させる。

「では、グランとラグンは先に進んで、身を隠せる場所で待機していください」

私の言葉に、双子がうなずいて道を進んでいく。

合計八人を別動隊としたため、本隊は私を入れて十三人。私とアルは戦力として数えられないので、戦える者は十一人だ。

「皆さん、ここで休憩とします。皆さんは座って休んでください。私もそうさせてもらいます」

疲れ果て、ついにペースを乱したかのように見せるための演技だ。実際に私も疲れきっているので、座り込むとどっと疲労が出てくる。

私と同じく、疲れ切っている兵士達のほとんどがへたり込んだが、一人だけ立ち尽くしている者がいた。

「レイ、貴方《あなた》も座りなさい」

皆が座る中で、棒のように立つレイに声をかけた。

青年は青ざめ、がちがちに固まり、縋《すが》り付くように槍《やり》を握り締めている。顔は可哀そうなほど恐怖に引きつり、体は凍えるように震えていた。

「レイ、落ち着いてください。大丈夫です」

私が声をかけても、レイの震えは一向に治まらない。

正直、彼が一番の不安要素だった。

囮《おとり》としての私やアルの存在、そして『恩寵』の効果から、敵をここに誘い込むところまでは成功するだろう。だが根本的な問題として、敵を足止めできなければ話にならない。

そのためには本隊の中心に、負傷の少ない兵士をあてる必要がある。だが無傷のレイがこの様だ。前回の失態を取り戻そうと固くなりすぎている。このままでは失敗は目に見えていた。

レイを下げるべきかと悩んだが、下げたところであまり意味がない。逆をすべきだ。

「こっちに来なさい、レイ」

「で、でも、私は」

「いいからこっちに着て、私の前に座りなさい」

私はレイを招き寄せる。レイはがちがちに固まりながらも、私の前で跪《ひざまず》いた。その姿はまるで処刑を待つかのようだ。

「隊列を考えていたのですが、レイ。貴方《あなた》には敵の正面を担当してもらいます」

私はあえて、レイを正面に置くことにした。

「しょ、正面ですか」

「おい、それは」

ようやく口が回るようになったアルが、非難の目で私を見る。

正面は敵の最も激しい攻撃が予想される場所だ。今のレイには死ねと言っているように聞こえるかもしれないが、それは違う。

「言っておきますが、信用できない部下を、敵の正面に置く指揮官はいませんよ」

正面が突破されれば、どう頑張っても勝てない。正面には少しでも信頼できる部下を置きたいと考えるのが指揮官の常だ。

「レイ、信頼していますよ」

私は軽く肩をたたく。

「は、はい！」

私の言葉に、レイが槍《やり》を握り締めて応える。少しでも緊張をほぐそうとしたが、かえって力ませてしまったようだ。少し言葉を変えよう。

「私が貴方を信頼するように、貴方も周りを信頼してください。各々がそれぞれの役割をこなせば、それでいいのです」

たとえどれほど優秀な兵士でも、一人でできることは限られている。自分で全てをやる必要はない。ほかの仲間に任せ、仲間が必ずやってくれると、信じるしかないのだ。

その時になって、ようやくレイは周りを見ることができた。

そばにいる仲間達は、レイと目が合うと、ほんの少しだけ笑って応えた。

「そうだ、俺達を信じろ。誰もお前に期待なんかしてねーんだよ」

死にかけていても口の悪さが健在のアルが、わざと憎まれ口をたたく。

周囲にいる仲間達の顔を見て、レイの表情が少しだけ和らいだ。

少しだけ緊張を解くことができたが、直後、渓谷《けいこく》に鳴り響いた鳥の声が、弛緩《しかん》しかけた空気を一瞬にして凍り付かせた。

この鳥の鳴き声は、伏兵として配置したカイルの符牒《ふちょう》だ。魔王軍の接近を教えてくれている。敵はもうすぐそこまで来ている。

カイルの符牒に兵士達は腰を浮かせるが、私は手で制した。

「落ち着いてください。相手が来るのを待つのです。気づいていないふりをしてください」

私は兵士達をなだめ、立ちかけていた者を座らせる。

焦《じ》れるような時間が過ぎる。

すべての兵士が小刻みに震え、青白い顔で荒く息を吐いていた。中には今にも心臓を吐きだしそうな顔をしている者もいる。私自身、似たような顔色だっただろう。

こうなっては敵が来ることと来ないこと、どちらを願っているのかもわからなくなってくる。

私の頭の中でも不安が大きく渦巻く。

形のない焦りが大きくなり、胸をかきむしりたくなる。だが指揮官が錯乱していては、勝てるものも勝てない。何とか落ち着かなければと、別のことを考える。

ふいに頭の中で音符と旋律が流れた。何かの唄だ。そういえば魔王退治の旅のさなか、誰かがよく唄っていた気がする。あれはどんな唄だったか？

出だしを思い出そうとしたが、どうしても出てこない。途中の旋律なら思い出せるのだが、どんな出だしだったか？

唄を思い出そうとしていると、兵士達が驚くような顔で私を見ていた。口から旋律が漏れていたことに気づく。

どうやら唄っていたようだ。

場違いな行為だったが、笑ってごまかすしかない。意味ありげに笑っておくと、なぜか兵士達の間で笑みが広がり、ほんの少しだけ余裕が生まれた。

「て、敵襲！」

警告の声が響き、兵士達の顔が引きしまる。

全員が一斉に立ち上がり、槍《やり》を構えた。

見ると前方と後方の両面から、二人組の魔族が犬のように真っ直ぐこちらに駆けてくる。

魔王軍の姿を見て兵士達が取り乱すが、それでも私の作戦を投げ出さなかった。

逃げる道もなく、私の策にすがっているだけだろうが、それでも打ち合わせ通りに動いてくれるのなら、か細いが勝算はある。

「落ち着いて、前に六人、後ろに五人。隊列を組んで防ぐのです」

私はお腹に力を込めて、大きく声を出した。兵士達を激励すると同時に、魔王軍の注意を引きつけ、後ろに配置した別動隊に気づかれないようにするためだ。

私の声に元気づけられたのか、兵士達が隊列を組み、槍をそろえて突き出す。

陣形を固め防御に徹すれば、時間稼ぎはできる。

心配していたレイも、今は落ち着いて周りと呼吸を合わせていた。

兵士達は声と勇気を振り絞り、槍を突き出して魔王軍の攻撃を防いでいる。狭い道に押しやられ、魔王軍もさすがに突破はできない。すべて作戦通り。あとは後方からオットー達が強襲を仕掛ければ、勝算は見えてくる。

順調な出だしに光明が見えかけたが、すぐに違和感が襲う。何かがおかしい。

違和感の正体はすぐに判明した。

「数が、数が足りない！」

魔王軍の数は前に二体後ろに二体の計四体。しかし最初に遭遇した時、連中は五体いたはずだ。一体足りない。

それに前後から攻撃する魔王軍の圧力が、最初に遭遇した時よりもずっと弱い。兵士達の奮戦と『恩寵《おんちょう》』の効果と思いたいが、魔族の攻撃に積極性がない。時間を稼いでいる？

観察を続けると、魔王軍の兵士は視線を上に送り、何かを話していた。

魔族はエノルク語という、私達と違う言語を話す。

知らない者にとっては、鳥の鳴き声のようにしか聞こえないような言葉だが、王子との旅で必死に覚えた。国に戻ってからは魔王が持っていた本や書類を元に、解読と勉強を進めている。まだ完璧ではないし、手引書も教師もいないため文法すらあやふやだが、彼らの言語を片言には理解できる程度にはなった。

待つ？　分隊長？　上から？

聞き取りにくい状況で、なんとか言葉の断片を拾い集める。

それらをつなぎ合わせたとき、私は大声で叫んでいた。

「上です！　上から来ます！」

私が警告を発した直後、頭上から土砂崩れのような音が降り注いだ。

真上を見上げながら、慌ててその場から離れると、黒い影が陣形を組む私達の真ん中に滑り落ちてくる。

落下するように現れたのは、灰色の鱗《うろこ》を持つ魔王軍の分隊長だった。

信じられなかった。私達の背後を取るためだけに切り立った崖のような山を登り、滑落死の危険も顧みずに滑り降りてきたのだ。

「シャァアッァアァア」

円陣の真ん中に舞い降りた魔王軍の兵士は、蛇のごとく声を上げて威嚇《いかく》した。

身を軽くするためすべての鎧《よろい》を脱ぎ捨て、武装は左右に握る幅広の蛮刀二本のみ。

分隊長は両手に握る刃を翼のように広げ、爬虫類《はちゅうるい》の瞳で私達を射すくめる。

「ロメリア様！」

レイが叫ぶが間に合わない。

……駄目だ、終わった。

翼を広げる怪鳥のごとく、巨大な蛮刀を掲げた魔族を見て、私は自分の失策と敗北を悟った。

魔王軍は精強無比。その練度と士気の高さは誰よりも知っているつもりだったが、だが一番に警戒すべきは、幾多の戦場をくぐり抜けてきた経験値だった。

彼らは自分達の優位を過信せず、少数であることを自覚し、私の策よりさらに大胆かつ苛烈な戦術を選択した。

背後の斜面は、ほぼ垂直と言っても過言ではない切り立った崖だ。ここを駆け降りるなど、できるわけがない。だが、だからこそやる。発想の大胆さで上を行かれてしまった。

後ろをとるつもりがとられた。そしてこの状況はもうどうしようもない。

たった一人とはいえ、陣形の中に入り込まれては、崩されて終わる。

オットー達の別動隊も間に合わない。敗北と死が見えてしまった。

分隊を率いる隊長が、爬虫類《はちゅうるい》の瞳で私を見て、踊るように飛び掛かり刃をふるった。

当然だ。最初に狙うのは、指揮官でありながら最弱のこの私だ。

とっさに剣を掲げ、攻撃を防ごうとしたが、筋力の差からあっさりと敗北。細身の剣がへし折られ、そのまま刃が胸に振り下ろされる。

岩が当たったかのような衝撃が全身を貫き、激痛とともに私は後ろに吹き飛ばされた。

体中に痛みが走る。死んだかと思ったが、幸いなことにまだ生きていた。自分の胸元を見れば、恐るべき一撃は剣もろとも特注の胸鎧《よろい》を断ち割っていた。幸いなことに、刃は鎧と鎖帷子《くさりかたびら》で止まってくれて出血はない。だがそれは死ぬのがほんの少し遅くなっただけだ、激痛により息をすることさえできず、手足を動かすことなど論外だった。

動けない私に、即座にとどめの二刀目が放たれる。

ああっ、こんなところで終わりか。

まるで盤上遊戯で負けたかのように、私は自分の敗北を受け入れた。

運が悪かったわけではない、魔王軍と最初に遭遇した時に、死んでいてもおかしくはなかった。公平に考えればあそこを生き延びただけでも幸運であっただろう。

兵士達も悪くはない。下手をすれば、魔族ではなく兵士達に裏切られて殺されてもおかしくなかった。だが誰も私を責めずついてきてくれた。私は部下に恵まれていただろう。

全ては私に責任がある。私の予想と策が甘かった。私の無能がこの敗北の原因だった。受け入れるしかない。

指揮官である私は、敗北を受け入れ、全てを諦めた。それほどどうしようもない状況だった。

だがこの土壇場《どたんば》にあって、諦めていたのは、私一人だけだった。

「「まだだ！」」

鈍く光る刃が私の目の前まで迫った時、二人の兵士が立ちふさがった。二人は二本の剣を重ね、死の刃を寸前で押しとめた。

「させるか！」

「やらせはしない」

刃を止めたのは、敵の襲撃にいち早く反応したレイと、重傷のため私のすぐそばにいたアルだった。

レイ、アル！

声を上げることもできない私は、ただ二人の姿を見た。

二人が私の前で剣を抜き、偵察部隊分隊長の前に立ちはだかる。

「隊長を守れ！　死守しろ！」

「みんな！　陣形を組みなおすんだ！」

アルとレイが声を張り上げる。だがそれは無理というものだ。陣形の中に入り込まれ、今から陣形を組みなおすなど、できるわけがない。しかも指揮官である私が倒されたこの状況で、統率などとれるわけがなかった。

混濁《こんだく》した意識の中で、私は無理だと思ったが、ここでも驚くべきことがおきた。

レイに言われるまでもなく、兵士達がそれぞれに動き陣形を縮小し、倒れる私を中心に円陣を組みなおしたのだ。

「ミーチャ、ベン、ブライ、セイ、左翼を固めろ、グレン、レット、シュロー、メリル、右翼。二人一組で補い合え、ゼゼとハンスはそれぞれの組の間に入って、両方を補助するんだ。正面は僕とアルが受け持つ」

レイが素早く仲間に役割を割り振っていく。

この状況にあって、レイは指示を出した。それが的確なのかどうかはさておき、指示を出されれば兵士は従い、統率がとれる。

しかも兵士達は誰も逃げない、指揮官の私が動けないというのに一斉に槍《やり》を繰り出し、敵の反撃にも恐れることなく前へ前へと前進していく。

兵士達の思わぬ反撃に、魔王軍の偵察分隊がわずかに後退した。そこに別動隊として配置していたグランとラグン、そしてオットーとカイル達が襲いかかった。

申し分ないタイミングではあったが、いかんせん体勢が悪すぎた。

本来なら相手を二分し、その背後を突くという作戦。しかし倒れた私を中心に陣形を縮小し、円陣を組み直したため、急斜面を背に密集し、敵に包囲されている。

グランやオットー達に後ろを取られても、魔王軍は慌てることなく二体が後ろに下がり、それぞれが道をふさいでグランとオットー達を相手にする。

朦朧《もうろう》とする意識の中、私は前に立つレイとアルを見た。

二人は私を狙う分隊長の前に立ちはだかり、剣を手に気を吐いている。

ここだ、この勝負が全体を左右する。ここで勝った方が戦いの流れをつかみ勝利する。

だがアルとレイに勝ち目はなかった。相手は手練《てだ》れの魔王軍、その分隊長級。鎧《よろい》はなく、鱗《うろこ》の皮膚《ひふ》をさらしているが、その体は力にあふれて研ぎ澄まされている。

魔王軍は歴戦の軍隊。実力主義で強いものほど上の階級につくという。

その分隊長級を相手に、アルやレイでは格が違う。何よりアルは瀕死《ひんし》の重傷を負っているのだ。勝ち目などあるわけがない。

そんなことは二人ともわかっているはずだが、二人は恐れることなく前に出る。

魔王軍の分隊長が舞うように襲いかかり、あらゆる方向から切りかかってくる。

レイは必死に刃を振るい、体を斬られながらも、魔族の攻撃をしのぎ切る。

これまでのレイの動きを考えれば、奇跡とも呼べる防御だった。

そしてレイが攻撃を防いで生み出した隙に、アルが一撃を打ち込む。

アルは瀕死《ひんし》であるというのに、その一撃は分隊長の刃を弾き、腕をわずかに震えさせる。

奇跡的な攻防と言えたが、二人の反撃はこれで終わらなかった。

レイははるか格上の敵を相手にして攻撃を防ぎ、アルは強烈な一刀を繰り出し続ける。

二人とも、これまで見せることのなかった剣技の冴《さ》えと爆発力だった。

私はこの現象に見覚えがあった。

——覚醒《かくせい》しようとしている？

まるで命を燃やしているかのような煌《きら》めき。旅の最中、王子も時折見せていた覚醒の兆候だった。

しかしそれでも敵の優位は変わらない。アルとレイが勢いを増したことに、分隊長も最初は動揺していたが、すでに落ち着きを取り戻している。左右それぞれの刃で二人を相手にして、なお余裕がある。

せめてアルに怪我《けが》がなく、もう少し二人に訓練の時間があれば、あるいはなんとかなったかもしれない。だが、覚醒したとしても、羽化直後の二人には勝ち目が薄かった。

何とか指示を出そうと口を開くが、まともに声が出せない。全力を振り絞って、一言、ほんの一言だけが口からこぼれた。

「勝って」

聞こえたかどうかもわからないような小さな声だ。だが私の声に二人が応えた。

「「了解！」」

二人は剣を握り締め、気合と共に踏み込む。

対する魔族は翼のように刃を掲げ、演舞のごとき攻撃を縦横無尽に繰り出してくる。

変幻自在な刃を、レイが必死に防ぐ。だがどこから飛んでくるかもわからない攻撃の嵐に、体のあちこちが切り刻まれ、瞬く間に全身が血まみれとなる。

ほんの数分の戦いで、二人とも満身創痍《まんしんそうい》。だがそれでもなお二人の目からは闘志が消えておらず、ただ敵だけを見据えている。

その時、二人の周囲に変化が起きた。

レイの体の周辺に気流が生まれ、アルの体からは熱が放出される。

気流は徐々に大きくなり、レイを包むつむじ風となる。アルの剣からは炎がほとばしった。

魔法！

間違いなく魔法の効果だった。二人に素質があることはわかっていたが、ここでその才能が開花した。

「うぉぉおおお」

雄叫《おたけ》びを上げながら、風をまとったレイが渾身《こんしん》の一撃を放つ。

魔王軍の分隊長は蛮刀を翻《ひるがえ》し受けようとしたが、風を纏《まと》ったレイの刃が蛮刀の防御を僅かにそらした。生まれた隙に滑り込むように剣が走り、鉄壁の防御を突破。レイの刃が魔族の太い左腕を両断した。

血しぶきとともに鱗《うろこ》に覆われた腕と、刀が宙を舞う。そして刃が落ちるより先に、アルが炎をまとった剣を振るった。

だが左腕を切り落とされてなお、魔王軍の兵士は戦意を失わない。残った右の刃でアルの攻撃を迎撃する。

激突音が鳴り響き、互いの刃が交錯し、せめぎあう。

片腕を失った魔族は傷口から大量の血を流しながらも、万力のように力を籠《こ》める。右腕に血管が浮き上がり、筋肉が瘤《こぶ》のように膨張する。

片腕だというのに信じられない剛力に、両腕で剣を支えるアルが押される。

「させるかぁぁぁぁ」

押し切られそうになった瞬間、雄叫びと共にアルの全身から炎が激しく噴き出した。

吹き出た炎が刃に収束し、刀身が赤く灼熱する。

「おおおおおっつ」

「！」

高熱で蛮刀が融解し、溶け始める。

叫び声と共にアルが刃を振り抜くと、灼熱の刃が魔族の鍛えた鋼鉄をバターのように切断。

そのまま分隊長のわき腹を深く切り裂いた。

短い悲鳴を上げるも、それでも魔王軍の分隊長は倒れない。倒れそうになった体を両足で支え踏みとどまった。

左腕からは大量の出血。切り裂かれたわき腹は高熱により炭化し、赤黒く光り、未だに熱を持っている。いつ死んでもおかしくない瀕死《ひんし》の重傷。それでもなお倒れず、竜の形相で最後に狙うのは、倒れて伏した私だった。

ただでは死なぬと、残った力を振り絞り、切断された刃を捨てて私に向かってくる。

円陣を組んでいた兵士が槍《やり》を突き出し、魔王軍分隊長は三本の槍に貫かれる。だがそれでも突進は止まらない。その姿、まさに先祖がえりを起こした竜のごとき猛々しさだ。

兵士達も何とか押しとどめようとするが、分隊長は片腕で槍を払い、首を伸ばし、頭だけになってもかみ殺すとばかりに牙を向ける。

いくつもの並んだ牙が目の前にまで迫り、私の視界が竜の真っ赤な口に覆われる。だがその牙が届く瞬間、アルが切り裂いたわき腹から突如炎が噴き出した。

炎は魔族の体に燃え広がり、さすがの分隊長も悲鳴を上げる。

「ぎゃぁぁっぁああ」

分隊長は地面に転がり体についた火を消そうとするが、まとわりつく炎は蛇の舌のように燃え盛り、瞬く間に分隊長の全身を覆いつくす。

炎に包まれた魔王軍の分隊長が、それでもなお残ったほうの手を私に向けようとしたが、私をつかもうとした瞬間、指が崩れ落ちた。

体を包む猛火は手や腕すら炭化させ、さらに全身に広がり、断末魔さえ燃やし尽くした。

「やった、やったぞ！」

分隊長の死に兵士達は歓声を上げ、魔王軍の兵士達の間に動揺が走る。

だがその動揺も一瞬。隊長を失っても、彼らはやすやすとは崩れない。むしろ仇《かたき》とばかりに猛攻を仕掛けてくる。その時、来た道から勇ましい声を上げて殺到する一団の姿が見えた。

やってきたのは、武装した四人の兵士達だった。

陽動のために、別の道を進ませた者達だ。迂回《うかい》して戻ってきてくれたのだ。

これは計算にはない行動だった。彼らが戻ってきてくれるとは、正直思っていなかった。

囮《おとり》作戦は危険な賭けだった。本隊である私達を追撃してくると読んだが、例外もありえた。

その場合少数の彼らは、間違いなく死ぬ運命にある。

逆に魔族が追わなければ、彼らには生き延びる可能性が生まれ、そのまま逃げれば助かるかもしれなかった。

だから私は彼らに、迂回して戻るようにとは指示しなかった。

せっかく逃げ延びることができたのに、また戦場に戻れと言っても、戻ってくるわけがないと考えたからだ。

しかし彼らは自らの判断で戻ってきた。

怪我《けが》をした体を引きずりながらも、槍《やり》を持ち駆けてくる。雪崩《なだれ》のように突撃してきた四人の兵士が、オットー達に加わり、後ろを固めていた魔王軍の兵士の一体が討ち取られた。

それが決定打となり、流れは完全にこちらのものとなった。一度勢いが付けば、『恩寵《おんちょう》』の効果は止められない。勢いにのまれ魔王軍の兵士が次々に討ち取られていく。

勝った？

特等席で見ていてなお、私は自分が目にしたものが信じられなかった。

王子と旅をして、これまでも何度も奇跡のような光景を目にしてきたが、これこそ本当に本物の奇跡だった。

彼らは王子でも英雄でもなく、ついこの間までただの村人だった。それなのに誰よりも雄々しく戦い、ありえないほどの劣勢を覆した。まさに勇者だ。

戦場の中央。この戦いの一番の功労者のアルとレイを見ると、二人は私より早く意識を失っていた。

重傷を負っただけでなく、初めて魔法を駆使したのだから当然だろう。

その顔はやり切った男の寝顔だった。

二人の顔を見て、私は満足して頰を緩める。そして笑ったまま意識を失った。

賑わいを見せるミレトの街は、カシュー地方一の商業都市だ。カシューは辺境ではあるが、この街は例外的に発展している。私は目立たない格好で供も連れずに街を歩く。手に提げている籠《かご》には度数の高い酒と薬草を練った軟膏、針と絹糸、そして大量の布がつまっていた。

魔王軍偵察分隊との激戦の後、私達はなんとかミレトの街にたどり着いた。誰もが傷だらけで、いま兵士達は治療の真っ最中だ。私も胸の傷を、昨日癒《い》し手《て》に治療してもらったばかりだ。癒し手は絶対安静を言いつけて帰ったが、あばらが数本折れた程度で寝ていられなかった。

私は買いこんだ品物を抱えて、兵士達のために借り切った宿に向かう。

二十人は優に入れる宿の大部屋では、体に包帯を巻いた兵士達が寝台で横になり、椅子に座りのんびり話し合っている者もいた。

「皆さん、怪我《けが》の具合はどうですか？」

私は籠を抱えながら部屋に入り、傷の様子を尋ねる。

「ロメリア様？」

兵士の一人が腰を浮かして驚く。たしか彼の名前はブライだ。

「まさか買い物に行かれていたのですか？　言っていただければ我らが！」

ブライが立ち上がって言うが、怪我人が急に立ったものだから、足元がふらついていた。

「いいからそのままでいてください。アル、レイ。傷はどうですか？」

私は特に傷の深いアルとレイの寝台に歩み寄る。二人とも重傷で、生きているのが不思議なぐらいだ。

「大丈夫です。ロメリア様。昨日、癒し手に治療してもらいました。傷は回復に向かっているとのことです」

レイは口だけを動かすが、起き上がれないほどの重傷だ。顔色も悪く、とても大丈夫なように見えない。治療してくれた癒し手を悪く言いたくないが、正直ヤブだ。大金を取ったくせに私の胸もまだ痛むし、皆も調子が悪そうだった。

以前旅を共にしたエリザベートなら、こんな傷は数分で完治させただろう。もちろん聖女と呼ばれる彼女と比べては酷だろうが、それでもあの癒し手の腕が悪いことも確かだ。

「傷を見せてください。私が診てみましょう」

私は横になるレイの服を脱がせ、包帯をほどこうとすると、レイが動揺する。

「ロ、ロメリア様が診るのですか？」

「私が傷の治療をできるのは知っているでしょう？　あの癒し手が言うことは信用できません」

私が服を脱がせ包帯を取ると、レイの肌があらわになる。するとレイがなぜか顔をそむけた。おそらく傷口を見たくないのだろう。確かに、治療されたのにその傷は酷《ひど》いものだった。大きな傷はかろうじて塞《ふさ》がっていたが、小さい傷は完全には塞がっていなかった。しかもいくつかは化膿している。

「あっ、うっ」

私が傷口に指を添えると、痛かったのかレイが声を漏らす。

「すみません、痛かったですか？」

「いえ、大丈夫です」

レイはそう言ってくれたが、やはり痛かったのか彼は顔を赤くしていた。

「この傷は問題です。ちょっとした手術になりますね。私がやりましょう」

小さい傷でも悪化する心配があるし、化膿している傷はもっと危険だ。強い酒で傷口を洗い、火であぶった刃で膿《うみ》を出し、薬草を練った軟膏を塗り、針と絹糸で縫合すべきだ。

「ロメ隊長。そんなこともできるんですか？」

レイの隣の寝台で横になっているアルが、目だけでこちらを見る。ロメ隊長という呼び名は気になったが、侮るような様子はないので良しとする。

「ええ、昔覚えました。レイ、痛むと思いますが、我慢してください」

私はレイの治療を開始した。かなり痛むはずだが、レイは我慢して耐えた。しかしやはり痛むのか、私が傷口や体に触れると小さく声を漏らしていた。

「さて、次はアルの番ですね」

レイの治療を終えた後、私は隣で寝ているアルを見る。

「俺もですか？」

「貴方《あなた》の方が重傷でしょう？」

アルの問いに答えながら、服を脱がし包帯を取る。傷を見ると、こっちはさらに酷かった。

「痛みますよ、我慢してください」

私が言った直後、悲鳴が部屋中に響いた。

「痛い痛い、すっげー痛い。めっちゃ痛い。もっと優しく！」

アルが目に涙を浮かべて非難するが、私としては呆れるしかない。

「何を言っているのです。レイを見ていたでしょう。彼は我慢していたじゃないですか？　貴方も我慢しなさい。普段の威勢のよさはどこに行ったのです」

「いや、違う、あいつは喜んでいた」

アルが訳のわからないことを言う。傷口を触られて、喜ぶ奴がどこにいる。

「少し黙っていてください。貴方の傷は深いのです。念入りにしないと。しみますよ」

ちゃんと事前に言っておいたのに、アルは大げさに悲鳴を上げた。

治療を終えると、アルとレイはなんだか憔悴《しょうすい》しきっていた。とはいえ、一番の深手だった二人がそれほど悪化していないのだから、他の皆は大丈夫そうだ。

「ロメリア隊長。二人は診て、俺達は無しですか？　それは不公平ですよ」

アルとレイの治療を終えた私に、兵士のシュローが口をとがらせる。

「お前ら、図々しいぞ！」

レイが叫ぶが、シュローが反論する。

「俺達だってロメ隊なんですよ」

ロメ隊という単語には引っかかったが、確かに、他の皆の傷も心配だ。あの癒《いや》し手《て》は腕が悪いし、悪化して治りが遅くなると困る。いまは時間もあるし、私が診ておけば安心だ。

「わかりました。診ましょう」

「本当ですか？」

私の言葉に、シュローだけではなく他の兵士達もうれしそうな顔をする。やはりみんなもあの癒し手の腕が悪いことを気にしていたのだろう。私が診察を開始すると、兵士達は服を脱ぎ、上半身をあらわにして列を作る。順番待ちをするほど不安なのだ。

「くそ、こいつら！」

私の手を煩《わずら》わせることがいけないと思うのか、レイが列を作る仲間を見て顔をしかめる。

「いいのですよ、レイ。それに、時間もありますしね」

私は言いながら、兵士達の傷を診察し、治療を施す。

二十人全員の治療を終えると、さすがに時間がかかり、日が暮れていた。しかし兵士達は治療を受けられて満足そうだ。経過を見るために、明日もやろう。

だがこんなことは毎回できないので、早急に癒し手を手配すべきだろう。

「すみません、ロメ隊長。手を煩わせてしまって。それに、俺達のせいでここを動けない」

アルが柄にもなく謝罪する。以前の口の悪さがどこに行ったのか驚きだ。山で騙《だま》して食べさせた苦い薬草が効いたのかもしれない。

「気にせずゆっくり傷を治してください。貴方《あなた》達はカシューの英雄なのですから」

私が二人を見ながら言うと、アルとレイは目を丸めた。

「英雄？　俺達がですか？」

アルが自分を指さしながら問う。

「ええ、町で噂になっています。というか、私が噂を流しました。カシューに侵攻して来た魔王軍を撃破した若き英雄。その傷も名誉の負傷というものですよ」

私が自分で流した噂を教えると、アルが笑った。

「侵攻して来たねぇ。物は言いようですね」

アルの言うとおり、たった五体で侵攻して来たとは言えないが、魔王軍の兵士を倒したことは事実だ。私達の活動を広めるために大いに利用すべきだ。

これまで目立った戦災がなかったカシューだ。魔王軍がやって来たことは住人にとって衝撃だろうし、若者が魔王軍を倒した事実は朗報と言えるだろう。何日かすれば噂が広がり、カルルス砦《とりで》にも届くはずだ。

「やれやれ、怪我《けが》が治るまでは、外を出歩かないほうが良さそうだ」

その重傷で遊びに行こうと思っていたのか、アルがぼやく。

「なぜです？　きっと若い娘にモテますよ？　酒場で魔王軍との激戦を話せばいいのでは？」

「冗談！　たった五体相手に、二十人が必死になって倒したなんて話できませんよ」

私がいじってやると、アルが憤慨して答える。適当に嘘を言えばいいのに、意外に正直者だ。

「早くカルルス砦に戻りましょう。ロメリア様」

レイも早く帰りたいらしいが、まだ駄目だ。

「ゆっくり怪我を治してください。それに、ミレトでは人と落ち合う約束をしているのです。貴方《あなた》達の怪我がなくても、出発はその後となります」

私はこの街にいる当初の目的を話した。ここでの逗留《とうりゅう》ははじめから予定していたことだ。

「アル、レイ。二人には聞いておくことがあります。セルベク代官のことをどう思います？」

私がカシューを支配する代官のことを尋ねると、二人とも首を傾げた。

「どうって、徴兵されてろくに話してもいませんし」

アルは何とも思っていないと答える。レイも同じですとうなずく。

アルとレイ。そしてここにいる二十人は、徴兵されたばかりの新兵。セルベク代官の手には
染められていない。

「では、彼ではなく私についてくれますか？」

二人の目を見て尋ねる。私がここで待っているのは、王都から来る役人だ。セルベク代官には彼の不正を告発しないと約束したが、あれは嘘だ。

ここで役人と合流し、洗いざらいすべてを話す。そのまま一緒にカルルス砦に向かい、そこでセルベク代官を逮捕するつもりだ。

彼は危険な人間だし信用できない。今頃は領都グラムに密偵を放ち、私が隠し持つ不正が記された原本を探し回っていることだろう。裏切られる前に裏切ったほうがいい。

「ロメリア様、たとえ貴方が世界のすべてを敵に回しても、私は常に貴方のそばにいます」

レイが右手を胸に当てて誓う。大仰な言葉はまるで騎士のようだ。

「ロメ隊長。俺もついていきますよ」

レイとは対照的に、アルが気楽な声を返す。

「ありがとう」

私は二人の忠誠に短く答えた。

第三章
～軍備整えるために、あっちこっちと話をつけた～

ミレトからカルルス砦《とりで》へと戻った私を、セルベク代官は出迎えてくれた。

しかし私は出迎えてくれた彼を、ミレトで合流した王都の役人と共に即座に逮捕、拘束した。

捕縛された代官は約束が違うと叫んでいたが、私は相手にしなかった。

そもそも私達の間に信頼はなかった。私はセルベク代官を脅したし、代官もいつか私に復讐しようと考えていた。

私達の関係には、どちらかが裏切る結末しか、存在しなかったのだ。

もちろんセルベク代官も、私が裏切ることを予想して警戒していただろう。砦にいる子飼いの兵士を集めて、身辺を守らせていた。ただ彼には一つ誤算があった。

私が二十人の兵士をまとめ上げ、彼らの心をつかんでいたことだ。

セルベク代官は、女の私にはそんなことはできないと考えていたのだろう。

しかし魔王軍と遭遇し、死地を乗り越えた経験が、私と兵士達の結束を強くした。

私についてくれた兵士達は、油断していたセルベク代官を捕らえ、縛り上げた。

砦にいた兵士達はセルベク代官を助けようとしたが、強敵との死闘をくぐり抜けたアルやレイ達は、もう以前の新兵ではなかった。一糸乱れぬ陣形で、代官の兵士を寄せ付けなかった。

あとは王都から来た役人がセルベク代官の不正を告発し、その場を収めた。

一連の逮捕劇は素早く行われ、朝に逮捕された代官は、昼を過ぎるころにはもう王都へと護送されていった。事前に私が決めた予定通りに事が進み、私としても大変気分が良かった。

しかし、私が笑っていられたのもここまでだった。

「はぁ、終わらないわね」

私は積み上がった書類を見てぼやく。

代官を追い出した後、私を待っていたのは書類仕事の山だった。

机の上には書類がうずたかく積み上げられ、どれだけやっても一向に減る気配がみえない。

「ロメお嬢様、少し休憩されませんか？」

書類に苦戦していると、カイロ婆やがお茶を淹れて持ってきてくれた。

「ありがとう。カタン爺やは？」

茶器を受け取り、口をつける。温かい飲み物が心地よい。添えられているパイも木苺の酸味が利いていておいしい。

「また釣りに出かけましたよ、今日は大物を釣ってくると言っていましたけれど、まぁ、期待しないでいましょう。そうそうお嬢様、今朝ですが近くの村の方が木苺を持ってきてくれましてね、このパイはそれで作ったんですよ、今度お返ししないといけませんねぇ」

カタン爺やは田舎暮らしが性に合っているみたいで、毎日釣りや散歩に出かけている。婆やも最初は文句ばかり言っていたが、なんだかんだ言って楽しんでいるようだ。

「しかしロメお嬢様。お嬢様はここには療養に来たはずですのに、お仕事ばかりですねぇ」

積み上がっている書類を見て、婆やは呆れていた。

「ごめんなさい婆や、やめるわけにはいかないの。わかって」

「いえ、いいんですよ、ロメお嬢様が何をなさりたいのか、カイロはもう承知しています。人々の助けになりたいのでしょう？」

カイロ婆やは私のことを理解してくれていた。

「ですが少し心配なのです。そのお仕事も、一人では限界があるのでは？」

カイロ婆やは積み上がっている書類を一瞥《いちべつ》する。指摘されると言い返せない。

首尾良くセルベク代官を追い出したのはいいが、そのまま何もしなければ、当然だが後任の代官がやってくる。そうなれば今度は弱みを握れていないから、私は兵士を取り上げられて、物語に出てくるお姫様のごとく、塔の上にでも幽閉されること請け合いだ。

仕方がないので、実家から付いてきてくれたカタン爺やを、新たな代官に仕立て上げた。流れとしては、私と共にこの地に赴任した爺やが、前代官の不正に気付き告発。膿《うみ》を出し切るという名目で臨時に代官として残ることを、書状にしたためてお父様に送っておいたのだ。うまくごまかせたが、いつかはばれる。気づかれる前にいろいろ態勢を整えないといけない。

「何かお手伝いしたいのですが、私やカタンではロメお嬢様のお力にはなれません」

「いいのよ、私が勝手にやっていることなのだから」

私の陰謀により爺やは代官代行という、訳のわからない地位についたわけだが、老後をのんびりとした田舎で過ごすつもりで付いてきてくれた爺やに、まさか領地経営に心血を注げとは言えない。必然、私がやるしかない。

「ロメお嬢様は、昔から人を頼るのが苦手でしたから。いつだったか、どこかの男爵令嬢がお嬢様をいじめていた時のこと覚えていますか？」

カイロ婆やが私の子供時代の話をする。あの頃は頻繁に園遊会が行われ、同じ年ごろの貴族の子弟が集められてよく遊んでいた。その時、どこかの男爵令嬢がなぜか私をいじめの標的にしてきたのだ。

「私達に言ってくだされればよかったのに、お嬢様は一人で立ち向かわれて」

婆やは面白そうに笑っているが、私としては過去の恥ずかしい話をされて赤面するばかりだ。

子供の頃はやんちゃをしていた。いや、今も大して変わらないか。

しかしあの子一体何のつもりだったのだろう？　人を悪役令嬢だとか、こうなる運命だとか言って、執拗《しつよう》に嫌がらせをしてきた。戯曲か何かを観すぎだと思うけれど、変な子だった。

「最後には取り巻き連中も巻き込んでの、大喧嘩《おおげんか》に発展していましたね」

カイロ婆やが笑う。そういえばそんなこともあった。

自分の敵は自分で打破する、を合言葉に叩きのめしたが、我ながらいけないことだった。

「婆や、もう言わないで。あの一件には少し反省しています。子供だったのです」

暴力はいけない。最後の手段とすべきだ。

計略と策略を駆使し、二度と争いが起きないように事を収めることが大事だと今なら言える。

「ほかにもお嬢様は」

婆やが話を続けそうになったので、慌てて止める。恥ずかしい思い出話を聞いていられない。

「もういいから、お茶をごちそうさまでした。そろそろ仕事に戻ります」

私が強引に会話を打ち切ると、婆やは笑いながら部屋を出ていく。婆やとは子供の時から一緒だったから、恥ずかしい話をし始めればきりがない。

「さて、気を取り直して、仕事仕事」

自分に気合を入れて、仕事に取り掛かる。まずはセルベク前代官がつけていた裏帳簿を見つけ出し、精査して正しい帳簿を提出しなければいけない。

もちろん見つけた裏帳簿をそのまま提出すれば簡単でいいのだが、今は戦時下だ。戦争をするためには資金がいる。

せっかく前任者が工作してくれていたのだから、適当に数字をごまかして提出すれば、こっちの予算が増える。それでなくても軍隊は金食い虫。自由にできる資金は多い方がいい。

とはいえ、前任者の轍《てつ》を踏むわけにもいかないので、横領はごまかしの利く範囲内で。記入する時に、すこーし文字を掠《かす》れさせて読みにくくして、書いた数字も、読み間違いしやすい様にしておくのだ。

ちなみに公文書の記入には、文字や数字の書式が決まっている。字に濃淡やかすれがあってはいけないという法律もあるのだが、それら全てを守っている方が少ない。

もし咎《とが》められても、こちらは罰金で済む。検査する者に賄賂《わいろ》を渡せばそれすらない。もちろん実入りは格段に少なくなるが、これが不正の限界だ。あまりやりすぎてはいけない。

だが非常時だからと不正をしてもなお資金が足りない。前任者が武器の横流しをしていたので、装備品の数が不足している。食糧も十分とは言えない、軍馬も増やしたい。

欲しいものはたくさんあるのに、お金だけはどこにもない。

資金難にうなりながら上半身をそらせると、胸に鈍い痛みが走り手で押さえる。少し我慢すると痛みが引いていった。

胸の傷はまだ完治していない。やはりミレトにいた癒《いや》し手《て》は、腕が悪かったようだ。私の怪我《けが》は我慢すればいいが、兵士に我慢しろとは言えない。砦付《とりで》きの癒し手がやはり必要だ。だが教会に癒し手の派遣を頼んでも、腕のいい者は地方には来てくれない。

頭を悩ませていると、窓の外から音が聞こえてきた。

太鼓に喇叭《らっぱ》の音が響き、突撃のかけ声が合わさり、怒号と足音が続く。

窓の外を見ると、丘の上では兵士達が演習を行っていた。

前代官を追い出し、砦の兵士を全て使えるようになったので、手元の兵力は百人に増えた。

百人の兵士が二手にわかれてぶつかり合う。

全員が同じ装備をしているので、遠目には誰が誰だかわからない。だが一か所だけ、乱戦にあってもまとまり、相手を寄せ付けない部隊があった。

一人の兵士が先頭に立ち、相手の部隊を圧倒している。遠目にもアルだとわかった。

私と同じく治療を受けたが完治せず、まだ片腕が満足に動かないというのに、元気よく動き回り、敵の前衛を打ち破った。

そしてアルがこじ開けた穴に、すかさず少数の部隊が切り込み陣形を突破する。切り込み隊を率いているのはレイだった。グランとラグンの兄弟を率いて、風のように突破していた。

開いた穴を力自慢のオットーと素早いカイルが広げ、相手部隊が二つに分断される。

相手も陣形を立て直そうとするが、片方をアル、オットー、カイル。グランとラグンの双子が押さえ、レイが他の者達を率いて残りの片方を包囲し殲滅《せんめつ》する。

あっという間に半数がやられ、戦いの趨勢《すうせい》は決した。

あの戦いの後、覚醒《かくせい》したアルとレイはさらに力をつけ、それに引っ張られるように隊の何人かも覚醒し、力を強めている。ほかにも覚醒の兆《きざ》しを見せている兵士がいるので、さらなる戦力の上昇が見込まれる。

うれしい誤算だが、それ故に危険かもしれなかった。

だが今はその不安を切り捨てて、視線を窓から書類に戻し頭をひねる。

兵士の数が増えたのはいいが、その分かかる費用も大きくなる。資金が無いのなら、有る所から持ってくるしかない。

「やはり商人達と話をつけるしかありませんね」

私は兵士達の訓練の音を聞きながら、小さく息をついて仕事に戻った。

小一時間ほど書類と格闘して、なんとか片づけてから中庭に出ると、丁度兵士達も訓練を終えて戻ってくるところだった。

誰もがくたびれていたが、まだまだ元気な部隊が一つだけあった。その力があり余った部隊の先頭を歩いているのは、体に包帯を巻いたアルだった。

「ロメ隊長。訓練は終了致しました」

アルが胸を張って報告してくる。最近アルは私のことを隊長と呼んでいる。初めの頃の生意気な口ぶりが懐かしいぐらいだ。

「そうですか、結果はどうでしたか？」

「はっ、我らロメ隊の圧勝です」

私が問うとアルが自信満々に報告する。後ろの兵士達も胸を張って誇らしげだ。

アル達は、自分達の隊のことをロメ隊と名乗っている。

本人達がそれでいいならいいかと放置しているが、そのせいか士気が高く、他の隊と比べて動きがいい。古参兵の部隊と戦っても互角以上の動きを見せている。

「そうですか、ご苦労様です。皆さんも頑張りましたね」

私がねぎらいの言葉をかけると、兵士達は喜び胸を張る。

彼らの成長は著しく、特にアルとレイの活躍はめざましい。

アルは本能的に相手の弱い部分を見つけ、一気に突き崩す爆発力がある。

レイはまだまだ並みの兵士と同じぐらいだが、その剣は鋭さを増し、日に日に実力を高めている。そして何より兵士を指揮する能力を開花させた。

頭の中で兵士達の動きを理解しており、自軍だけでなく、相手の部隊までも自在に操っているかのような用兵を見せる。

そして、アルとレイは魔法の力にも目覚め、頭一つ抜き出た存在となっていた。

脇を固める仲間達も負けていられないと、訓練を怠らず、日々成長していた。

遠目に見ていてもわかる。彼らは今まさに輝き、黄金のような時を生きている。喜ばしいことだが、それだけに憂いもあった。

私と旅をしていたときの、アンリ王子もそうだったからだ。

魔王討伐の旅に出た当初は、私達も失敗の連続で苦労することも多かった。私とアンリ王子は共に苦難を乗り越え、学び努力し、成長していった。

挫折を経験するも、努力が実を結び、困難を乗り越えたときのあの達成感と充足感。思い出すだけでも胸がかきむしられるほどに愛おしい、美しい時間だった。

だが成功は同時に、魔物を呼び込むこととなった。

ある時から王子は成功することに慣れ、当然のことと考えるようになった。自分は神に愛されている。それどころか自分が神だとすら思うようになってしまった。

私は恋に目が眩《くら》んでいたのか、王子の変化になかなか気付けなかった。

王子が変わってしまったと気付いた時点で、彼の元を離れるべきだったのだが、もし『恩《おん》寵《ちょう》』の効果が無くなり、その結果王子が命を落としたらと考えると、ついずるずると彼のあとをついて行ってしまった。

絶対に二人目の王子を作るわけにはいかない。

現在『恩寵』がどれほど働いているのかはわからない。いくつか局所的に働いてはいると思うが、まだ大きな効果は発揮していないだろう。

だがアルとレイの覚醒《かくせい》。あれは間違いなく『恩寵』の効果だ。

『恩寵』が持つ好調を呼び込む力が、覚醒を促したのだろう。

そのおかげで生き延びることができたが、この力を頼りにするのは危険だった。

『恩寵』は私達に幸運を授けてくれるが、幸運頼みで戦うべきではない。勝つためには何でも利用するが、『恩寵』など無くても、勝つべくして勝てるようにならなければいけないのだ。

「……皆さんには次の任務があります。しかし私は別の仕事がありますので、貴方《あな》達《た》だけで任務を遂行してください」

「はい、お任せください」

私の言葉に、兵士を代表してレイが応える。私の期待に応えようと胸を張っている。

レイの顔を見ると胸が痛んだ。だがこれは怪《け》我《が》の痛みではない。

いま私が期待しているのは彼らの失敗だ。勝利と成功が続き、慢心してしまわないように、彼らの敗北を願っている。だが『恩寵《おんちょう》』が無い状況で敗北すれば、誰かが死ぬかもしれない。

「それで、ロメ隊長。どのような任務でしょうか？」

私が次の言葉を続けないので、アルが尋ねる。

「ええ……場所はギリエ渓谷《けいこく》。あの地に巣くう魔物の討伐です」

私は次の任務を伝えた。

ギリエ渓谷はここから北に三日ほど行ったところにある、岩ばかりの荒れ地だ。多くの魔物が棲《す》み着き、これまで何度も討伐兵を出しているが、敗走する結果となっている。

「かなり長期間の討伐になると思いますので、先遣隊《せんけんたい》として赴き、橋頭堡《きょうとうほ》となる砦《とりで》を築いてください。私もこちらの仕事をすませ次第、援軍を連れてそちらに向かいます」

「はっ、お任せください」

私の指示に、アルを先頭に兵士達が力強く敬礼する。その姿を見てまた胸が痛んだが、私は気付かないふりをした。

兵士達がギリエ渓谷へと向かっていくのを見送ったあと、私はカルルス砦を発《た》ち、馬車で東にあるミレトの街へと向かった。

商人達と話をつけるためだが、真っ直ぐ街には向かわず、一日かけて寄り道をして、カレサ修道院に足を運んだ。

「ここがカレサ修道院か」

私は修道院の前で馬車を降り周囲を見回す。

そこは湖畔に立つ修道院だった。小さな畑があり、家畜小屋が一軒。どこにでもあるような修道院で、特に目立つところはない。実際、以前はこの地に住む人達でさえ、その名前をほとんど知らない全く無名の場所だった。

しかし今では修道院の前には、周辺からやってきた住民達が列を作り、長い尾となっていた。列を見ると並んでいる人達は体に包帯を巻き、あるいは咳をして苦しんでいた。皆が怪我《けが》人や病人であり、治療を受けるために集まっていた。

カレサ修道院では、無償で怪我人や病人の治療を行っているようだった。

修道院の周りを見ていると、傷病者の間を、修道士達が駆け回り、怪我や病気の重さを判別していた。列の近くで待っていると、若い女性が私に気付き駆け寄って来た。おそらく見習い修道士だろう。

「貴族の方とお見受けしましたが、カレサ修道院に御用でしょうか?」

見習いの女性が、精いっぱいの礼儀で私に尋ねた。

私は相手の緊張をほぐそうと、笑顔で答える。

「はじめまして。カレサ修道院の方ですか？　私はグラハム伯爵家のロメリアと申します」

「伯爵家の方でしたか！　その、当カレサ修道院に、何か御用でしょうか？」

身分を名乗ると女性は驚いていた。伯爵令嬢がこんな所にいるのは不思議なのだろう。

「ここの責任者であるノーテ司祭にお話があって参りました。お取り次ぎをお願いします」

「す、少しお待ちください」

私が取り次ぎを願うと、慌てた見習いの女性が走って修道院に向かっていく。少しするとまた走って戻ってきた。元気な子だ。

「ノーテ司祭はお会いになるそうです。ですが、今は病人や怪我《けが》人の治療で手が離せず、すみませんが、手が空くまで、お待ちくださいとのことです」

伯爵令嬢の訪問に対して、待てと言うことに、若い見習いはおびえていた。確かに、下手をすれば打ち首になるかもしれない対応だ。もちろん私はそんなことはしないが。

「わかりました、待ちましょう」

私は初めからこうなることはわかっていたので、待つ準備はできている。

「ですが、その……なんと言いますか。とても待つことになるかもしれませんよ？」

女性がすまなそうに事実を告げる。もちろん、それもわかっている。

怪我や病気の程度が重い者から順に見ているのだから、怪我も病気もしていない私の順番は当然最後。この分だと日暮れか、それ以降まで待つことになるだろう。

「構いませんよ、いくらでも待ちます。順番が来たら呼んでください」

事前に予想していたので、いくつか仕事を持ってきてある。待っている間に、これらの仕事を片付けてしまおう。

そして馬車の中で書類と格闘していると、気が付けば太陽が地平線にまで傾いていた。

見れば病人達の列も数人となり、取り次ぎに来た女性がこちらにまたやってきた。

「お待たせしました、司祭様がお会いになられるそうです」

「取り次ぎ、ありがとうございます」

私が丁寧に礼を言うと、見習い女性が恐縮して頭を下げる。

身分があると便利なことも多いが、丁寧な対応をすると、逆に相手を困らせることがあるからこういう時には面倒だ。

見習い女性とともに修道院を目指すが、前を歩く女性の足どりには力がない。疲れていることは一目瞭然だった。今日一日、休むことなく患者の対応に追われていたのだから当然だ。

「そういえば、まだ貴方《あなた》のお名前を聞いていませんでしたね？」

「申し訳ありません。ミ、ミアと申します。ロメリアお嬢様」

私が尋ねると、彼女は名乗っていなかったことに頭を下げて名乗る。

「ミアさんですか。今日は貴方も大変だったでしょう」

私がねぎらうと、さらに恐縮された。

「いえ、そんな。私なんてただの雑用係です」

「それでも、頑張っていると思いましたよ」

私はミアさんを褒めた。雑用でも誰かがしなければならないことだ。そしてどんな仕事でも、一生懸命できる人は良い人間だと思う。

褒められることに慣れていないのか、ミアさんは顔を赤くして照れていた。

「そんな、私なんて全然です。もう何十日も練習しているのに、癒《いや》しの技が少ししか使えなくて、同期はもう怪我《けが》人の治療を始めているのに、私は才能がなくて落ちこぼれで」

ミアさんは自分がだめだと嘆く。その言葉を聞き、私は少し呆れた。

確か救世《きゅうせ》教会《きょうかい》が創設した癒《い》し手《て》を養成する治療院では、一人前の癒し手を育成するには最低五年の歳月がかるとしていて、最初の一年などろくに癒しの技が使えず、苦労していると聞く。一年と経《た》たずに少しでも使える時点で、十分すぎることだと思うのだが、どうやらこの新米の癒し手は、本場の現状を知らないらしい。

努力していればいずれ報われますよと声をかけておくと、大きな声で返事をされてしまった。

最近思うのだが、私は結構たらしだ。だがこれでミアさんが腕をあげてくれれば、周りの人にとってはいいことなので、励ます行為はこれからもやっていこう。

案内されるままに修道院に入ると、祭礼を行う集会所があった。

「こちらにノーテ司祭の司祭室があります」

ミアさんに案内され、集会所の横に作られた司祭室へと案内される。

司祭室は思った以上に広く作られていたが、棚が壁中に置かれ、窮屈さを感じるほどだった。狭いのは別に構わないが、棚に置かれている品々には、目を見張った。

「あのぉ、ここでお待ちくださいと言われているのですが、いやですよね？」

ミアさんが、部屋の棚に並べられている品々を見ながら尋ねる。

部屋の棚に乗せられているのは、大きなガラス瓶だった。ただその中には琥珀色の液体とともに死んだ動物の標本が入っていた。瓶に収まるネズミやトカゲなどの小動物は、腹部が切り開かれ内臓が露出し、心臓や肺。胃や小腸などがよく見えた。

ノーテ司祭の収集品だろう。人によっては気持ち悪いと思う類のものだ。

どうやらミアさんもあまり好きではないようだが、私は別に気にしない。

「集会所の方でお待ちいただいても」

ミアさんは一度案内した司祭室から、集会所の方を見るが、私はここで構わなかった。

「いえ、ここで待たせてもらいます。ノーテ司祭はなかなかいい趣味をされている」

私は棚にあるものを一つ一つ眺めていく。

「は、はぁ……では、少しお待ちください」

ミアさんは何とも言えない返事をして、司祭を呼びに行ってくれた。

ゆっくりと棚にある標本を見学していると、すべてを見終わったころに足音が聞こえ、使い古された司祭服を着た初老の男性がやってきた。

「大変お待たせして申し訳ありません。急患が舞い込んだものですから。私がこの修道院を預かるノーテと申します」

「いえ、司祭様。こちらこそ、急な訪問に無理を言って申し訳ありませんでした。初めまして、ロメリアと申します」

私達は軽く挨拶《あいさつ》をして椅子に座り話をする。

「それで、伯爵家のご令嬢が、このような修道院にどのような御用でしょうか？」

「まずは地域住民のため、怪我《けが》や病気の治療にあたってくださっていることに対して感謝を」

私はノーテ司祭の活動を、丁重にねぎらった。

「とんでもありません。私はただ神のお導きと、癒《いや》しの御子の教えに従っているだけです。それに私こそお礼を言わなければなりません。兵士を率い魔物の脅威から村々を救って回っている、伯爵令嬢の噂は私にも届いております」

「いえ、私はただついて回っているだけの女でしかありません。兵士の方々のように戦うこともできず、司祭様のように癒しの技も使えません。真に称えられるべきは、前線で戦う兵士や、人を救う皆様のような方々です。これは僅かばかりですが」

私は持参した金貨が入った小袋を、机に置いた。うちも台所事情は厳しいが、それはここも同じ。いや、ほかに収入の当てがある私達より、よっぽど厳しいはずだ。

地方の修道院。教会本部から与えられる資金などないに等しく、かといって貧乏な農民達が治療費を払えるわけもない。対価としてもらえるのは、せいぜい畑でとれた野菜などの農作物ぐらい。資金はいくらあっても困らないはずだ。

私が出した心付けをノーテ司祭は断らず、ありがたく頂いておきますと受け取ってくれた。

「司祭様。私はかねてより、救世教《きゅうせきょう》の医療制度、癒《いや》し手《て》の在り方には疑問を感じておりました」

私は教会への不満を、隠すことなく口にした。

この国で広く信仰されている救世教会は、癒しの技を使う癒し手を育成している。まさに奇跡の技と呼ぶにふさわしいが、今の教会にとって癒しの技は金儲けの道具に過ぎない。

「治療に対して高額の謝礼や寄付を要求する教会には嫌気がさしていたのです。司祭様のような方が癒し手を育成し、このように治療を施してくれることに、感謝の言葉しかありません」

「いいえ、私は治療に際して癒しの技を使ってはおりません。また、修道士達に手ほどきも行ってはおりませんよ。ただ怪我をした友人に傷薬を塗り包帯を巻いているだけです」

私の言葉に対してノーテ司祭は嘘をついた。いや、これは方便という奴だろう。

救世教会は癒し手の育成を治療院だけに限定し、治療院以外での癒し手の育成を禁じている。さらに無許可で癒しの技を使った治療を認めてはおらず、許可を得た場合、毎年高額の認可料を支払わなければならない。必然、治療費は高額となる仕組みだ。

ノーテ司祭がやっていることは、教会に知られれば破門間違いなしの行動である。よってここには癒《いや》し手《て》などはおらず、治療行為も行っていない。ただし、怪我《けが》をした友人の治療は個人の善意の範囲内であり、非難されることではない。ということだ。

「わかりました、そういうことにしておきましょう」

私はこの話題はここで打ち切ることにした。そして視線をノーテ司祭から、棚に置かれた収集品の数々に移す。

「しかしよい収集品の数々ですね」

私はすぐには本題を切り出さず、まずは棚に置かれた数々の標本を見回した。

「褒めていただいて恐縮ですが、ご婦人には気持ち悪いだけなのでは?」

ノーテ司祭が悪びれもなく話す。この部屋に案内し、あわよくば、気味悪がって逃げ帰ることを期待していたくせによく言う。

「いえ興味深いです。しかし人間の標本がありませんが、ないのですか?」

私の問いに、ノーテ司祭の眉がピクリと動いた。

「まさか、人間の解剖は邪悪であると、救世教《きゅうせいきょう》会では禁じられております」

ノーテ司祭の言う通り、現在の教会は人間の解剖を禁じている。

「しかし千年前に神の祝福を受け、癒しの技で傷ついた民衆を助けた癒しの御子は、死せる弟子のペペルの体を切り開き、その体をよく調べ、後の治療の助けにしたと言われています」

私は聖典の一節をそらんじる。救世教の教祖がしたことを、邪悪とするのは無理がある。

「ペペル記第十三章十五節ですね。確かに古い聖典にはそう記されています」

ノーテ司祭は私の言い分を認めた。

「ですが、救世教会ではペペル記は異説であるとして認めてはおりません」

「しかし司祭様。ペペル廟《びょう》にはこの逸話が石板にも彫られて残っています。各地にも同様の絵や伝承などが伝わっていますよ？　異説とするのは無理があるのではありませんか？」

ノーテ司祭の反論を、私は反論で返した。

「お嬢様はよく勉強されていらっしゃる。しかし人体を解剖することを、貴方《あなた》は邪悪とは思わないのですか？　死者を冒涜《ぼうとく》してもよいと？」

「確かに、解剖に対する忌避《きひ》感は私にもあります」

私も進んで人間の内臓を見たいとは思わない。しかしそれとこれは話が別だ。

「司祭様のおっしゃる通り、いたずらに死体を弄《もてあそ》ぶ行為は戒めるべきです。ですが学問として研究することまで禁じるのは、行き過ぎではありませんか？」

むやみに推奨するわけにはいかないのはわかるが、その行為が弊害《へいがい》を生んでしまっている。

「司祭様に今更言う必要もありませんが、五百年前、この地を支配していたライツベルグ帝国は大陸全土にその版図を広げ、あまりの偉業に黄金帝国と称えられていました。帝国は複数の宗教を容認し、救世教会はその中の一勢力でしかありませんでした」

今では大陸中で信仰されている救世教だが、千年前はほとんど無名の存在だったのだ。

「すでに教祖である癒《いや》しの御子は亡くなり、あとを継いだのは孫弟子達でした。彼らは癒しの御子から伝えられた癒しの技を使い、帝国各地の怪我《けが》人や病人を癒して回った」

その結果、救世教《きゅうせきょう》会は帝国全土で広く信じられるようになった。まさに聖人達の偉業だ。

「彼らは、切断された手足をつなげ、失われた臓器すら再生したと言われています。しかし現在はそのような聖人はほとんど現れていません。帝国時代と比べ、癒《いや》し手《て》の質は大いに低下していると言えます」

私が歴史を紐解《ひもと》き、癒し手の質の低下に言及すると、ノーテ司祭は顔をしかめた。

「我々の修行が足りず、かつての聖人達の足元にも及ばないことは認めます」

ノーテ司祭は謝罪したが、別に私は司祭を責めたいわけではない。

「癒しの力を持たない私に、司祭様や癒し手の皆様を責めることなどできません。ただ、足りないのは修行ではなく、人体に対する知識や理解ではありませんか?」

私の問いに司祭様は何も答えなかった。ならば続けるまでだ。

「先ほど言いましたように、癒しの御子は弟子であるペペルの遺体を解剖し、人体の理解に努めたと聞いています。そしてかつての聖人達も、病人や死刑囚の遺体を引き取り解剖していたと聞いています。現在とかつての聖人達との違いは、人体の理解度の差だと考えられます。しかし教会はライツベルグ帝国終焉《しゅうえん》時に、ほかの宗教と対立しました。その過程で人体解剖や錬金術をよく行っていた宗教を弾圧するため、人体解剖と錬金術を邪悪としました」

聖典からペペル記の一節が削除されたのもそのころだ。あろうことか自分達の都合で教祖の行動を無かったことにしたのだ。

「その結果癒し手は大いに質を落とし、かつての聖人のような使い手は現れなくなりました」

例外として聖女エリザベートのような存在がいるが、あれは例外中の例外だ。

「しかも教会は人体の解剖だけでなく、医学の発展も阻害しています」

教会はかねてから、薬草の使用や外科手術なども禁じようとしていた。神が作った人間の体に、手を加えるべきではないというのがその根拠だ。

一見するともっともらしいが、要は自分達の癒しの力で、怪我や病気を治せという話だ。

「一方で、癒し手を生み出す治療院は門戸を狭くし、一般人には入学することすら困難です。しかも育成には無駄に時間をかけている」

卒業までに最低でも五年。時には十年かかる者もいると聞く。育成に時間がかかりすぎていて、癒し手の数は一向に増えない。

「それは、癒し手には特別な才能を必要としますから」

ノーテ司祭は言葉を濁しつつも否定した。

「もちろん、癒し手になるには才能も必要です」

癒しの技は魔法の力と同じで、素質がないものには習得できないとされている。しかしその素質を持つ者は、意外に多いのだ。残念ながら私にその才能はなかったが、魔法の才能ほど稀《き》少《しょう》ではない。二十人いれば一人はその才能の持ち主はいると言われている。

もちろんその才能の中にも優劣があり、小さな傷を治すのが精一杯の者もいれば、失われた手足を再生するような、規格外も存在する。

「ですが、現在必要とされているのは、才能ではなく裕福な家柄と縁故。そして教会に多額の寄付をすること。でしょう?」

教会は治療院への入学に対して、教会への多額の寄付を求めている。

「それは……癒《いや》し手《て》の教育にはいろいろと物入りですからね」

ノーテ司祭がまた嘘を言う。

「これは異なことを。癒しの御子は、荒野で弟子達に癒しの技を伝えたとされています」

治療院にある無駄に華美装飾をされた校舎も、金の刺繍《ししゅう》が施された制服も必要ない。

「御子に倣《なら》えば、必要なのは少しの才能と熱意、後は優秀な指導者。そうではありませんか?」

私の言葉にノーテ司祭はまたも沈黙で答えた。

曲がりなりにも教会に籍を置く司祭としては、私の教会批判は耳に痛いだろう。しかしそれでも激怒せず、私を魔女だと罵らないのは、ひとえに司祭も同じ気持ちだからだ。

ノーテ司祭は今でこそ、こんなところで司祭をしているが、若かりし頃は王都の大聖堂で枢《すう》機卿《きけい》にまで上り詰めた人物。ある時教会の拝金主義に嫌気がさし、改革に臨むもライバルであったファーマイン枢機卿に失脚させられ、地方に飛ばされた上に司祭にまで降格された。

中央での改革はあきらめたものの、少しでも多くの人々を救おうと活動し、後進の育成に努めているのはすでに見てきた通り。

「拝金主義にまみれ、医学の発展を阻害する現在の教会のありようは、害悪と言えましょう」

「これは手厳しい」

私の痛烈な教会批判に、ノーテ司祭は笑って応えた。

「しかし若い方は恐れを知りませんな。私は神を信じる司祭ですよ？　どうして教会の在り方を否定できましょう。今日のことは聞かなかったことにいたします。どうかお引き取りを」

ノーテ司祭は扉を閉めるように話を打ち切った。

まぁ当然だろう。いくら志を同じとしても、今日初めて会ったような娘に、異端認定間違いなしの話を持ち掛けられ、うなずくわけがない。その程度に司祭は慎重だ。

しかし今話したことは、私が考えた思想ではない。私は『ある人』にこの話を教えてもらい、賛同しているだけだ。そしてその人もまた、別の人に教えられたと言っていた。

「わかりました。ですが最後にもう一つ、司祭様にお見せするものがあるのです」

「いったい何でしょうか？」

私は懐から、袋に入れた品を取り出し見せた。

布に包まれたそれは、木で作られた小さな聖印だった。みすぼらしく薄汚れた木彫りの聖印。気づくか？

それが懸念であったが、聖印を見るなり、ノーテ司祭の顔色が一変した。

「ロ、ロメリアお嬢様。これをどこで？」

ノーテ司祭がこれにすぐに気づいたことはうれしかったが、一方で今から告げることを思うと、気が重く、口を動かすのがつらかった。

「私が王子と旅をしている時に、魔王軍に襲われた村々を助けて回る、遍歴《へんれき》の癒《いや》し手《て》と出会いました。彼は無償で多くの人を癒して回っていましたが、魔王軍に襲われた村を見て、逃げ遅れた民衆を守るために立ち向かい、あえなく……これは彼の遺品です」

話しながら、私は旅で出会ったあの人のことを想いだす。彼は素晴らしい人物だった、まさに聖人と呼ぶにふさわしい人だった。彼ほど素晴らしい人物を、私は見たことがない。

「司祭様のお知り合いですか？」

「そ、その者は、私の弟子です。ああ、なんということだ。やはり手元から離すべきではなかった。私のような老いぼれが生き残り、若鳥が命を散らせてしまうなど」

ノーテ司祭は嗚咽《おえつ》とともに涙をこぼした。泣き声を聞くだけで、二人がどれほど深い結びつきであったのかがわかり、私も胸が締め付けられる思いだった。

「彼とは旅の最中に出会い、少し一緒に旅をしました」

ノーテ司祭が落ち着くのを待って、私は彼との出会いを話した。

その時にはもうエリザベート達が仲間になっており、癒しの技は不要であったが、行く先が同じだったため、行動を共にした。

「その時に、彼はいろんな話をしてくれました。尊敬する師であるノーテ司祭様のことも」

旅の最中に聞かせてくれる話や知識は興味深く、私はすぐに彼のことが好きになった。

アンリ王子や聖女は退屈だと言っていたが、彼の話は斬新で、可能性の輝きを帯びていた。

「旅をしている間、彼は多くの人を助け、そして私のことも助けてくれました」

ある街に寄った時のことだ。エリザベートにお使いを頼まれ、仕方なく言われたものを購入して宿に戻ると、王子達はすでに旅立った後だった。

エリザベートの画策で、疎《うと》ましい私を置き去りにしようとしたのだろう。

途方に暮れていると、事情を知った彼は私と一緒に王子達を追いかけてくれた。

王子に追いつくまで、彼と旅をした数日間は、私の人生にとって重要な数日となった。

もしこの時の期間がもう少し長ければ、あるいはあのまま王子に追いつけなければ、私達の未来は今とはもっと違ったものになっているはずだった。当時すでに私と王子の間には距離ができていたし、理想を語り、人々を助ける彼に私は惹《ひ》かれていた。

私はこの時間が長く続けばいいなと願っていたが、王子達を追いかけて数日後、次の街であっさりと王子達に追いついてしまった。

てっきりもう街を発《た》っていると思っていたが、王子は酒場で寝ており、エリザベート達は宿で眠りこけていた。

いつもは私がこの手の怠惰を許さなかったが、不在ゆえに羽目を外してしまったようだった。

王子達は私が追いつくのを待っていたのだと言い訳していたが、正直呆れる話だった。

そんな理由で、私と彼との旅はそこで終わってしまった。

「彼は素晴らしい人でした。私の生き方を変えてしまうほどに」

彼と別れるときは、本当に心揺れた。このまま王子と別れ、彼についていこうかと考えたが、魔王を倒すことの重大さを話し、私を説得したのも彼だった。

別れの夜、彼は私にだけ胸の内を語り、師から教えられた思想を口にした。

彼が語った言葉は、私の固定観念を大きく揺さぶり、新たなひらめきを与えてくれた。私達は互いの胸に思いを秘めながらも、それぞれの旅を続けようと別れた。

だがこの時、私は彼と別れるべきではなかった。

「私達と別れた矢先に、彼の向かった先で魔王軍による大規模な戦闘が起きました。急いで救援に向かったのですが……」

王子達を説得し、救援に向かった先にあったのは、滅ぼされた町や村。そして積み上げられた死体。その中に彼の遺体を見つけた時、私は半身をもがれたような痛みと喪失感を覚えた。

今なおその光景は私の目に焼き付き、思い出すだけで痛みと悲しみがこみあげてくる。

「私は彼の遺志を受け継ぐつもりです。彼の代わりに人々を救いたい。ノーテ司祭様。私にどうか力をお貸しください」

「……わかりました、あの者が信じた貴方《あなた》にならば、協力を惜しみません」

私の嘆願に、ノーテ司祭はうなずいてくれた。

「では癒《いや》し手《て》をお貸しください。私は手始めにカシュー地方から、魔物と魔王軍を追い出すつもりです。そのためには強力な軍隊と、負傷者を治療する癒し手がどうしても必要なのです」

私は癒し手の補充を頼んだ。戦争に負傷者はつきものだ。それに今、ギリエ渓谷《けいこく》に向かっているアル達のことも気になる。まだ到着もしていないだろうが、あそこに棲《す》み着く魔物は特に強力で、多くの負傷者が出ることが予想される。腕のいい癒し手はいくらでも欲しい。

「ですが、お嬢様も知っての通り、ここもあちこちから集まる怪我《けが》人で手が一杯です」

「わかっています。現段階では一人か二人で構いません。ただし、今後、多くの癒し手が必要になります。ノーテ司祭様には癒し手の育成に努めていただきたい」

司祭はすでに癒し手の育成を確立しており、数十日から半年の訓練で結果を出している。

もちろん一人前となるには時間がかかるだろうが、それは回数を重ねればいいだけのこと。

そして戦闘が起きれば、練習相手には事欠かない。

「わかりました、しかし、教会に対してはどうするつもりですか？　あまり派手にやると、それこそ教会を敵に回してしまいますよ」

「わかっています。当面は教会に、ばれないようにうまくやるしかないでしょう」

まずは軍を興して力をつけ、魔王軍を追い返す。結果を出して商人や領主の協力を取り付ける。現在の教会の在り方に批判的な人物は多くいるから、彼らを仲間に引き入れ、手出しできないようにするしかない。

「あと……じつはもう一つお願いがあるのですが……」

私はここに来た別の目的を切り出すことにした。これを言うのは少し恥ずかしいのだが、どうしても聞いておきたい。こればかりはノーテ司祭にしか頼めないことだった。

「改まって聞かれるとなんだか怖いですね、いったい何ですか？　私にできることでしたら、援助は惜しみませんが」

「その……彼のことを、ここでどんな風に過ごしていたのか、聞かせてもらえませんか？」

私が視線をそらしながら尋ねると、ノーテ司祭は破顔した。

「ええ、いいですよ。ただし、私にもあの者との旅の話を聞かせてください」

「もちろん。いくらでも」

そうして夜遅くまで、私と司祭は語り通し、話題が尽きることはなかった。


ノーテ司祭の協力を取り付けた後、私はミレトの街へ向かった。

ついこの間にも来たばかりのミレトの街はこのカシューで一番の商業都市だ。にぎわいを見せるミレトの街に着くと、私は真っ直ぐにヤルマーク商会の商館を訪れた。

事前に手紙を送っておいたので、すぐに応接室に案内された。出されたお茶に手をつける間もなく、痩せた切れ長の目を持つ男性が部屋に入ってくる。

「お待たせしました。グラハムお嬢様。当商館の番頭をしておりますセリュレと申します」

「初めましてセリュレ様。私のことはどうぞロメとお呼びください。知っておられると思いますが、家からは半ば勘当《かんどう》されており、家名を名乗ることにはいささか抵抗があります。それにセリュレ様とは親しくしていきたいと思っておりますので」

「それは嬉しいお言葉です。それで今回はどのようなご用件で？　お嬢様が望むものでしたらどんなものでも取り寄せてみせますよ。ここは辺境の地ですが、最新情報は常に手に入れております。流行りのドレスや宝石類など、王都にいるのと変わらぬ品揃えを保証致しますよ」

セリュレ氏は流れるような言葉で、店の品ぞろえを力説した。

「ドレスや宝石もいいのですが、私は客としてではなく、取引相手としてここに参りました」

私は事前に用意しておいた、三本の矢のうちの一本目を放った。

「ご存じないかもしれませんが、私はカシューの魔物を討伐し、治安の安定化を図っています」

「そのことでしたら存じております。いや。領民のためにここまで心を砕いていただけるとは、この地に住まう者として感涙に堪えません」

セリュレ氏は大げさにのたまうが、その目に涙を湛《たた》えているようには見えない。

「しかしまだ十分とはいえません。領地のあちこちで魔物が跳梁《ちょうりょう》し、魔王軍の影もちらほらと見えています。新たに兵士を募集し、武器をそろえなければいけません。しかし我らには先立つものがない。ぜひヤルマーク商会に資金を提供していただきたいのです」

私が切り出すと、セリュレ氏は眉も動かさずに首を振った。

「確かに領地の治安は大事です。しかし我々のような小さな商会には、いささか荷が重い話です。辺境に飛ばされた、私のような番頭が決められることでもありません」

セリュレ氏の芝居がかった答えに、私は少しおかしくなった。

「新進気鋭、国内のあらゆる場所に商館を持つヤルマーク商会が小さいですって？」

「それはもう、私達など歴史も浅く、セッラ商会や他の大店《おおだな》に比べればとてもとても」

ヤルマーク商会きっての番頭は、自らの店を卑下した。確かに、ヤルマーク商会はほかの大店と違い三十年ほどの歴史しか持たない。

「歴史など関係ないでしょう。商人にとって何より重要なことは、商才。ただそれ一つです」

私はヤルマーク商会を高く買っている。三十年前、店主のヤルマークはしがない行商人でしかなかったが、今や多くの商館を持つ商人となっている。確かに王都では成り上がり者と蔑《さげす》まれ、王家や大貴族との商いからは締め出されている。だが逆境にもめげず、ヤルマークは地方に商機を見出だし、手広く事業を展開している。

「ヤルマーク会長は商才豊かな人物と聞いています。そしてその彼に見出だされた貴方《あなた》も、私はただの番頭とは思っていませんよ」

辺境の地にいるとはいえ、私はこのセリュレ氏を甘く見ない。彼がこの地にやってきたのは五年前、その時にこの商館は影も形もなかった。そして五年でセリュレ氏は商館を築き上げ、ミレトの商いの半分を握るほどにまで成長させた。ヤルマークの懐刀とも言われる人物だ。

「お褒め頂き恐縮ですが、私はしがない番頭です。大金を動かす権限などありません」

セリュレ氏はなおも韜晦《とうかい》する。

「安心してください。別に押し借りをしようというのではありません」

私はまずセリュレ氏の誤解を解くことにした。治安のためと商家に金を出せと脅す地方軍閥は多い。だが商人には金を貸せというのではなく、一緒に儲けようと声をかけるべきだ。

「新たに兵士を募り、カシューの主要街道を巡回させようと考えています。その費用を負担してほしいのです。もちろんヤルマーク商会だけでとは言いません。他の商人にも声をかけて、資金を集めていただきたいのです」

私は持参した計画書を手渡した。セリュレ氏はしばらく考えるふりをして頷いた。

「そういう話でしたらわかりました、この地の治安回復のため、皆さんに声をかけましょう」

セリュレ氏は快諾《かいだく》してくれる。もちろん、この話は飲んで貰《もら》えることはわかっていた。

兵士を定期的に巡回させ、そのあとに商人達が付いていく。商人達は護衛料を節約できるし、通商を護衛できるので守る側としてもやりやすい。しかしこんなことは、よそに行けば当たり前のようにやっているのだ。していなかった今までの方が怠慢である。

前任者であるセルベク代官の顔が浮かんだ。あの男のことだ。わざとやらなかったのだろう。治安が悪くなった後に軍を率いて街に赴き、商人達から金を巻き上げるつもりだったのだ。

「さて、一つ話がまとまったところで恐縮なのですが、もう一つ話があってここに来たのです」

私が次に放つのが二本目の矢だ。セリュレ氏がこれにどう出るか。

「どのようなお話でしょう?」

「実は現在、ギリエ峡谷に巣くう魔物の討伐を考えています」

セリュレ氏の問いに、私はいま進めている計画を話す。

ギリエ峡谷の名を出すと、セリュレ氏の眉がわずかに動いた。

「セリュレ様はご存じですか?　あそこは金鉱脈があると噂されている場所です」

これまで黄金を求めて、何度もギリエ渓谷《けいこく》を平定しようと兵士が繰り出された。だが強力な魔物に阻まれてきた。しかし今回こそは、何としてでも、あの地を手に入れたい。

「金の採掘ですか。それは魅力的なお話ですが。その資金の出資をお求めですか?」

言葉とは裏腹に、セリュレ氏はあまり興味がなさそうだった。

「いえ、さすがに金の採掘となりますと、王家と相談ということになりますので」

私はやんわりと出資の話を断った。セリュレ氏が食指を動かさないのもわかる。金の採掘はあまり儲からない。いや、儲かることは儲かるのだが、その魅力は誰の目にもあきらかであり、採掘するとなると、あちこちに利権を取られる。

まず王家が黙っていないし、お父様も手を伸ばしてくるだろう。だが採算に見合うだけの利益が出るかどうかは、掘ってみるまでわからない。すぐ枯れることもあり得るのだ。

危険は高いが、儲けはそこそこ。セリュレ氏にあまり熱意がないのもそれが理由だ。

「金の採掘は、王家と伯爵家が主導となって行いますが、採掘にあわせて、労働者が住む村を作る必要があります。村の開拓と開発に出資しませんか？」

私が切り出した二本目の矢の話を聞き、セリュレ氏は初めて商人の顔を見せた。

金の採掘が始まり、一獲千金を夢見た者達が集うようになる。そうなれば当然、採掘に来た労働者達が使う道具や食料、住居などが必要になる。採れるかどうかわからない金の採掘などより、こちらは確実に利益が見込める商売だった。

「それはなかなか魅力的なお話ですが、しかし新たに村を作るほど、金が採れるでしょうか？せっかく村を開拓しても、いざ掘り出してみるとすぐに鉱脈が枯れて廃村、などということになれば、投資した資金が無駄になりませんか？」

当然のごとくセリュレ氏は慎重だ。しかし私の狙いは、そのさらに先にある。

そこで私は最後の矢を放つことにした。

「ここに持参した地図がありますのでご覧ください」

私は地図を広げて見せる。カシュー地方は平地の少ない僻地《へきち》だ。特にギリエ渓谷を抜けた先には北の屋根とも言うべき、ガエラ連山が剣のように切り立った尾根を見せていた。そして万年雪に閉ざされたガエラ連山の向こう側は、巨大なメビュウム内海が広がっている。

「ここ、ギリエ渓谷《けいこく》を越えた先に、この地図には載っていませんが、入り江があるのです」

私が誰も知らない秘密の入り江の存在を明かすと、セリュレ氏の顔色が変わった。

「本当ですか？　あの辺りに船がつけられる入り江があるなど、聞いたこともありませんが」

セリュレ氏はさすがに聡《さと》い。入り江のことを話しただけで、船のことに気づいている。

「本当です。入り江は崖に囲まれるような形で海側からも発見が難しく、あの辺りを航行している船もその存在を知らないでしょう。ですがここに船がつけられる場所があるのです」

私は地図を指さし、入り江の存在を請け負った。

「なぜその入り江があることを貴方《あなた》が知っているのです？　あそこは魔物が多く、本格的な調査は行われていないはずですが？」

セリュレ氏の疑問も当然だ。誰も知らない入り江を、私が知っているのが不思議だろう。

「実は以前に内海を船で移動したことがあるのです。アンリ王子との旅の最中に船で渡ろうとしたのですが、航行中に嵐で船が難破し、王子と二人、偶然その入り江に流れ着いたのです」

あの時は本当に危なかった。あの入り江に流れ着かなかったら、死ぬところだった。

「そしてギリエ渓谷を抜けて、カシューに来たのです」

私が事情を話すと、セリュレ氏は思い出したように手を叩いた。

「ああ、そういえばありましたね。魔王討伐に旅立った王子が、この辺りに立ち寄ったという話を聞いたことがあります」

王子は難破したことを恥だと考えたのか、入り江を含め、ここに来たいきさつを人に話さなかった。しかし王子が立ち寄ったことは広く知られており、多くの人が覚えているはずだ。

「ガエラ連山の向こう側は切り立った崖が連なり、船がつけられるような場所はありません。あの入り江は、カシュー側から唯一内海に出る航路となり得るのです」

我がライオネル王国は大陸の中央に位置し、周辺国ににらみを利かせているのだが、唯一の欠点は海を持たず、外国との貿易に支障をきたしていることだ。

陸路の要衝《ようしょう》を押さえているが、海に出るには滔々《とうとう》と流れるマナウ川を下らなければならない。だが港を持てれば、余計な関税など二度と払わなくてよくなる。ギリエ峡谷を抜ける通商路問題は川の先々で通行税を求められ、価格が高騰することだった。

がこうまくいけば、カシューは辺境の地から一気に交易の中心地へと姿を変えることができる。

「金の採掘がうまくいけば、もちろんそれがいいのですが、うまくいかなくても開発した村を中継地として入り江まで道を延ばして港を造ります。周りは岩ばかりですから資材には事欠かないですし、黄金を夢見て破産した労働者を使えば無駄がない」

私の言葉にセリュレ氏は吹き出した。

「私も金がすべての冷血漢と言われていますが、ロメリアお嬢様もなかなかにお人が悪い」

「失礼な。失敗したときの再就職先まで斡旋《あっせん》してあげるのです。人が良すぎるぐらいですよ」

私の言葉にセリュレ氏がたまらず笑った。

「しかし、これには少し調査が必要ですね」

セリュレ氏の言葉に私もうなずく。今日話したことを、そのまま鵜呑《うの》みにするなどあり得ない。それに通商路となると安全性や利便性を考える必要もあるし、入り江が港として使えるのかということも、しっかりと調査しなければならない。

「もちろんカルルス砦《とりで》の兵士を使い、調査隊を出そうと思うのですが」

「いいでしょう。調査隊の費用を、いくらかヤルマーク商会で負担しましょう」

全額と言わない辺り、セリュレ氏は本当に商人だ。値切れるところは値切ってくる。しかし多少の資金を出してもいいと思う程度には信頼されたようだ。うまくいくとわかれば、さらに資金を提供してもらえるようになるだろう。

「しかし当面の問題としては」

「わかっています、ギリエ渓谷《けいこく》に巣くう魔物を駆除できるか、ですね」

セリュレ氏が根本的な問題を口にし、私も同意する。ギリエ渓谷の魔物を討伐できなければ金の採掘も港の建設もすべては夢想に過ぎない。

今頃、アル達は渓谷に到着しているころだろう。

彼らを待ち受けている困難を思うと、私は胸が痛んだが、顔には出さなかった。

四日後、私はミレトでいくつかの調整や会合、契約を行ったあと街を出た。そして一度カルルス砦へと戻り、馬車から馬に乗り換え、兵士達を引き連れてギリエ渓谷へと向かった。

先遣隊《せんけんたい》からはその間に一度だけ伝令があり、計画通りに砦を築いているという報告があった。

「ロメリアお嬢様。先遣隊の連中はうまくやれているでしょうか?」

ギリエ渓谷へと向かう私に、同じく馬を駆る古参兵の一人、グレイブズが声をかけてくる。

やや気障《きざ》な振る舞いが目立つが、弓の腕がいい熟練の兵士だ。過去にギリエ渓谷の討伐任務に就いていたこともあり、今回は部隊のまとめ役となってくれている。

「先遣隊には、前回討伐に参加した古参兵を何人か入れています。大丈夫ですよ」

私は砦建設のため、アル達ロメ隊を増員して四十人からなる部隊で送り出した。その中には古参兵も含まれている。

「確かに、アルやレイ達は力を付けました。魔物の討伐も連戦連勝。五体とはいえ魔王軍の偵察分隊とも戦って勝利した。ですが、あそこの魔物は強敵ですよ」

過去に経験があるグレイブズは、ギリエ渓谷の攻略が困難であることを語った。

「わかっています。過去の記録を見ても、竜は難敵でしょう」

これまで王国は、何度となくあの地に兵士を送り出してきた。だが砦の設営すらままならず、撤退を余儀なくされてきた。なぜならギリエ渓谷には数いる魔物の中でも、最強種と呼ばれる竜が棲《す》み着いていたからだ。それも竜の中で、特に獰猛《どうもう》とされる獣脚竜《ラプトル》が。

その性格は残忍にして狂暴。常に血に飢え、決して人になつくことはない。

二足歩行し、巨大な後ろ足で体を支えている。後ろ足には湾曲した大きな爪があり、太い足から繰り出される一撃は、やすやすと盾《たて》や鎧《よろい》を打ち破る。幾重にも並んだ牙は刃のように鋭く、骨さえもかみ砕く。鱗《うろこ》や皮が薄く、矢や槍《やり》が通るのが救いだが、無類の体力を誇り、急所に当たらない限り、数本の矢程度では倒れない。

単体でも危険な獣脚竜《ラプトル》だが、常に数頭の群れで行動する。その群れは狼のように統率されており、時には自身の数倍もある獲物を狩ることがある。

訓練された兵士でも、二人で当たらねば危険とされ、これまで多くの兵士が食い殺されてきた。普通に戦うだけでも危険な相手。そんな連中が蠢《うごめ》く荒野で、砦《とりで》の建設は難題と言えた。

私自身、ギリエ渓谷《けいこく》を攻略するのは簡単なことではないとわかっている。『恩寵《おんちょう》』の効果があってなお、成功率は半分といったところだろう。根気よく周囲の竜を狩り、数が少なくなったところに砦の設営を地道に続ける。それしか手が浮かばなかった。

もちろん四十名しかいない先遣隊《せんけんたい》に、砦の設営など不可能だ。できて資材や木材を運び込むことぐらいだろう。今のアル達でも荷が重い相手だ。それは重々承知している。いや、だからこそアル達を向かわせたのだ。

これまでロメ隊は初陣《ういじん》から連戦連勝。負け知らずの軍隊だ。だがこれからはそうはいかない。

確実に勝てる相手とばかり戦えるわけではない。強敵と遭遇し、負けることもある。強敵と出会っても粘り強く戦い、敗走する時でも、瓦解せずに行動できる軍隊にしなければならない。

「アル達には、柔軟に対応するように言ってあります」

私は橋頭堡《きようとうほ》となる砦を築けと命じたが、無理はするなとも言っておいた。

慢心せずに慎重に行動すれば、命令の完全遂行は無理でも被害を減らし、成果を出すことはできるはずだ。だが覚醒《かくせい》したことに加え、これまでの成功体験で思い上がり、砦の設営にこだわれば被害は大きくなるだろう。

兵士を連れて馬を駆り、森を抜け荒れ地に出る。視界の先には巨大な渓谷が広がり断崖絶壁を見せている。ギリエ渓谷の威容だ。崖に馬を寄せれば谷底も一望できる。見晴らしの良いここからなら、谷底で作業中の先遣隊が見えるはずだった。

馬を寄せて見ようとしたが、手綱を握る手が震えてうまく繰れなかった。

「ロメリア様？　どうかなされましたか？」

馬を動かせない私を、グレイブズが見る。

私は何とか手に力を込めて手の震えを隠した。だが手綱を握る手からは血の気が引いていた。谷底を見下ろしたとき、作業中の先遣隊が見えればいい。だが断崖絶壁の下を覗き、目に飛び込んでくるのが、魔物に蹴散らされ、無残な屍《しかばね》をさらす兵士達の姿だったら？

失敗するとわかっていながら送り出したのに、その結果を見るのが怖かった。アルやレイ、そのほか誰かが死んでいたとすれば、それは私が殺したも同じだ。

しっかりしろ！

私は自分自身を叱咤激励《しったげきれい》した。たとえ犠牲が出ていたとしても、受け入れなければならない。常に損害を零にできる指揮官などいない。いつかは誰かが死ぬ。それを恐れてはいけない。

冷たい手で手綱を操り、馬を崖に寄せると、巨大な渓谷《けいこく》が私の視界を飲み込む。

先遣隊《せんけんたい》の姿を捜すと、谷底の一点に目が吸い寄せられた。

そこには――

「あれは！」

私は驚きに声が続かなかった。同行していた兵士達にも、谷底に広がる光景に動揺が走る。

目に映るものが信じられなかった。こんなこと、ありえない。

「なぜ？　どうして？　なぜ砦《とりで》がもうできているのです？」

灰色の岩場の中、一つだけ茶色い砦が、ポツンと建っていた。

私の頭は混乱をきたした。あんな砦があるとは聞いていなかった。だが前回の討伐に参加したグレイブズも砦の存在に驚き、あんなものは知らないと首を横に振っていた。

「わかりません。ロメリア様。前回見たときは、あんなものはありませんでした」

「では、あれは誰が造ったのですか？」

私の問いに答える者は誰もいなかった。だが渓谷に砦は確かに存在している。

しかも砦の内部にはすでに物見櫓《やぐら》すらあり、天幕が張られ、兵士達が動いているのが見える。

「とりあえず、向かいましょう」

とにかく谷を降りて砦に向かうと、こちらの接近に物見櫓の兵士が気づき手を振った。物見櫓の兵士は、先遣隊の一人だった。やはりこの砦は彼らが造ったということになる。

「ロメリア様、お待ちしておりました。ロメリア様のご到着だ。開門！」

物見櫓の兵士が門の内側に号令すると、木製の門が開いた。

てっきりアルとレイが出迎えてくれるかと思いきや、門が開いてまず目に飛び込んできたのは、両脇に連なる柵の列だった。

丸太で組まれ、とがった先端が突き出た馬防柵のようなものが、門からまっすぐに砦の中心部まで伸びている。まるで柵の回廊だ。並べられた柵は後ろに大量の石が積み重ねられ、簡単には撤去できそうにない。

「すみません、ロメリア様。そのままお進みください」

柵の反対側に立つ先遣隊の兵士が、柵の回廊を進むように促すので、柵に沿って前に進む。

砦の中央付近で柵は途切れており、ようやく柵から出ることが出来た。

ただよく見ると、砦の中央の地面には血溜まりのあとが残っていた。砦の隅には獣脚竜《ラプトル》の死《し》骸《がい》が、幾つも積み上げられている。

砦の建設に平行して、これだけの数の魔物も討伐したなど、信じられなかった。

「ロメ隊長、早い到着で」

「ロメリア様。出迎えが遅れて申し訳ありません」

私のところに、アルとレイがやってくる。二人に怪我《けが》らしい怪我はなく安心した。だがやはりこの状況が謎だ。砦《とりで》の建設と魔物の討伐。どうやったのかわからない。

「よく……この短期間で、これだけの砦を造ることができましたね」

私が先遣隊《せんけんたい》を送り出してまだ二十日と経《た》っていないはずだが、ここまでの成果を上げるとは信じられなかった。普通では不可能、つまりどこかに仕掛けがある。

「これはですね、レイの奴が考えたことなんですが」

アルが言おうとしたが、私はそれを手で制した。

「ちょっと待ってください、自分で考えてみます」

私は少し意地になり、砦を見回して頭を必死に回転させる。

近くで見てわかったが、砦の壁はそれほど厚いものではなかった。

本来砦の壁は、大きな丸太を地面に突き立てるか、石をいくつも積み重ねて造られている。

だがこの砦の壁は、細い木の棒を何本も束ねて板状にしたものだった。

しかも地面には突き立てず、ただ立て掛けているだけだった。ただし、強度を増すために壁の後ろには幾つもの石が積まれている。

砦が簡易な造りであることに気づき、私は答えがわかった。

「そうか！　事前に作った柵や板をここに運び込み、組み立てたのですね」

通常の建築方法では、まず巨大な丸太を何本も運び込み、穴を掘らなければいけない。しかしこの方法では作業に時間が掛かり、建設中に魔物に襲撃される恐れがある。

だがアル達が造った砦は、その面倒な作業を丸々省略したのだ。

これなら作業を安全な場所で行え、現地では組み立てのみで済む。

砦としての強度は弱くなるが、作業の速度は申し分ない。周囲を囲む壁を造るのに、半日もかかっていないのではないだろうか？　一度安全な壁ができれば、あとは内部から砦を広げ、石を積み重ねて強度不足を補えばいい。これなら竜に襲われる心配もなく、安全に作業できる。

「はい、柔軟に考えろと言われましたので、工夫しました。見てくれは悪いのですが……」

話している途中で、レイの歯切れが悪くなった。

あまりにも一般とはかけ離れた方法に、怒られるのではないかと心配している。

「いえ、よくやりましたね。お見事です」

私が満足していることを伝えると、レイは花が咲いたように顔をほころばせて喜んだ。

「しかし砦の設営だけではなく、あれだけの数の竜を討伐したのですか？」

私は砦の端に積み上げられた獣脚竜《ラプトル》の死骸《しがい》を見る。こちらにも何か秘密がある。

「ああ、それは」

「待ってください、当ててみせます」

レイが口を開いたが、私は制止して考える。獣脚竜《ラプトル》は魔物の中でも強敵の部類に入る。普通に戦えば損害は増える一方だ。しかし砦《とりで》の中を見回せば、多くの兵士は怪我《けが》もなく動き回っている。

だがいくらアル達ロメ隊が強くなったとはいえ、そこまでの強さはないはずだ。

そもそも、外で殺した魔物の死骸《しがい》を、砦まで持ち帰る意味はない。砦内部にある血溜まりのあとを考えれば、答えは一つ。

「砦の中に魔物を誘い込んだのですね。竜を砦の内部に引き入れ、柵で防ぎながら戦った」

柵の後ろから槍《やり》で突けば安全に攻撃できる。もちろんこれだけで竜を仕留めるのは難しいだろうが、足止めで十分。動きが止まったところを矢で狙えば簡単に倒せる。

「正解です。これはアルが考えたのです」

意外な答えにアルを見ると、俺だって頭を使うんですよと、アルが見返してきた。

「特に矢を二方向から、十字の形のように撃つと、ほとんど一斉射で倒すことができます」

「なるほど、砦の中を、狩り場としたのですね」

私はうなずく。普通、砦は敵を中に入れないようにするものだが、あえて敵を中に誘い込み、二重の防壁で仕留める罠《わな》としたのだ。

普通ではない砦の設営に、常識とは真逆の戦術。大胆だが合理的だ。しかもこれは私の入れ知恵ではないし、『恩寵《おんちょう》』の効果でもない。二人が考え努力し、工夫した結果だ。

「よくやりましたね、二人とも」

私は二人を褒めつつも、自身を恥じた。私は自分がいなければ、必ず失敗すると思っていた。しかしそんな風に考える自分こそ、『恩寵』の力に驕《おご》り、自分を運命の女神だとでも思いこんでいたのかも知れない。

「世界は思っている以上に広い、か」

これまで私がうまくやらなければいけないと考えていたが、存外私なんていなくても、みんな何とかやっていくものなのかもしれない。

もちろんここでやめるつもりはない。私がその中に加われば、もっとうまくやれるはずだ。

「さて、これから忙しくなりますよ、みんな、頑張ってください」

声をかけると、アルとレイが敬礼して応えた。

第四章

～戦力増強のために港を造った～

灰色に覆われたギリエ渓谷《けいこく》では、醜い鳥の鳴き声のような叫びが、灰色の岩肌に響いていた。

岩の上に巨大な爪を持つ竜が飛び乗り、口を限界まで開いて威嚇《いかく》の声を上げている。

獣脚竜《ラプトル》。竜種の中でも中型に属する竜だった。

前足は小さく、その名を示す巨大な後ろ足で全体重を支えている。

後ろ足には大きく湾曲した爪を持ち、その動きは俊敏かつ獰猛《どうもう》。切り立った岩肌も難なく登り、自身の倍近い高さまで跳躍する。アクシス大陸に生息する魔物の中でも強力な部類に入り、訓練を受けた兵士でも、一対一で戦うことは危険とされている相手だった。

その獣脚竜《ラプトル》が十数頭、岩肌の上に散らばり、私達を見下ろし、叫び声を上げていた。

「落ち着いて行動するのです。そこ、陣形を乱さない。隙間を作れば飛び込んできますよ」

私は声を張り上げ、兵士達を叱咤《しった》する。私の指示に五十人の兵士が槍《やり》を連ね、陣形を作る。

そろえられた槍を前に、獣脚竜《ラプトル》は飛び込んでこない。岩の上に陣取り、威嚇の声は上げるものの、決して降りてこようとはしなかった。

竜は狡猾《こうかつ》だ。見た目ほど頭は悪くはない。むしろほかの魔物よりも知能は高いだろう。狂暴ではあるものの、その攻撃性を抑え込み、時には人間を欺《あざむ》く知恵を持つ。

ここに棲《す》む竜達は、私達が危険な相手であると認識し、もはや砦《とりで》には近づかない。槍や弓矢の間合いを理解しており、安全な高所に陣取り、威嚇はするが降りては来ない。

こうなると討伐には手を焼くが、私は焦らずに指揮を執《と》る。

ふいに視線を感じ見上げると、一匹の獣脚竜《ラプトル》が、縦に割れた瞳で私を見下ろしていた。獣脚竜《ラプトル》は鱗《うろこ》に体色を持ち、個体によって色が違う。私を見ていた竜の鱗は、赤みがかった光を放っていた。おそらくこの群れの長だ。じっと私をにらみつけ、視線を外さない。

どうやら私が指揮官だとわかっているようだ。そしてこの中で最弱であるということも。

「総員、ゆっくりと後退」

私の号令により、槍を構える兵士達が後退する。背後には大きな岩が二つあり、岩の間に隙間ができ、細い道のように続いていた。私は小道を目指してゆっくりと下がる。

じりじりとだが逃げようとする兵士達を見て、竜の群れが反応しわずかに前のめりになる。

私はゆっくりと竜を引きつけながら、小道の前まで移動するとくるりと背を向けた。

「総員、撤退」

私の号令に兵士達も槍を掲げて、背中を向けて逃げだす。

無防備な姿で逃げだす私達に、岩の上から見下ろしていた獣脚竜《ラプトル》が、一斉に飛び降り追いかけてきた。

岩の小道を逃げる私達を竜が追いかけてくるが、道を抜けた先で竜達を待っていたのは、幾本もの突き出された槍の穂先だった。

事前に伏兵を配置し、出口に待機させていたのだ。

待ち構えていた伏兵に竜達が貫かれ、鳥のような悲鳴を上げる。

「撤退停止、集合」

岩の小道から出て、少し離れた場所で私は停止し、逃げた兵士を集めて隊列を組みなおす。

「反転、前進。包囲網を作れ」

私は命令し、兵士達は反転して伏兵に合流。さらに陣形を厚くする。

私達の待ち伏せに気づいた竜が、首を返して戻ろうとする。だが方向転換した竜の体に、幾本もの矢が降り注いだ。

巨大な岩の上にも伏兵を配置し、弓を持たせている。上から矢を射かけられ、竜達は逃げることもできない。

悲鳴を上げる竜を見て、私はうまくいったと安堵《あんど》した。

退却すると見せかけてからの待ち伏せ攻撃。こいつらは必ずこれに引っかかる。

竜といえどこいつらはやはり獣だ。敵を警戒する理性を持っているが、背中を見せて逃げる敵を前にすれば、どうしても獣の本能が勝り、追いかけずにはいられなくなる。

この作戦も回数を重ねることで練度が上がってきていた。魔王軍相手にはこんなにうまくいくとは思えないが、いずれ実戦でもやってみたい。

「ロメリア様、無事ですか？」

私が実戦で試す場合の課題を考えていると、待ち伏せ部隊を指揮していたレイが駆け寄ってきた。しかし私に怪我《けが》がないことなど、見ていてわかっただろうに。

「ええ、かすり傷一つありませんよ」

私とて身の安全は考えている。十分に距離を取っているし、兵士達が守ってくれているので守りは盤石《ばんじゃく》だ。

しかしそれでもレイは安心できないらしく、いつも私にもっと下がるように言ってくる。

「いいえ、竜は侮れない敵です。やはりもう少し奥で控えていてください」

「大丈夫ですよ。それに、前線にいるからこそつかめるものもあります」

すでに何度も行っている魔物の討伐だが、私には貴重な経験だ。魔物が相手とはいえ、戦場には機微というものがある。地形の変化や兵士達の緊張、敵の注意がどこに向いているのか。前線でしかわからないことも多い。私には戦う力がなく頭しか使えないのだから、多少の危険を冒してでも、戦場の空気というものを肌で感じておきたい。

視線を上にあげて、岩の上に配置した弓部隊を見る。巨石の上では槍《やり》を抱えたアルが部隊を指揮していた。上も順調そうだ。

本格的にギリエ渓谷《けいこく》の討伐を開始して、もう三十日が過ぎた。

最近はロメ隊だけではなく、カルルス砦《とりで》にいた兵士達も経験を積み強くなってきている。

おかげでこの地に棲《す》む魔物の掃討《そうとう》も半分ほど進み、終わりが見えてきている。

前を見ると、狭路に誘い込んだ竜を殲滅《せんめつ》できたようで、さっきまで聞こえていた鳴き声はなくなった。小道では竜の死体が積み重なり、ちょっとした山になっている。

「とどめを刺してください。死んだふりをしているかもしれませんので、注意して」

私は用心してとどめを刺すように指示する。

命令にしたがい、兵士達が槍《やり》を構えて歩み寄ったその時だった。山のように重なった死体がはじけ、突如一頭の獣脚竜《ラプトル》が空中に躍り出た。

仲間の死体に隠れていた！

兵士達がわっと驚く中、一頭の竜は驚嘆の跳躍力で岩を蹴り、槍を連ねる兵士達の頭上を跳ぶ。兵士達が慌てて槍を上に向けるも、獣脚竜《ラプトル》の跳躍は長槍さえも飛び越え、包囲網の外に着地、赤い体色をした竜が私の前に躍り出た。

この体色には見覚えがあった。群れの長だ。群れの仲間を殺された憎悪を瞳に宿し、私めがけて飛び掛かる。

巨大な後ろ足が繰り出され、湾曲したかぎ爪が私の眼前に迫る。

その速度は私の反応できる限界を超えており、私は一切の身動きもできず、ただ爪が迫るのを見ていることしかできなかった。

爪が私に触れようとした直前、伸ばされた竜の太い足に赤い線が走ったかと思うと、獣脚竜《ラプトル》の足が半ばから断ち切られ宙を舞った。そして横から唸り声をあげて槍が飛来し、竜の胴体に突き刺さった。

足を断ち切られ、破壊槌のような槍で胴を貫かれ、獣脚竜《ラプトル》は一瞬で絶命していた。

「大丈夫ですか、ロメリア様！」

レイが私の安否を尋ねる。問うレイの右手には、いつ抜いたのか血の付いた剣を下げていた。眼前にまで迫った竜の爪を、一閃《いっせん》で切り落としたのはレイだ。視線をレイから外し、岩の上にいるアルを見るとアルは右腕をまっすぐこちらに向けて伸ばしていた。その手には先ほどまで抱えていた槍がない。獣脚竜《ラプトル》に突き刺さった槍を見ると、アルの槍だった。あそこから投《とう》擲《てき》したのだ。

レイに断ち切られ、跳ね上げられた竜の足が、回転しながら落ちてくる。血しぶきが周囲に舞い、私の頬にかかった。

死が目の前にまで迫っていたが、その脅威は一瞬で取り除かれた。私に届いたのは竜の血が一滴のみ。

「ほら、危ないでしょう。やっぱりもっと下がってください」

レイが危険を主張する。

「いやぁ、すごーく安全だと思いますよ」

私は顔についた血を布で拭いながら、レイに言い返しておく。

アルはだいぶ距離が離れているのに、まるで丸太を投げたような威力で槍をよこし、レイは目の前にいたというのに、抜刀の瞬間すら私には見えなかった。

ギリエ渓谷《けいこく》で戦うようになってから、二人は何頭もの竜を狩り、覚醒《かくせい》を繰り返して力をつけている。今なら以前戦った魔王軍の隊長とでも、互角以上の戦いができるだろう。ほかの兵士も強敵との戦闘で力をつけているが、二人は別格と言っていい。しかもこれほど成長を続けても、二人ともまだ天井が見えない。魔法もまだ完全に使いこなせてはおらず、伸びしろは大きい。彼らの成長が今後の鍵となるだろう。

「私も貴方達《あなた》に負けていられませんからね、次に行きますよ、あと十頭は狩りたい」

日に日に強くなっていく二人を頼もしく思いながら、自分も成長しなければならないと決意を新たにする。王子と旅をした三年、そして現在も鍛錬は続けているが、戦うことだけはどうしても上達しない。私には戦闘の才能がないようだ。

ならそれ以外の部分に注力すべきだ。指揮官としてなら戦場に立てる。

心配性のレイを無視して、次なる竜の討伐に向かった。

予定していた竜の巣を殲滅《せんめつ》し砦《とりで》に帰還すると、出発の際には無かった数台の馬車が見えた。ヤルマーク商会のセリュレ氏が送ってくれた物資だろう。さらに鉱山開発のための山師や港を造るための建設業者なども同行してきているはずだった。

納品された物資を確かめようとしていると、修道服を着た小柄な女性がこちらに向かって走ってくるのが見えた。その女性は、どこかで見たことがある顔だった。

「ロメリア様、お久しぶりです」

「貴方は、ノーテ司祭様のところにいた、確かミアさんでしたよね？」

カレサ修道院で応対してくれた、癒《いや》し手《て》の見習いのミアさんだ。

「私のことを覚えていてくれたんですか！　その節はどうも。あの後、司祭様から特訓を受けて、ようやく一人前と認めてもらいました」

ノーテ司祭は癒し手を一人送ってくれると約束してくれた。まさかミアさんが来るとは思わなかった。少し心配だが、司祭が認めたのであれば、あの後で力をつけたのだろう。

「わかりました。ではミアさん。砦にいる怪我《けが》人の治療をお願いします」

「はい、ロメリア様。砦に残っていた方の治療は、済ませてあります」

私は治療をお願いすると、ミアさんはすでに治療を済ませているようだった。確か砦には負傷した兵士が三人ほどいて、癒し手を待っていた。特に三人のうち、ロメ隊の一人であるミーチャは重傷で、歩くこともままならなかったはずだ。

「申し訳ありません。ロメリア様の帰還を待つべきだと思いましたが、苦しんでいる人を見ていられず、許可を待たずに治療してしまいました」

「いいえ、それはいいのですが、もう完治したのですか？」

私はミアさんを責めない。人命にかかわることだし、治療行為に許可を待つ必要はない。しかしこの前まで見習いだった彼女に、そこまでできるとは少し驚きだ。

「傷はふさがりましたが、急速に治癒したことに加えて血を失いすぎているので、今日一日は安静にするように言ってあります。明日には起き上がることができますが、完治するには最低でもあと二日は安静にすることをお勧めします」

ミアさんはしっかりと答える。後で確認するが、専門家が言うのならそうなのだろう。

「わかりました、兵士に代わってお礼を言います。しかし腕を上げましたね」

以前に会ったときは伸び悩んでいると言っていたが、すごい成長だ。

「いえ、そんな、私なんてまだまだです」

ミアさんは照れて顔を俯《うつむ》かせる。しかし来てくれたのはありがたいが、少し困った。まさか女性が来るとは思わなかった。ここは男所帯。若い女性がいていい場所ではない。

兵士達が彼女に乱暴するとは考えたくないが、手を出さない保証はない。兵士達には念押ししておく必要がある。

「わかりました、今のところ大怪我《けが》人はいませんから、明日から本格的な治療を開始してもらいます。ただ、部隊長に紹介するので、それまでは私の秘書となってください」

ミアさんを守るためにも、手元に置いておこう。私も女性の手があると何かとありがたいし、こうしておけば兵士も手が出ないはずだ。

「ロメリア様の秘書にしていただけるなんて光栄です」

ミアさんは秘書官のように私のあとをついてくる。その姿を見て、私も悪い気はしなかった。

「そうでした、ロメリア様。ここに来たのは私だけではなくて、他にもロメリア様と会うために人が来られています」

「ええ、山師の方と建設業者の方でしょう?」

ミアさんが連絡事項を伝えてくれる。ギリエ渓谷《けいこく》の魔物を討伐する目的は金の採掘だ。セリュレ氏にはとりあえず山師を何人か見繕ってもらい、鉱山の事前調査をすることになっている。さらに渓谷の奥にある入り江も現地調査する予定だ。

「その方達も来ているのですが、他にも二人、追加で同行することになりました。なんでも二人ともロメリア様の知り合いだとか」

「知り合い? 誰でしょう?」

私は疑問符を浮かべた。思い当たる人がいない。カシューにほとんど知り合いはいないし、社交界の友人は、私と関係を持とうとしないだろう。

誰だろうと思考を巡らしていると、後ろから懐かしい声が聞こえてきた。

「頑張っているようですね、お嬢様」

振り向くとそこには女性と男性が立っていた。

女性の方は一分の隙もない、完成された淑女の見本とでもいうべき人だった。背筋はピンと伸び、服装は袖や首元にも緩みはなく、髪形さえも張りつめている。目つきもやや吊り上がっていたが、口元だけは柔和な笑みを浮かべていた。

一方男性の方はというと、だらしがないの一言に尽きた。伸び放題のぼさぼさの髪に無精《ぶしょう》髭《ひげ》。シャツもボタンがいくつか留められておらず、顔も寝不足なのかたるんでいる。いつからお風呂に入っていないのか、頭をガシガシと掻《か》いている始末だ。

対照的な二人の姿を見て、私は歓声を上げた。

「クインズ先生？　ヴェッリ先生も？」

「やはりロメリア様のお知り合いですか？」

私は女性に駆け寄り、手を取ってミアさんに紹介した。

「ええ、そうです。この女性はクインズ先生。そちらの男性がヴェッリ先生といって、二人とも私の恩師です」

「私達は家庭教師として、お嬢様に勉強を教えていたのよ」

クインズ先生が、ミアさんに私達の関係を説明する。貴族は子供の教育のために、家庭教師をつけるのが一般的だ。二人は私のために雇われた先生だった。家庭教師は何人もいたが、一番好きだったのはこの二人だ。

「お二人ともお久しぶりです。でもどうしてここに？」

私は会えてうれしいが、どうして先生達がここにいるのかわからない。

「カイロさんからお嬢様がカシューで頑張っていると聞いて、いても立ってもいられず駆けつけました」

カルルス砦《とりで》で待つ、カイロ婆やの顔が思い出された。

そういえば婆やがこの前手紙を出していた。誰に宛てているのか気になったが、この二人に出していたのだ。まったく婆やはと思う反面、カイロ婆やの言っていた通り、私は人を頼ることも覚えるべきだ。この二人が来てくれたのならありがたい。

「何かと人手が必要でしょう？　私は役所で記入係もしておりましたから、経理や事務ならばお手伝いできます」

クインズ先生が、事務仕事を申し出てくれる。

「俺は来たくなかったんだけどよ、こいつが無理やり」

ヴェッツリ先生は、頭を掻きながらクインズ先生を見てぼやく。するとクインズ先生の細い手が電光のように伸び、ヴェッツリ先生の右耳をつかんでひねり上げた。

「仕事がなく路頭に迷いかけていたところを、お嬢様に拾っていただいた恩を忘れたか！　今その恩を返さなくていつ返す」

「わかった。手伝う。手伝うから離せ！　耳がちぎれる」

鬼気《きき》迫《せま》る形相で耳をひねり上げる。ヴェッツリ先生はたまらず手伝ってくれることを了承した。

二人は若いころ同じ教師に師事していたそうだ。性格は正反対だが付き合いが長いらしく、ヴェッツリ先生はクインズ先生にいろいろ弱みを握られていて。頭が上がらないらしい。

クインズ先生はヴェッツリ先生を解放して振り返り、小さく咳払いした。

「ということでお嬢様。手伝いに来ました。我ら二人いかようにも使いつぶして下さい。特にこの男はさぼりがちですが、締め上げれば締め上げるほど働くので存分に」

「ひでぇ」

クインズ先生の言いように、ヴェッツリ先生が悲鳴を上げる。

「はい、知ってます」

「おい、ロメリア！」

私も同調すると、ヴェッツリ先生から非難の声が上がった。もちろん冗談だ。

クインズ先生はヴェッツリ先生を認めており、いつだったか天才の部類だと評価していた。やる気がないように見えて、幅広い見識やすばらしい着眼点を持つヴェッツリ先生を、私も尊敬している。

本当にすごい人達が来てくれた。

「ロメリア様の先生でしたか」

ミアさんが驚くように二人を見る。

「子供の頃のロメリア様はどうでした？　さぞや優秀な生徒さんだったんでしょうね」

ミアさんが私の子供時代のことを尋ねると、二人が苦笑した。

「あ～っと、昔話はそろそろ切り上げて……」

止めようとしたが遅かった。

「ミアさん。貴方《あなた》はレルレーヌの詩を暗唱できますか？」

クインズ先生の問いに、ミアさんは少し困惑しながらうなずく。

「ええ、それぐらいなら」

レルレーヌは有名な詩人で、少し教養のある人なら誰もが知っている名前だ。

「真白き月が森を照らす。でしょう？」

ミアさんが冒頭部分をそらんじると、ヴェッリ先生が半笑いの顔で私を見た。

「続きを言えますかな？　お嬢様？」

「そ、そんなの簡単ですよ」

ヴェッリ先生の挑発的な言葉に同意するが、頭は混乱していた。

あーえーっと。何だっけ。……そう、これだ。

「それが何という物憂い、私は小道を歩いていこう。でしょう？」

確信はなかったがそらんじてみせると、両先生は苦笑いし、ミアさんが困った顔をしていた。

「ロメリア様。それ別の詩ですよ、しかも後半はレルレーヌじゃなくてミンボーの詩です」

ミアさんに二重の失敗を指摘され、目をそらす。そんな目で私を見ないで。

「い、いいのですよ、別に。詩なんて知らなくたって死ぬわけじゃなし」

私がなんとか言い訳を口にするが、ヴェッリ先生が呆れた声を出す。

「いやー貴族の令嬢が、レルレーヌ暗唱できないとかないだろう」

「ダンスもろくに踊れないし」

ヴェッツリ先生の嘆きに、クインズ先生も畳みかける。

「ワッ、ワルツは踊れますよ？」

「ワルツしか踊れない令嬢がありますか！」

私が小さく反論すると、ぴしゃりとクインズ先生に叱られる。

「ロメリア様は、詩やダンスが苦手だったんですか」

ミアが少しショックを受けている。完璧人間だと思われるのも困るが、幻滅されても困る。なんとか立て直さねばならない。

「いえ、違うんですよ、ダンスと詩が苦手だっただけで、それ以外なら」

私はなんとかごまかそうとしたが、私の子供時代を知る二人を前にしては分が悪かった。

「歌や楽器もだめだめだったよな？」

「詩作の才能もありませんでした」

ヴェッツリ先生とクインズ先生が、私の落第点をあげつらう。

「教えた中で合格点出せたのは行儀作法だけだった。まぁ、これができてなかったら人として外に出せないところだった」

ヴェッツリ先生が、私の過去の成績を次々と暴露する。

「私はこれでも腕がいいと評判で、教えた生徒はどれも平均以上にはできるようになったのですよ。唯一の例外がロメリアお嬢様です」

クインズ先生が嘆かわしいと首を振り、ヴェッリ先生も悲しみのこもった目で見る。

「ロメリア。俺は現在の詩聖と数えられる、ポートラーロにも詩を教えていたのだぞ。その俺の教育を受けたというのに、いまのは少し悲しかった」

二人の言葉に、ミアさんが驚き目を丸くしている。もういい、修復はあきらめよう。

「面目ありません」

私は素直に謝った。あれだけ教育に時間をかけてくれたのに、これでは謝るしかない。

「ただ勘違いしないでくださいね、ミアさん。お嬢様ほどの生徒はいませんでした」

「そうだな、これまでだいぶ生徒を見てきたが、こいつ以上の生徒はいなかった」

ダメ出しばかり続けていたクインズ先生とヴェッリ先生が、一転して私を褒めてくれる。

「どういうことです?」

ミアさんが尋ねると、ヴェッリ先生が答えた。

「俺は詩と音楽を、クインズは行儀作法とダンスを教えるために雇われたが、専門は違ってな、俺は政治学と戦史研究、こいつは数学と経済学が専門だった。金になる学問じゃねーし、女が数学や経済とか言っても相手にされないだろ?　家庭教師は副業だった。まぁそっちしか仕事はなかったわけだけど」

二人とも私の尊敬すべき先生だったが、世の評価は芳《かんば》しくない。というか、全く評価されていなかった。理解できない世の不条理だ。

「ロメリアお嬢様は詩もダンスもさっぱりでしたけれど、私達が読んでいた本や研究に興味を持ちましてね、そっちはすぐに上達しました」

クインズ先生が過去を回想する。確かに、先生の研究ノートを見た時、私は勉強の楽しさを知った。あの日の出来事は、私の人生を変えた転換点だ。

「どれだけ詩を教えても覚えないくせに、戦争があった年表とか速攻で覚えやがったからな」

「ステップの一つも覚えられないのに、数学は得意だったんですよねぇ」

ヴェッリ先生とクインズ先生がぼやく。二人には本当に申し訳ない。しかしどうしても詩やダンスのステップが覚えられないのだ。

「しかし私の経済理論を、完全に近い形で理解したのはこの子が初めてでした。お嬢様ほど教えがいのある生徒はいませんでしたよ」

尊敬しているクインズ先生に、正面から褒められると少し照れる。

「はぁ、よくわかりませんが、やっぱりロメリア様はすごかったんですねぇ」

ミアさんは感心してくれる。

「ただ、賢い女というのは社交界ではウケが悪いですから、教えていたことは内緒にしました。でもまさかこんな形で役立てるとは、思いませんでしたよ」

クインズ先生が、感心するやら驚くやらといった顔で私を見る。

私も教わっているときは、まさか実践することになるとは思わなかった。

「ところでロメリアよ。この砦《とりで》、面白い造りだな」

ヴェッリ先生が砦の造りに気づく。

「聞けば砦の中に敵を誘い込んで、弓で仕留めたそうじゃないか」

実際の戦場に来て、ヴェッリ先生はうずうずしているようだった。これまで先生は戦争の研究はしていても、実際に戦場に来た経験はなかっただろう。アルやレイが考えた戦術は、先生の好奇心を大いに刺激したようだ。

「ああそれならアルとレイ、この砦の部隊長に聞いてください。面白い話が聞けますよ」

私は近くにいた兵士を呼び止め、ヴェッリ先生をアル達のところに案内させる。

一日で砦を建てた話や、矢を十字に打つ戦術は先生にとっては興味深いだろう。それに先生とレイ達が仲良くなってくれれば、二人の戦術理解度や作戦の幅も広がるかもしれない。ヴェッリ先生には兵士達の教師役、そして私の相談役にもなってほしい。

「ではお嬢様、私は経理を担当しましょう。給料の分配や資材の管理などはお任せください」

クインズ先生が小さく一礼しながら、仕事の手伝いを申し出てくれる。数字に強い先生が手伝ってくれるのなら心強い。

「あと、侍女を数人雇う許可を。当座は私とミアさんでなんとかしますが、ロメリアお嬢様のお世話をする者は必要になりますので」

クインズ先生には逆らえないが、それは少し待ってもらいたい。

「でも、自分でできますよ？　これまでもそうしてきましたし」

私としてはそんなことで人を雇うぐらいなら、兵士や武器をそろえたい。

「ホホホホホッ。面白い冗談ですこと」

先生は嘘くさい笑い声をあげた。顔は笑顔だが、その表情は北方の永久凍土よりも冷たい。

私はこの顔を覚えている。子供の頃、私が宿題をまったくやらなかった時の目だ。

「……いえ、先生の言うとおりにしてください」

私はあっさりと白旗を上げた。先生には逆らわないほうがいい。

それによくよく思い出せば、私は伯爵令嬢だ。淑女なのだ。

王子との三年間の旅では自分のことは自分でしてきたが、貴族として身の回りの世話をする侍従《じじゅう》がいなければ、格好つかない時も出てくる。先生の言うように侍女は必須だ。

「ではさっそく仕事にかからせてもらいます」

クインズ先生はスカートを軽く持ち上げて一礼し、うやうやしく去っていった。

去っていく恩師を見送っていると、隣にいたミアさんの視線を感じる。私は軽く咳払いをしてから、新任の癒《いや》し手《て》兼秘書官を見る。

「私も子供の頃はあんなものです。幻滅しましたか？」

「いえ、とんでもありません」

ミアさんは否定してくれたが、優しい嘘という奴だろうか？　しかし先生が来てくれたことは心強い。手助けになるだけではなく、二人がいることで私の暴走も防げる。

立場上は私が上とはいえ、恩師にあたる二人は、私の顔色を窺ったりはしない。

自分の意見が全て通る状態は、健全とは言えない。私も間違えるときはあるだろうし、否定し、諫《いさ》めてくれる人物は必要だ。

「ミアさん。私は天幕に戻ります。鉱山技師の方と話がしたいので連れてきてもらえますか？」

秘書官となったミアさんは請け合ってくれたので、私は一人天幕に戻る。

天幕には大きな机が置かれ、渓谷《けいこく》の地図が広げられていた。

重かった武装を解き、剣を立て掛け兜《かぶと》を脱ぎ、鎧《よろい》掛けに胸鎧と鎖帷子《くさりかたびら》を預ける。

胸鎧に鎖帷子、兜だけなのでまだ一人で装着できるが、正直一人で着脱するのは困難だった。確かに、こういう時は侍女がいてくれるとありがたい。

武装を解いて身軽になると、ミアさんが山師の方を連れてきてくれた。

入室を許可すると、四人の男性を伴ってミアさんが入ってくる。

私は挨拶《あいさつ》もそこそこに本題に入った。

「現在、渓谷の南半分は魔物の掃討《そうとう》が進んでいます。ですので、砦《とりで》より南は比較的安全です」

私は机の上に広げた地図を指し、安全とされる地域を大まかに伝えた。

「来てもらって早々で悪いのですが、明日にでも金脈の調査に向かっていただきたいのです。

もちろん護衛はつけます」

私はすぐに動いてくれるよう頼んだ。急な話だが、計画はできるだけ前倒しにしていきたい。

「あと三週間もあれば、渓谷《けいこく》の魔物の掃討《そうとう》が終わります。それに合わせて一日でも早く金鉱山の開発を開始したいのです」

私は明確に期限を区切る。鉱山はできるだけ早く稼働させて人を集めたい。

それから技師の方と話し合い、日程を詰める。たった一度の会議で決定するなど雑の極みだが、こちらはこれでいい。

「ではよろしくお願いします」

私は手早く会議を済ませ、四人の山師には明日のための準備に入ってもらう。

「金が出るといいですね、ロメリア様」

「そうですね。次は港を造る建設業者の方を呼んでください。彼らとも話をしたいので」

出て行く鉱山技師の背中を見て、ミアさんが切実に言うので。私は短く答えて、次の仕事を頼む。むしろこっちが本命だ。

天幕で待っていると、ミアさんに案内されて、背の低い初老の男性がやってきた。

「セリュレの旦那に言われてきた、ガンゼってもんだ」

顔に巌《いわお》のように皺《しわ》の入った男性は、気難しそうな顔をしていた。セリュレ氏は最高の親方をよこすと言っていたので、腕に覚えのある人なのだろう。

ガンゼ親方は入るなり私をじろじろと見て、フンと鼻息を漏らした。

「本当に女なんだ」

どうやら女と仕事をするのが不満らしい。とはいえこれは仕方がないだろう。女性が男性に交じって仕事をするなど本来ありえない。これはこの先、ずっとついて回る問題だろう。

「セリュレの旦那には世話になっている。言われた仕事はするよ。港を造りたいんだってな」

ガンゼ親方はぶっきらぼうに答える。貴族相手にひどい言葉遣いだが、いちいち目くじらを立てていられない。それに、たとえ身分の差があっても、女に使われるのを拒否する男性もいるだろうから、言うことを聞いてくれるだけましな部類だ。

「まずはこの地図を見てください。ギリエ渓谷のここを通ると例の入り江に行くことができます。ガンゼさんにはここに港を建設してもらいたいのです」

「なるほど、それで？　港を造る場所はどんな地形だ？」

「ここです。岩山が集まる場所ですが、この一点だけ開けていて、海とつながる入り江があります。そして入り江の前には岩山が塞《ふさ》ぐような形で、交互に出っ張っています」

私は説明しながら、ペンで図形を描く。両方の手のひらを立てて、前後に並べたような形だ。

「岩山のせいで、外から入江が見えないんだな。入り江の深さはどれぐらいだ？　あとこの岩山と岩山の間はどれぐらいあるんだ？」

ガンゼ親方は必要なことをまず聞く。

「入り江は浅いですね、岩山の間隔もそれほど広くはありません」

私は以前見た入江の光景を思い出す。見た目はきれいで景観はよいが、港としては不十分だ。

「なら大型船は入れないな。沖に停泊させて、荷下ろし用の小船に詰め替えるしかないだろう」

ガンゼ親方の言う通り、最初のうちはそうするしかないだろう。

「はい。ですので、親方には入り江を埋め立て、大きな港を造っていただきたい」

私が計画を伝えると、親方は顔に刻まれた皺《しわ》を、全て伸ばして驚いていた。

「はぁ？　何を言っている。埋め立てるだと？　そんなことできるわけがない。港が欲しければ桟橋を造ればいいだけだろう」

ガンゼ親方が驚くが、それはこちらの台詞《せりふ》だ。

「そちらこそ何を言っているのです。その程度の作業なら、貴方《あなた》をわざわざ呼びはしません」

杭《くい》を打って桟橋をかけるだけなら、兵士にだってできる。

「だが、埋め立てるとなると、何年かかるかわからんぞ」

ガンゼ親方の言う通り、埋め立てるとなるとそれだけ時間がかかる。

「そんなに時間はかけていられません。一年である程度形にしていただきたい」

平和な時代ならゆっくりとやってもいいが、今は乱世だ。強い軍隊が必要とされ。軍隊を作るには金が要《い》る。それも莫大な金が。だがそんな金はどこにも無い。無いなら作るしかない。

港を造りカシューを発展させ、その利益で軍隊を賄《まかな》う。これだけが王国を救う唯一の方法だ。

「一年だと！　そんな短い期間では不可能だ！」

私が一年と期限を設けたことに、ガンゼ親方が机をたたいて反論する。傍《かたわ》らにいたミアさんが驚くほどの剣幕だが、私も引けない。

「いいえ、可能です。確かに大量の土や石を運べば時間と人手がかかります。ですがこの場合、運ぶ必要はありません。ここにあるではないですか」

私は自分で描いた絵を指さした。

「この入り江を覆う岩山。これを削って入り江に落とし、埋め立てればいいのです」

私は埋め立ての方法を提案する。岩山に穴をあけて爆裂魔石を埋め込み、内部で破裂させれば、岩山を崩すことはできるはずだ。

「そうすれば入り江ごと港として使えます。それに幸いにも岩山の反対側は水深が深くなっていて大型船も停泊できます。ちょうどいい高さまで削れば、荷下ろしも楽にすむでしょう」

「しかしそれは……」

「どうです、できませんか？」

ガンゼ親方は、言おうとした言葉を飲み込んだ。私が再度問うと、ガンゼ親方は認めた。

「現場を見てみないとわからん。ただ不可能ではないと思う」

親方の言葉に、私もうなずく。

この港は、うまくいけば王国の物流の半分を担う可能性を秘めている。大量の物資をさばく必要があるため、ちまちま小舟で輸送などしていられない。巨大な港が必要なのだ。

「だが計画上は建設可能でも、実行可能とは限らないぞ。それだけの山を削るとなれば大量の爆裂魔石が必要だ。集めるには時間がかかる。俺のところの割り当て分はそんなにないぞ」

ガンゼ親方は爆裂魔石の不足を理由に挙げた。爆裂魔石は貴重な兵器だ。威力も高いため、製造や使用には制限がある。工業用として建設業者などにも卸されているが、その数は少ない。山を削るには全く足りないだろう。

「そちらは私が用意しましょう。幸い、ここには魔石が大量に来る予定ですから」

「なんでだ？　カシュー守備隊はそんなに爆裂魔石を備蓄しているのか？」

ガンゼ親方が懐疑の目で見る。確かに辺境の守備隊が魔石を大量に備蓄しているわけがない。

「いえ、違いますよ。ですがここでこれから何をするのか、貴方《あなた》もご存じでしょう？」

私が言うと、親方は少し視線を動かして、気づいたように目を開いた。

「そうか、金鉱山開発のための爆裂魔石を使うのか」

魔物の駆除が進み、金鉱山開発のめどが立った。黄金の魔力に引かれて王家やお父様が手を伸ばしてきている。

「しかしいいのか？　金鉱山の開発が遅れるかもしれないぞ」

「別に構いません。金鉱山にはそれほど期待していませんから」

私が言い放つと、隣で聞いていたミアさんが驚いた顔をしていた。さっきと言っていたことが違うと思っているのだろう。ミアさんにはあとで説明するとして、今は親方の方だ。

「爆裂魔石は必要な分だけ用意してみせます。やってくれますか？」

私はガンゼ親方に問う。

魔石の使い込みは、ばれるとまずい類いのものだ。後で数を調節してごまかすにしても、危ない橋となるだろう。しかしどうしても渡らなければならない橋だ。危険でもやるしかない。

「いいだろう。明日にでも現地を見に行く」

「お願いします、護衛の兵士をつけましょう」

ガンゼ親方が請け負ってくれた。あの辺りには魔物が少ないため道中は安全だろうが、怪我《けが》をされては困る。念には念を入れて、ロメ隊からも兵士を出そう。

「しかし嬢ちゃんも面白いことを考えるやつだな」

ガンゼ親方は最初の態度とは打って変わって、朗らかな笑みを見せる。

「大胆だが合理的だ。嬢ちゃんとはいい仕事ができそうだ」

「ガンゼさんにそう言っていただけると、私も心強いです」

私はガンゼ親方と握手をした。そのあと親方はのっしのっしと天幕を出て行った。

ガンゼ親方が出て行ったのを見た後、ミアさんが控えめに私に質問した。

「あのう、ロメリア様。金が採れなくてもいいのですか？」

ミアさんはさっきの会話が腑に落ちないのだろう。

「まったく出ないのは困りますが、大量でなくても構いません。それよりも港の方が重要です」

金鉱山は、ここに街を作り労働者を集めるための方便だ。港を造る足掛かりとして、多少は金が採れてもらわなければ困るが、港が軌道に乗れば必要はない。

「金鉱山より港の方が重要、なんですか?」

ミアさんは理解できない様子だった。その仕草が可愛く、先生の真似事をしたくなる。

「いいですか、ミアさん。お勉強のお時間です」

私は存在しない架空の教鞭《きょうべん》を振るった。

教鞭を振るうクインズ先生は凛々《りり》しく、私の憧れだった。先生の真似をしていると思うと、自然鼻が高くなった気がする。

「金は採れば採るほどなくなってしまいます。採り尽くせば、人はいなくなるでしょう」

賑わいを見せた鉱山や近隣の宿場町が、鉱脈が枯れると同時に寂れ、廃墟となった例は多い。

「カシューの永続的な繁栄のために必要なのは、持続可能で成長可能なものでなければいけません。それが何だかわかりますか?」

「うう、わかりません」

私の問いに、ミアさんは白旗を上げた。その仕草は何とも可愛い。

「それは、流通です」

「流通?　ですか?」

私が答えを教えてあげると、ミアさんは不思議そうな顔をした。

「そう、物と物の行き来、そしてそれを支える道や橋、港こそが黄金以上の価値を持つのです。道や橋、港は金鉱山のように枯渇したりはしません。永続的に価値を生み出す利益の源泉です。ギリエ渓谷《けいこく》に港を造ることができれば、百年先にも利益を生み出すことができるでしょう」

「そう、なのですか？」

ミアさんがうなずく。多分わかっていないだろうけれど、それでよしとする。クインズ先生達となら、一晩中でも盛り上がれる話題だと思うのだけれど仕方ない。

「なんにしても、ここの開発をうまく進めなければいけません。黄金がそこそこ出てくれて、港の設置がうまく行けば、資金が増えます。そうすれば、軍備をもっと増強できる」

「まだ兵士は足りないのですか？」

私の言葉に、ミアさんが驚く。

「ええ、もっと必要になります。怪我人《けが》も増えますから、貴方《あなた》にも頑張ってもらいますよ？」

「はい、怪我人の治療でしたらお任せください」

ミアさんが緊張した面持ちで答える。

時間はあまり残されていない。西にある王都と、そして魔王軍の本隊のことを考える。

王国軍と魔王軍が、そろそろ動き出すころだった。

第五章
～竜の中の異形～

ライオネル王国の北西部に位置するダカン平原では、魔王軍の軍勢が続々と集結していた。その数六万。平原は魔王軍の黒い鎧《よろい》で埋まり、軍靴《ぐんか》の足音が地響きとなって大地を揺るがしていた。

分厚い兵士の層に守られた本陣の天幕では、ライオネル王国攻略の任を受けた第二方面軍の上級将校が集められ軍議が開かれていた。

天幕の奥、巨大な大将軍の椅子に座るガレ大将軍はその巨体を身じろぎもさせず、机に広げられた地図を見ながら、部下達の話に耳を傾けていた。

即断即決を旨とするガレだったが、今は自身の胸に大きな不安と迷いがあった。

海を隔てた本国にいる魔王ゼルギスが、殺されたとの報が入ってはや数十日。本国との連絡は途絶し、生死の確認すら未だ取れてはいない。

情報は交錯し混乱している。後方の拠点ローバーンからの補給も絶え、兵糧にも不安がある。毎日のように軍議を続けているが、明確な答えが出ないまま、軍議は長引いていた。

「本当に魔王ゼルギス様は殺されたのか？」

すでに百は繰り返されたであろう話を、将校の一人が蒸し返す。

「捕虜となった兵士が、魔王様の首を見ている」

別の将校が答えた。人間どもは捕らえた兵士に魔王が死んだことを伝えて、その首を見せてから解放している。おかげで魔王の死が兵士達の中に広まり、一時は大きな混乱となった。

「あんなもの信用できない。偽首に決まっている。兵卒にゼルギス様の顔などわかるものか。兵士達を動揺させるための手だ」

別の将校が動じるなと制する。

「だが印璽《いんじ》を押した直筆の書状などもあるぞ、これは本物だ、兵士も動揺している」

人間どもの中には悪辣《あくらつ》な策士がいるようで、解放する際には魔王直筆の書類や印璽を押した書状などを持たせている。これには軍上層部も動揺した。魔王の印璽や直筆の書類は本国に行かなければ手に入らない。魔王の生死はともかく、少なくとも、我ら魔族が住む大陸まで往復した者がいたことは確かなのだ。

「偽造しようと思えばできる。それが相手の手だ。兵士には流言に騙《だま》されるなと伝えろ」

「逆効果だ、兵士に不信感がつのる。ここは魔王様の生死を確認すべきだ。それが第一だろう」

将校達が言い争い、話がまた堂々めぐりとなる。確かに魔王の安否確認は急務だが、それができるのならばすでにやっている。

「だから、どうやって確かめるというのだ。帰ろうにも魔導船《まどうせん》はないのだぞ」

一人の将校の言葉に、他の誰も反論できなかった。

魔族の故郷であるゴルディア大陸に帰るためには、魔導船でなければたどり着けない。だが魔導船の定期便は現在途絶している。なんの連絡もないため原因もわからない。帰ろうにも本国の設備が無ければ、魔導船を造ることも不可能。もはや故郷に帰ることはできないのだ。

故郷のことを想うと、ガレの心にも一瞬だけ郷愁がよぎったが、どうしようもないことと割り切り、今は将校達の話に耳を傾ける。

「本国との連絡が取れない以上、何かがあったのは確実だ。ライオネル王国の王子が暗殺したという話は信じがたいが、本国の誰かが謀反《むほん》を働いたのかもしれない」

「だとすると誰だ？　キュレ宰相か？　あるいはもしやあの方が？」

将校達が、魔王を殺した下手人について推測する。

人間どもは、現在ガレたちが攻略している、ここライオネル王国の王子が数人の仲間と旅立ち、魔王を暗殺したと言っている。

あの魔王を殺せる人間がいるなど信じられないが、件《くだん》の王子が帰還した時期と、本国との連絡が取れなくなった時期はちょうど重なっている。

だが将校の言うように、人間どもが本国の重臣をそそのかしたか、逆に重臣が人間を利用し、魔王を弑逆《しぎゃく》したのかもしれない。

「やめい。考えても仕方がないことは考えるな。それより我々がどうするかだ」

ガレが埒《らち》もない言い争いを始めた部下を一喝した。確定できる情報がない以上、推理ごっこにしかならない。なんにしても連絡がない以上、魔王は死んだものとして行動すべきだろう。

ガレは机に広げられた地図を指さし、この軍議の本来の目的に戻す。

将校達の視線が、この大陸が描かれた地図と、その上に置かれた黒い六つの駒に集中する。

駒は自分達と同じ魔王軍の軍勢だ。

ライオネル王国攻略を任されたガレの軍と同様に、他にも五つの軍が方面軍として分割され、人類の王国に攻勢をかけている。さらに後方には最初に上陸を果たし、軍事拠点として作り変えたローバーンがある。その手前には人間どもが作り上げ、魔王軍が奪い取った軍事要塞ガンガルガも存在している。

現在この大陸には、五十万近い魔王軍の軍勢がいることになる。精強無比の大軍団だが、これらは味方というわけではない。

「ほかの軍団長は何と言ってきている？」

ガレが問うと、将校達が一斉に報告を始めた。

「第一方面軍のケルゲラ大将軍からは、指揮下に戻れと伝令が来ております」

「ただ数字が上なだけで上官気取りか」

「第四と第五方面軍は何と言ってきている？　あいつらはもともと我々の派閥だろうに」

「第四は無回答。第五はあいまいな返答ばかり返ってきます」

「第一からも同じ誘いを受けているのだろう。味方に引き入れても、いつ裏切るかわからんぞ」

「第三方面軍のバルバル大将軍が、魔王を名乗っていると聞くぞ」

「あんな奴が魔王？　できが悪い冗談だな。くだらなすぎて笑える」

「第六方面軍は人間どもの攻勢にあい、押されているそうだ」

「魔王軍の面汚しだな、救援要請が来たら助けてやろう」

将校達が口々に話し、やっと軍議らしくなってくる。

しかし報告を聞くと、やはり同じ魔王軍の間で連携は取れていない。魔王が不在の今、誰が仕切るかでもめているのだ。

一度誰かの軍門に下り指揮下に入れば、そこで上下関係が生まれ、その関係はずっと続くこととなる。魔王に頭を垂れ、その指示のもと配属され、部下として上官の指示に従うことなら許容できるが、たとえ上位に位置する階級であったとしても、魔王の信任を受けていない命令に従う必要はない。

「どいつもこいつも、魔王様の後釜《あとがま》を狙っているのさ」

一人の将校が吐き捨てるが、これはある意味語るに落ちている。

どの方面軍の軍団長も、大将軍の地位に上り詰めただけあって、力強く野心に富む。第三軍のバルバルが先走っているが、皆が腹の中では自分こそが次期魔王だと考えている。もちろんガレ自身、自分が王の器だと信じている。

「下手にほかの軍団と近づかぬ方がいいでしょう。味方とはいえ、いつ襲い掛かってくるかわかりません」

将校の言葉に、周りも同意の頷きを返す。

今やガレにとって、ほかの大将軍は味方というよりも敵に近いと言えた。ほかの大将軍も同じ考えだろう。昨日までの頼もしい味方は、魔王の座を奪い合う競争相手となっていた。

「しかし後方からの補給が途絶え、食料と武器、何より兵力の回復がままなりません」

将校の一人が書類を片手に報告する。

食料は近隣の村から略奪するとして、死んだ兵士の補充ができないのは問題だった。

「いっそのこと、こちらからほかの大将軍麾下《きか》の軍団に攻勢をかけ、支配下に置きますか？」

将校の言葉に、全員がガレを見る。

魔族同士で争う。魔王亡きいま、そんなことをしている場合ではないが、次期魔王となるには、避けては通れぬ道だった。

魔王軍は実力主義だ。自分より弱い者には従わない気風がある。貴重な兵力の損耗《そんもう》を避けるべきだが、一戦して大将軍を打ち取り、力を見せつけなければ、決して従わないだろう。

将校達はガレの決断を待っていたが、その問いには答えず、別のことを尋ねた。

「ローバーンは？　あの地は何と言っている」

ガレが問うと、居並ぶ将軍達が背筋を伸ばした。

「それが、その、未だ回答はありません」

「そうか」

部下の答えに、ガレは小さくうなずいた。

最初に上陸し、この大陸最大の魔王軍の拠点となっているローバーンは無視できなかった。

ローバーンに常駐している兵力は六万。さらに手前のガンガルガ要塞に一万の兵士を擁している。戦力も十分だが、何より重要なのは食料供給能力と兵員回復能力を持つことだ。拠点として開発が進んでいるローバーンは、すでに数十万の移住者が本国から運ばれ、都市を作り上げている。奴隷として集めた人間も多く、労働力も十分。

農地が開拓され、移住者達は子供を産み、兵士として育てることができる。

この大陸で魔王として君臨するためには、確固たる地盤を築く必要がある。そのためにはローバーンとその住民が必要と言えた。

ローバーンに戻り君臨することができれば、次期魔王を名乗ることも夢ではない。だが軍事拠点として要塞化されているローバーンを、手持ちの戦力で落とすことなどできなかった。攻城兵器が不足している。ローバーンのはるか手前、ガンガルガ要塞でさえ落とせるかどうかわからない。

現在のこの混乱も、ローバーンの動き方次第で変わると見ていたが、ローバーンは未だ不気味な沈黙を保っていた。

魔王の死に混乱し、動きが取れないのなら好機だが。ローバーンにはあの二体がいる。魔王軍にあっても危険な二体。奴らがこの状況を黙って見ているなどありえない。しかし動きがない以上、ずっと待っているわけにもいかない。

「今は同じ魔族同士で、争うべきではないだろう」

ガレは、先ほどの将校の問いに答えた。

魔王となるためには避けては通れぬ道だが、今はその時ではない。

同じ魔王軍同士の激突。おそらく熾烈《しれつ》なものとなるだろう。勝ち抜くためには入念な準備が必要と言える。兵士をじっくりと休ませ、大量の武器と食料を集めてから挑むべきだ。

「まずは、現在攻略中の王国を攻め落とす」

ガレは地図に記されたライオネル王国の文字を見る。

ほかの魔王軍と争っているところを、人間どもに邪魔されたくもない。戦力の充実を図るためにも、このライオネル王国を征服し、自らの王国を築く。その後にほかの軍団を蹴散らし、ローバーンに攻め入る。魔王として君臨する。それしかない。

ガレは内心で決意を固めた。すでに機は熟している。

これまでいたずらに時間を割いていたわけではない。各地に散った兵士を集め、近隣の村々から食料を略奪して兵糧も蓄えた。魔王の死に動揺していた兵士も、時間を置いたことである程度は落ち着きを取り戻している。

「人間どもの抵抗はどうなっている?」

ガレは攻略中のライオネル王国の状況を尋ねた。

「はい大将軍。我々が集結している間に、連中も軍備を整えたようです」

将校が答え、ほかの将校が笑う。

「ほぉ、我らに一戦しかけてくるか」

「面白い、やっとまともに戦える」

戦場の匂いに、将校達が色めき立つ。部下達も埒《らち》の明かない話し合いより、わかりやすい戦場を求めている。戦意は高い。

「総数はいまだ不明ですが、七万以上の兵力が集まっていることは確実です」

「それと、魔王様を倒したというこの国の王子も出陣するという情報が入ってきています」

その報告に将校がざわめく。

「そいつは僥倖《ぎょうこう》。人間ごときに魔王様が討てるとは思えぬが、倒したという王子の首が獲れれば、よい手柄となるだろう」

この言葉にはガレも内心同意する。魔王を討った者を倒したとすれば、次期魔王を名乗る一番手となるだろう。

将校達も大きな手柄を前に、好戦的な笑みを見せる。

「ではさっそく陣立てを開始しましょう。ガレ大将軍！　先鋒《せんぽう》はぜひ私にお任せください」

「貴様、ずるいぞ！」

「そうだ！　ガレ様。ここは私が」

将校達が、次々と我こそはと名乗りでる。戦意猛々しい部下をほほえましく見ていると、突然、これまでずっと黙っていた末席の将校がはじけるような声を出した。

「あ、あの。その。故郷に戻ることは、その、できないのでしょうか？」

年若い将の発言を聞き、将校の何人かがあきれていた。

しかし同じく若い将校と、その背後に控えている副官などは故郷への思いに心が揺れているのがわかった。

まったく面倒な話だった。仕方なくガレが口を開こうとすると、天幕に老いた鳥の鳴き声のような声が響き渡った。

耳障りな声だったが、この声には聞き覚えがあった。

「ギッギッギッ、これはこれは、このような雛《ひな》が将に名を連ねようとは、あの世にいる魔王様もお嘆きになるでしょうな」

天幕の入り口が開かれ、白い布を身にまとった一人の魔族が入ってきた。片手に杖をつき、足を引きずり入ってくるその姿は、異様の一言に尽きた。

右手は異様に大きいくせに、左手は枯れ枝のように細く短い。背が異様に盛り上がり、片足が動いていないのは歩き方からしてわかる。その顔はつるつると子供のように凹凸《おうとつ》がなく、しかし　そこから発せられる声は、千の歳を経た老人のように枯れている。

「ギャミか。久しいな特務参謀殿」

この魔族をガレは知っていた。古い仲と言っていい。

ガレは魔王軍の中でも古株の将だった。まだ魔王ゼルギスが一地方の弱小勢力であったころ、同じく地方軍閥の一つであったガレは戦いを挑み、その強大な力の前に敗北した。魔王に死か服従かを選ばされたガレは、頭を垂れて軍門に下った。それからは魔王と共に戦場を駆けた。

ある時、戦場からの帰還の折、領地の子供達が、一人の子供をいじめているのを魔王が見つけた。その時にいじめられていた子供がギャミだ。

普通ならば見捨てるか、あるいはいじめられるような弱い魔族など見苦しいと、斬ってしまうところだった。だが魔王は何が気に入ったのか、ギャミを連れて帰った。

魔王の気まぐれ、珍獣を飼うようなものだと気にもしなかったが、ある時軍議の折、難題に直面し軍議は紛糾した。

その時、何を思ったのかギャミが口をはさんだ。

無礼者と叩き殺してしまえばよかったが、魔王はギャミの言葉を面白がり、意見が採用されて成果を出した。それからというもの、ギャミは魔王に気に入られ、いくつかの仕事を任されることとなった。

初めのころは、必死に芸を覚える犬のようなものだと笑っていた同輩も、ギャミが成功を重ね、ついには部下を持つようになってからは、笑っていられなくなった。

ギャミなどに後塵《こうじん》を拝するなど我慢ならないと、暗殺を試みる者もいたが、ギャミは死ななかった。するりと死の罠《わな》をくぐり抜け、逆に暗殺を企んだ者は、過去の汚職や不正が発覚して失脚し、時には不審な死を遂げた。

その間もギャミは手柄を立て続けた。特に魔王軍の分水嶺となる大きな戦では、常に決定的な働きをして、勝利を確固たるものとした。

その功績は将軍を超え、本土で国をもらっていてもおかしくないほどの成果だった。しかしそれほどの功を立てながらも、ギャミの現在の階級は千竜将《せんりゆうしよう》。文字通り千の兵士を指揮する指揮官程度でしかない。これはこの天幕の中では、軍議に参加する将校、その副官辺りの地位だ。

しかも参謀であるため、実質指揮下にある人数は二十に満たない。形だけの位だ。

大きな手柄を立てているにもかかわらず、ギャミの地位が低いのは、ガレを含めた家臣全員が、この男を恐れて昇進を阻んだからだ。

だがギャミは出世の道を断たれても気にもせず、嬉々として新たな作戦を立案している。

現在はローバーン付きの参謀となっていたはずだが、こんな前線にまで、何をしに来たのか。

「ガレ様。お久しゅうございます。しかしガレ様麾下《きか》の第二方面軍も質が落ちましたな、かような雛《ひな》を軍議に列席させるとは」

ギャミが先ほどの発言をした若い将を見る。

「なんだと」

ギャミに侮辱され、若い将校が立ち上がり剣に手をかける。だがそんな将校に、ギャミは杖を突きつけて笑う。

「故郷に帰りたいと？　帰れるわけがなかろうて。魔王様亡き今、本国では血で血を洗う後釜《あとがま》狙いの争奪戦が巻き起こっておるわ。少しでも良い席に座ろうと、誰も彼もが血眼よ。母親ですら、我らのことを忘れておるだろうよ」

ギャミの言葉に、何体かの若い将校がうつむいた。

本国が魔導船《まどうせん》を送ってこないのは、遠征軍の帰還を望んでいないからだ。

人間どもの大陸で方面軍の大将軍達が軍閥化しているように、本国でも同じ、いや、より熾《し》烈《れつ》な跡目争いが起きていることだろう。まとまった戦力を保持する軍団が帰還すれば、その混乱に新たな油を注ぐようなもの。そんなことは誰も望まないだろう。つまり、帰りの船は絶対に来ない。

「そんなこともわからず、軍議の席で帰りたいなどと喚《わめ》く雛《ひな》を笑って何が悪い。今すぐ鎧兜《よろいかぶと》を返して、幼年学校からやり直せ」

「貴様、言わせておけば」

ギャミの愚弄《ぐろう》の言葉に耐え切れず、若い将校が刃を抜いた。ギャミに対抗する術《すべ》などない。しかし剣が振るわれるよりも早く、天幕の入り口から巨大な腕が伸び、振り下ろされた刃をつかみ取った。

「なっ！」

突如伸び出でたる怪腕に剣をつかまれ、若い将校が剣を動かそうとするが、白刃をつかむ手は一向に揺るがず、押すことも引くこともままならない。

「よぉ、何やってるんだ？」

突き出された腕の脇から、野太い声と共に天幕の布をかき分けて、巨大な顔が現れた。

その顔を見て、ガレは目を細める。

やってきた男は巨体だった。身をかがめるようにして入り口をくぐり、中に入って背筋を伸ばすと、その巨体がよくわかった。

大将軍専用のこの天幕は、数あるうちでも一番大きい部類に入る。だがそれでも入ってきた男が背筋を伸ばすと、天幕に頭が付きそうなほどだった。

種族によって個体差が激しい魔族の中でも、ここまでの巨体を持つものはまれだ。

ガレよりも巨大な体躯《たいく》だが、ただ大きいだけではない。体は全身筋肉の塊のように力がみなぎり、皮膚《ひふ》ははちきれんばかりに張り詰めている。

魔王軍の中にあって、これほどの巨軀《きょく》を持つものは一体しかいない。

「ガ、ガリオス様」

若い将校は、自分の刃を握る者の相手を見て戦慄《せんりつ》する。しかし当のガリオスは将校も、自分が右手でつかむ刃も見ていなかった。

「よぉ、ガレ。久しぶりだな」

ガリオスは右手で刃を握ったまま、左手を掲げて、まるで友人のように声をかける。

無礼と言ってもよい態度だった。なぜならガリオスが指揮する部隊は、現在三百しかいない。権限を役職に当てはめれば、三百竜長《さんびやくりゆうちよう》といったところ。これはただの部隊長でしかなく、軍団を任せられる大将軍相手に、決して許されない口の利き方だ。

だがギャミ同様、この男もまた魔王軍の中では特別な存在だった。

「本国の兄ちゃんが、殺されちまったようだな」

ガリオスがあっさりと口にした言葉に、ガレは顔をしかめる。

「お前の兄上であらせられる、魔王様が殺されたと、まだ決まったわけではない」

ガレはガリオスの言葉をたしなめた。魔王の実弟がその死を認めたとなれば、問題になってしまうからだ。

「魔導船《まどうせん》が止まって、連絡がない以上、殺されたに決まってんだろ」

ガリオスは再度魔王の死を口にした。思慮もなければ分別もない言葉だ。とはいえ、この男の傍若無人《ぼうじやくぶじん》が許されるのは、ただ血筋によるものだけではない。

「ガリオス王弟陛下、これは、その、申し訳ありません」

未だ刃を握られたままの若い将校が、剣を手放して跪《ひざまず》いて謝罪する。

「ん？　ああ」

ガリオスは刃をつかんでいたのを忘れていたのか、握っていた刃を手放す。白刃をつかんでいたというのに手に傷はなく、逆に刃の方がひしゃげ、飴《あめ》細工のようにつぶれていた。

剣が床に落ち、耳障りな金属音を響かせる。

「なぁ？　ギャミ、これどうすればいいんだ」

ガリオスが頭を下げる若い将校を軽く指さすと、ギャミは一瞥《いちべつ》もくれなかった。

「閣下のお好きなように」

「そうか」

ガリオスが言ったかと思うと巨大な手を振り下ろし、将校の頭にたたきつけた。

虫でも潰すかのような動きだったが、実際、虫のように若い将校の頭は叩き潰され、頭が体にめり込み足が砕ける。

果物を潰したように血しぶきが周囲に飛び散り、ガレの顔にもかかった。

「ああ、ガレ、わりぃ」

笑いながら謝罪してガリオスが手をどけると、若い将校の体は半分以上が縮み、潰れていた。とてつもない怪力である。将校が用いる頑丈な鎧《よろい》が、体と共に紙細工のように破壊されていた。

あまりの怪力に、歴戦の将校達すら声も出せないでいた。

魔王軍に力自慢は多いが、これほどの怪力はいない。

純粋な力だけなら間違いなく魔王軍最強の男。兄である魔王ですら、力比べではガリオスにかなわないことを認めていた。

「それで？　お前達。ローバーンから出て何をしに来た？」

ガレはため息をつき、死んだ将校のことは忘れて問う。

ローバーンは後方の本拠地ゆえ、優秀な軍政官が多く配置されているが、大物の将軍は少ない。皆が手柄を立てるために方面軍に志願し、後方に残っているのは小粒ばかりだった。

それでもガレがローバーンを警戒していたのは、この二体がいるからだ。

魔王軍の中にあって異様異質のこの二体。敵には回したくない奴らだ。

「ええ、実は魔王様の崩御《ほうぎょ》に伴い、方面軍の方々にはいろいろお話がありまして」

ギャミは死んだ将校が座っていた椅子を引っ張り、自分に寄せる。椅子に登って座ろうとするがうまく登れず、ギャミはあきらめて隣にいる巨体を見上げた。

「ガリオス閣下。すみませんが」

「ん？　ああ」

ガリオスはギャミを子猫のようにつかむと、軽く引っ張り上げて椅子に乗せた。

戦場にあって戦神か悪鬼かと恐れられるガリオスを、自身の介助に使うのはギャミぐらいのものである。まるでちぐはぐな二体だが、馬が合うらしく、よく一緒にいる。

だがこの二体が揃うのは不吉な前兆と言えた。しかしそれが敵に対してなのか、それとも味方に対してなのかは、蓋を開けてみるまでわからない。

「で、話とは？」

　ガレは話の続きを促した。

「魔王様が崩御されました。確認は取れていませんが、生きていたとしても連絡が途絶えた以上、我々が本国に帰ることはできません。よって、我々が生き延びるためには、この大陸に魔族の王国を作り上げなければなりません。ここまではよろしいですかな？」

　ギャミの言葉に、ガレは首肯《しゅこう》する。

「問題は誰を王に据えるか、ということです。方面軍を指揮する軍団長の方々は、全員が実力も十分の方々ばかり。誰を王としても異議異論が出ることでしょう。しかしこの事態に魔族同士で争うことこそ愚の骨頂。ならば一つ、公平に早い者勝ちで決めてはと考えた次第」

「早い者勝ち？」

　ギャミの言葉に、ガレは声を跳ね上げる。

「はい、すでに皆さまは軍団を整え、各国に侵攻してきております。ならばこのまま軍を進め、攻略目標の国を最初に支配した者を、我らの王として認める。ここに魔王決定戦を開催したいと思う次第であります」

　魔王決定戦。

　居並ぶ将校達に、ざわめきが走った。

「決定戦だと？　貴様。次期魔王を遊びで決めるつもりか！」

　一体の将校が怒鳴る。確かに、そのような方法で決めていい事柄ではない。だがギャミはこともなげに言い返した。

「魔王軍は実力主義。最も実力高く、戦功の輝かしい者を認めるのは我らの習い。ほかの軍団長の方が認めるかどうかはわかりませんが、一番に攻略目標の国を征服された方こそ、ローバーンの主にふさわしい実力者であると考えます」

ギャミの言葉に、これまた将校達がざわめいた。

ローバーンが手に入れば守りは盤石《ばんじゃく》。魔王の座への一番の近道と言えた。

「なお、首都の陥落、降伏をもって攻略支配したと認定いたします。いかがですかな？」

ギャミが挑発的な笑みを見せるが、ガレはギャミの姦計《かんけい》を看破した。

「読めたわ。そうやって大将軍をたきつけ、人間どもとの決戦に挑ませ、敗れた軍から兵士を吸収しようという腹であろう」

ガレの脳裏で、競争に焦った大将軍が、準備も不十分のまま進軍を開始し、人間どもに手痛い反撃を受けるさまが想像できた。

すでに劣勢の第六軍や、先走って魔王を名乗っている第三軍などは、ギャミに踊らされて狙い通りの結果となるだろう。

「さすがはガレ大将軍。わたくしめの浅知恵などお見通しでございましたか」

狙いを見破られたというのに、ギャミは耳障りな声で笑う。

「しかしそうなると、ガレ様は不参加、ということですかな？」

あっさりとたくらみを認めたギャミは、袖を振るうように話を切り上げようとした。

「待て」

椅子から降りて帰ろうとするギャミを、ガレは引き留める。

ギャミの話に乗るのは面白くない、しかし魅力的な提案だ。

第四軍は慎重に見せかけて優柔不断。逆に第五軍はのらりくらりしているように見せかけて油断ならない。しかし魔王を担うには若すぎる。第三軍や第六軍は問題外。実質第一軍のケルゲラとの一騎打ち。

「勝敗がついた場合は、ほかの大将軍の説得には協力してくれるのか？」

ガレはギャミではなくガリオスを見る。魔王の弟にして最強戦力であるガリオスが説得に当たるのならば、ガリオスを恐れて軍門に下る大将軍はいるだろう。

「ん？　ああ、一応話くらいはしてやるよ」

自分の王を決める話だというのに、まるで他人事のようにガリオスが話す。

魔王の弟ではあるが、この男に王座への野心はない。心が子供なのだ。

「そうそう、今回の決定戦に際してですが、戦力的に不均衡があるのではないかと愚考し、ガレ大将軍だけ特別な措置を考えております」

「措置だと？」

ガレは、懐疑的な目でギャミを見た。

「はい、なんでもここの国の王子は、魔王様を倒したとうそぶいておるとか。魔王様が人間に敗れるとは思いませんが、事実だとするなら、ガレ大将軍の相手国は特別な難敵となります。多少の不均衡や不平等は無視するつもりでしたが、さすがに魔王様を倒した者がいるとするなら、不公平が過ぎます。そこでガリオス様を派遣し、件《くだん》の王子を倒す戦力といたしましょう」

ギャミの提案は渡りに船、いやこちらに有利すぎる話だった。

ガリオスは魔王軍最強の戦士だが、それ以上にガリオス率いる三百体からなる部隊は、間違いなく魔王軍最強の兵団だった。

兵士の中にもガリオス兵団に憧れる者は多く、ともに轡《くつわ》を並べられると知れば、士気の上昇は間違いない。

それが一時的にとはいえ手駒となるのだから、これ以上ない措置と言えた。

しかしガレは、ギャミの姦計《かんけい》に騙《だま》されない。

「恩着せがましい言い方だ。正直に言え、そこのわがまま坊主が戦わせろとうるさいのだろう」

ガレがガリオスを見ると、わんぱく坊主が巨大な口を広げてニカッと笑った。

「そのとーり。兄ちゃん倒した奴だろ。俺にやらせろよ。な、ガレ」

ガリオスのあけすけな態度に、さすがのギャミも苦笑いを隠せなかった。

どうせガリオスが王子と戦わせろと言って聞かず、ギャミも了承するしかなかったのだろう。

「よし、いいだろうガリオス。軍に置いてやるし、王子が出てきたら戦わせてやる。ただしお前らひとつずつ貸しだ。忘れるな」

あやふやにされては困るので、ガレは言質《げんち》を取ろうとする。

「おう、いいぜ」

「しかたありませんなぁ」

一体は気軽に、一体は苦渋の表情を見せながらうなずく。

二体の言葉に、ガレは満足だった。

ただの口約束でしかないが、この手の貸し借りというものは大きい。暗黙の了解として明文化されていないため、言ってしまえばどんな頼みでもいいのだ。

誰かを殺してこいという命令もできるし、戦場で敵として相対し、殺されそうになった時、命を助けろと言うことさえできる。

ローバーンの実質的な支配者であるこの二体を、一度だけでも自由に使えるというのなら、ケルゲラとの決戦で大きな力となる。

魔王の椅子が見えてきた。

ガレの脳裏には、王座につく自分が幻視できていた。


ライオネル王国のダカン平原。

この地で魔王軍第二方面軍六万に対し、十万のライオネル軍が対峙《たいじ》していた。

魔王軍のガレ大将軍は高台に本陣を置き、戦場を見下ろす。

鬨《とき》の声を上げて陣形を組んだ歩兵が前進し、万の矢が飛び交い騎馬が土煙を巻き上げる。戦端が切られてからすでに三日が経《た》ったが、攻防は一進一退を繰り返し、膠着《こうちゃく》状態が続いていた。

黒い鷹《たか》の旗を掲げた人間の軍勢は、盾《たて》を連ねて今日も防御を固めている。こちらの部隊が防御を突破すると、後方の予備兵が投入されて、即座に出血を防ぐと同時に、防壁を再構築する。

その動きは際立ったものだが、攻勢には出ずに守りを固め続けている。

「あーもう、なんだよ、攻めてくるんなら来いよ。じれったい！」

本陣ではガリオスが頭をかきむしり、でかい声で喚《わめ》く。

だがガレを筆頭に、居並ぶ魔王軍の将校は何も言わない。お目付け役のギャミもうるさいガリオスをたしなめたりはしなかった。

確かに敵軍は消極的な戦術を取り、防戦一方で攻めてこない。

しかし、ガレは敵を臆病と侮るつもりはない。ガリオスのように喚くつもりもなかった。

敵の行動は兵法としては定石だ。防御を固くしてこちらの出方を見ているのだろう。防衛線にはつなぎ目があるし、均質化に努力しているとはいえ、部隊には強弱が存在する。

時間をかければ指揮官の癖や性格も見て取れるので、現在は探りを入れている段階なのだ。

それにこちらは本国との連絡が途絶え、兵站《へいたん》は十分とは言えない。もちろん兵糧は十分に備えているが、時間をかけても敵側に損はない。長期戦を匂わせるのも揺さぶりの一つ。消極的というよりは、基本に忠実な戦法と言えた。

「おい、ガレ。いいから突撃しようぜ、俺が先頭で蹴散らすからよ」

ガリオスがまた喚いたが、ガレはこれも無視する。

戦局が見えるまで、最大戦力は投入できない。兵法の基本だが、ガリオスにこの手の戦術は全く理解できないのだ。

頭が悪いという以前の問題だった。

少し目を下に向けると、高台の麓《ふもと》には本陣を守る精鋭部隊が並んでいた。その部隊の中にひときわ巨大な一団が見えた。

赤いほうき星の旗の下に集う兵士達は、たった三百体しかいない部隊だった。だがその三百体は六万の兵士に埋もれることなく、その威容は文字通り頭が突き抜けている。

巨軀《きょく》の者ばかり集められた、ガリオス率いるガリオス兵団だ。

別名、巨人兵団。その力は見た目通りの怪力無双にして勇猛果敢、どれもこれも一騎当千の猛者《もさ》ばかりだ。どの軍団でも隊長を任せられるほどの猛者が、三百体も集まっている。

この兵団をガリオスが率いれば、かなう相手などいない。どんな強力な騎士団と相対しても、正面から鎧袖一触《がいしゅういっしょく》に打ち破れる。

戦術も何も必要はなく、ただぶつかれば勝てるのである。小手調べの牽制《けんせい》や心理的な揺さぶりなど、理解できようはずもなかった。

悪童めが。

力は認めていたが、ガレにとってガリオスは力自慢の子供でしかなかった。

そして哀れでもある。

戦いの申し子として生まれ、闘争を好み、誰よりも戦《いくさ》を愛しているのに、こいつは戦場の面白さを何もわかっていない。

勝利の美酒を浴びるほど飲んでいるがゆえに、その真の味を未だに知らないのだ。

戦争には、何を措《お》いても搦《から》め手《て》が重要である。

兵法を知り、経験豊かな敵将は正面からの攻撃では倒せず、必ず裏を突く必要がある。

しかし相手もそこは警戒しているので、単に裏をとろうとしても、とれるものではない。

様々な策を講じ、虚実を交えた攻撃で翻弄《ほんろう》し、初めて心理的盲点、死角を作り出すことができる。そこを討つのだ。

もちろん、頭で考えたように戦場が動くことはない。

万を超える兵士が入り乱れ、経験豊かな将校や才能ある参謀が心血を注ぐ戦場で、思い通りにいくことの方が少ない。戦争はままならず、ままならないのが戦場だ。

だからこそ、ままならぬ戦場を思いのままに動かした時、あらゆる美酒にも勝る勝利の味を楽しめるのだ。

ガリオスの力が比類なきことは認めるが、盤上にあっては、ただの強い駒でしかない。升目《ますめ》の中で吠え猛る獅子《しし》。かわいらしくもあり、哀れでもあった。

ガレの見るところ、今回の相手はなかなかの指し手と言えた。

将たる者、常に最後の一手を隠し持っているものだ。それが読めない。

防戦一方ではあるが、決して攻め気を失ってはいない。性格的には前線での戦いを好む猛将なのだろう。しかし血気を抑え、こちらの手を読ませないほどには老獪《ろうかい》だ。長期戦を意識させつつも、こちらが気を緩めれば一気に打って出て、本陣を狙ってくるかもしれない。

なかなか楽しめそうな相手だ。

「ガレ大将軍、お願いがあります」

戦場を眺めていると、ガレの元に巨体の戦士がやってきた。確かどこかの小隊長だ。

「なんだ？　持ち場に戻れ」

「お願いがあります。どうか私をガリオス閣下の部隊に異動することをお許しください」

小隊長の嘆願を聞き、ガレはまたか、とため息が漏れる。

ガリオスが近くにいると士気が上がるが、反面この手のやつが増えて困る。

「わかった、好きにしろ。ガリオス。こいつがお前のところに入りたいそうだ」

「ん？　そうか、いーよ。ただし、条件はわかってるよな」

ガレが許可すると、ガリオスが拳を見せた。

ガリオス兵団は巨体ばかりを集めているが、決して入団条件に体格制限があるわけではない。条件は単純にして唯一。ガリオスの拳骨を食らい立っている事。それのみだ。

「わかっています」

小隊長がうなずき手を後ろに組む。足を広げて歯を食いしばった。

「んじゃ、いくぜ」

ガリオスの拳が岩のように固められたかと思うと、その巨体がさらに一回り巨大化した。はちきれんばかりだった筋肉がさらに膨張し、信じられないほど膨れ上がる。身に着けている胸鎧《よろい》がきしみ、つなぎとめている鋼鉄の鎖が悲鳴を上げた。

ガレでさえ息をのむほどの力の凝縮。魔王すらガリオスの力には一目を置き、その身に秘められた破壊と暴虐は、太古の祖先、竜さえも彷彿《ほうふつ》とさせる。

威圧感に当てられ、先ほどまで覚悟を決めていた小隊長が、小さな悲鳴を上げて恐怖に身をすくめる。

馬鹿が。

ガレの内心の毒づきに、肉がひしゃげる音が重なった。

後に残ったのは、顔が潰され首の骨が捻《ね》じ曲がり、原形をとどめていない小隊長の姿だった。

恐怖に怯えずに全身の力で対抗すれば、まだ耐える目もあったものを。

「なんだ、死んだの？　たいしたことねぇなぁ」

ガリオスは死んだ小隊長の死体を、つまらなそうに見下ろした。

「お前の拳骨に、耐えられる奴はそうはおらん」

ガレとしては呆れるほかない。今の者を含めて、これで十体目だ。しかも採用されるどころか、生き残った者すらいない。

「いい加減にしろ、ガリオス。兵士が減って敵《かな》わん」

大将軍として文句を言う。こんな採用方針を取っているせいで、兵士がいなくなって困る。

「しゃーねーじゃん。入りたいって言うんだから。それに、弱えー奴が何体いても一緒だろ?」

ガリオスの言葉には呆れるしかなかった。

悪童を無視してガレが戦場を眺めると、敵の陣形が変化し始めていた。

かなり大きな変化だった。この状況でここまで陣形をいじるということは、何か策があるらしい。相手の打つ手に興味が湧いたが、変わりゆく陣形を見てガレは唸った。

手が読めない。戦場で相手の策が読めないことほど恐ろしいことはなかった。

「おい、ギャミ。あれはなんだ?」

ガレはすぐにギャミに尋ねた。ギャミに助言を求めるのは癪《しゃく》だが、体面を気にして負けるわけにはいかない。

「さて?　何でしょうか?」

だが策謀と戦術に関して、魔王軍随一の男であっても、陣形の変化を読み切れずにいた。

一見すると敵の陣形は突撃陣に見える。というか、それにしか見えない。

だがこんな単純な戦術、成功するわけがない。だとするならこれは囮《おとり》で、別の策があると考えるが、単純すぎて策を凝らしようがなかった。

ガレ達が戸惑っていると、相手はそのまま突撃してきた。何の策もない、ただの突撃だ。

「おっ？　いいじゃんいいじゃん。やっとやる気になってくれた」

喜んでいるのは、ガリオスだった。

「しかも生きのいいのがいるじゃねぇか」

ガリオスの言うとおり、突撃陣形で先頭を駆ける騎士は、先陣を任されるだけあって目覚ましい働きをしていた。

黄金に輝く鎧《よろい》をまとい、巨大な剣を背に槍《やり》を振るうさまは、まさに英雄の如し。侵攻を阻もうとする魔王軍の兵士は紙のごとく切り裂かれ、陣形はいいように食い破られている。

敵はかなり強力な駒を持っていたようだ。だが優秀な将であれば、駒一つでは戦場全体がひっくり返らないことなどわかり切っているはずだ。

「おい、行こうぜ、行っていいよな？」

ガリオスが出撃したくてうずうずしていたが、ガレは抑えた。

「だめだ、お前はここにいろ。重装歩兵を前に出して防御を固めろ。後方から矢を放て。魔法兵はまだ待機だ、こちらからは打って出るな」

敵の突撃には勢いがあるが、単純な攻撃だ。陣を固めて柔軟に受け止めれば耐えられる。むしろ気になるのは、敵の予想外の動きだ。突撃に注意を引き付け、別動隊を出しているのかもしれない。ならばその時に手元にガリオスがいれば、不測の事態にも対応できる。

「なんだよ、こっちも突撃してぶつかろうぜ」

子供の意見は無視して、前線にいる指揮官に捕虜を取るように命じておく。末端の兵士がこの突撃の真意を知っているとは思えないが、少しでも情報が欲しかった。

しかし日暮れまで戦っても敵の動きに変化はなく、ただの突撃で終わった。

日が暮れた後、明かりがともされたガレの天幕では、主だった将校が集められ、明日の行動方針を決める軍議が開かれていた。

しかし軍議の内容は、明日のことではなく、今日の敵軍の動きが議題となっていた。

「いったい何だったのだ、あの突撃は？」

一人の将校が、誰もが考えていた疑問を口にする。居並ぶ将校達も首を傾げんばかりだった。

確かに相手の突撃力は大したものだった。多くの将兵が打ち取られ、少なくない被害が出た。だが単純な力押しであったため、陣形を駆使することで難なく受け止めることができた。

「だーかーら、俺を行かせればよかったんだよ。そうすりゃ潰せたんだ」

ガリオスが叫ぶが、別にガリオスでなくても潰せただろう。

先陣を切った黄金の鎧《よろい》を着た武将の力こそすさまじかったが、兵士達とは連携がとれておらず、隙も大きかった。後方を騎兵突撃で遮断し取り囲めば、先頭の武将を打ち取るのには骨が折れただろうが、部隊そのものは楽に潰せる相手だった。

しかしここ数日の戦いを思い返せば、その程度のことが理解できない相手ではないはずだ。だとするなら何が狙いだったのか。どうにも相手の狙いが読めなかった。

居並ぶ将兵に交じって、ギャミも瞑目《めいもく》している。ギャミですら、敵の策を読めないでいた。答えが出ぬまま軍議は続き、明日以降も同じ手を使ってくるようであれば、こちらは基本戦術に沿って行動し、とりあえず相手の動きに対応する。それで出方を見ようという、消極的な答えに落ち着いた。

防御として本陣で待機することに、ガリオスが文句を言っていたが、相手の手が読めない以上は思い切った手は打つべきではなかった。

軍議もそろそろ解散という頃に、衛兵が天幕に入ってきた。

「失礼します。尋問官より、急ぎの報告とのことです」

衛兵が取り次ぎ、天幕の中に尋問官がやってくる。

ガレの指示通り戦いで敵の捕虜を取り、尋問をして情報を引き出させたのだ。

「大将軍。急ぎ報告すべきことが判明いたしました」

尋問官が報告をするが、ガレは少し意外だった。

「早いな、もう口を割ったのか？」

尋問を命じたガレだが、今日のうちに報告を聞けるとは思わなかった。

捕虜の尋問は基本だが、大抵の捕虜は嘘をつく。時間をかけて尋問するか、あるいは数多く捕虜を取り、情報をすり合わせ、情報の確度を高める必要があるからだ。早々に口を割ったとするなら、欺瞞《ぎまん》情報である可能性が高いだろう。

「はい、私も確信は持てないのですが」

尋問官が困り顔を浮かべるが、それでも報告すべきと判断したのなら、聞くべきである。

「構わん、申せ」

ガレが報告を許すと尋問官は口を開き、得た情報を話した。それは信じられないことだった。

「その話は本当か？　魔王様を倒したという王子が、指揮権を持つ将軍を更迭《こうてつ》し、自分が指揮官になったというのか？」

ガレは思わず聞き返してしまった。指揮官が交代していたなど、想像外の話だった。

「そのようです。捕虜の言葉によれば、自軍の消極的な戦いに王子が激怒して将軍を更迭。自ら陣頭指揮を執《と》ったと」

ガレが聞き返したため、尋問官は同じことをもう一度話した。だがどうにも信じがたい話だ。

「本当にそう言ったのか？　通訳を間違えたのでは？」

将校の一人が疑問を口にする。

戦いのために人間どもの言葉を研究しているが、完璧に操れる者は少ないからだ。

「何度か聞き返しましたが、通訳に間違いはありません」

通訳の正しさを、尋問官は断言する。

「その王子は若いのだろう？　これまで軍を率いた経験はあるのか？」

ガレは尋問官に、王子のことを尋ねる。

「その……此度《こたび》が初陣《ういじん》とのことです」

尋問官の答えに、居並ぶ将校達も呆れていた。

一人前の将になるには、最低でも数十回は兵士を率いて戦い、戦術の基礎を学ぶ必要がある。特に大軍を率いての戦いは、とにかく経験がものを言う。たとえ軍略の天才であってもこれだけは埋められない。

ここにいる将校の誰もが、最初は十人程度の部隊から始め、少しずつ戦歴を重ねてきたのだ。

初陣の者が歴戦の将軍の戦術を批判し、戦いの最中に指揮を取って代わる、兵士達からしてみれば悪夢と言っていい。

「それと……此度の戦いで、先陣を切っていた者が、件《くだん》の王子だそうです」

尋問官の言葉に、先陣を切って戦っていた武将の姿を思い出す。

「なんと、あれがその王子だというのか？」

ガレは信じられなかった。

「はい、捕虜はそう申しております」

最高指揮官が最前線。ありえない話だった。

「欺瞞《ぎまん》情報ではないのか？」

将校の一人が当然の疑問を口にする。偽情報を流して、我々を誘い出す策なのかもしれない。

「その可能性はあります。ですが、捕らえた全ての捕虜が同じことを話しています。情報の確度は高いかと」

尋問官の言葉に、ガレは思案した。

捕らえた兵士が、更迭《こうてつ》された将軍の部下であれば、容易に口を割った理由にはなる。

それに考えれば考えるほどしっくりくる。視界を閉ざしていた霧が晴れていくような気分だ。

幼稚ともいえる突撃陣形に、先陣の王子と後続の兵士の連携不足。

何か裏があるのかと思ったが、これではっきりした。敵に裏などない。

「暗い」

つぶやいたのはギャミだった。将校達も苦笑いを隠せない。

敵の王子は暗君の様だ。

今日の戦い、先陣を切った王子の働きは目覚ましく、魔王を倒したという話もあながち嘘ではないかもしれない。単純な戦力だけで言えば、魔王軍でも対抗できる者は少ないだろう。

しかしそれだけだ。将として、王としては落第点と言っていい。

一軍を任される将軍が、自ら先陣を切る。その意味はたしかに大きい。

将軍が先頭に立ち前に進めば兵士も奮い立つ。それに自ら危険な場所に身を置くことで、兵士との一体感を図れる。戦場の動きも肌で感じることができ、敵の策にいち早く気づくことも可能だ。

危険ではあるが、将軍が先頭に立つ意味合いは大きいのである。

しかし件《くだん》の王子の戦いぶりは、そのどれでもなかった。

あの動きは、ただただ自らの武功を誇り、手柄を見せつけるための戦いだ。戦場全体を見ておらず、自分のためだけに戦っている。

「やれやれ、あんな子供とやりあうのか」

ガレは一気に疲れが出てきた。

将たる者、戦場での槍《やり》働きは駒である兵士に任せ、自身は後方に陣取り、最小の被害で勝利をつかむ方策にこそ腐心すべきだ。自らは槍を持つことなく勝利することこそ、指揮官の最高の手柄であるというのに、指し手が駒となってほかの駒と武功を競うようでは意味がない。

「ガレ大将軍。ここは捕らえた捕虜を解放してみてはいかがでしょう?」

これまでほとんど口を開かなかったギャミが、一つの提案をした。

「そして明日、王子が突撃してくるのなら、こちらも精鋭部隊をぶつけると教えてやるのです」

「ん？　なんだそりゃ？」

ガリオスは理解できなかったが、周りの者はギャミの悪辣《あくらつ》な手に笑った。確かに、面白いものが見られるかもしれない。

「なんだよ？」

一人ギャミの策を理解できなかったガリオスが、疑問符を浮かべる。

「気にするな、ガリオス。それより喜べ、運が良ければ明日はお前の出番があるぞ」

「本当か？」

ガレの言葉に子供のようにガリオスが喜ぶ。その様を見てガレも口の端をゆがませた。

今日先陣を切った王子がいかに強くとも、ガリオスには敵《かな》わないだろう。それにこれが罠《わな》だったとしても、十分に陣を張れば本陣の守りは盤石《ばんじゃく》。恐れることは何もない。

罠だった場合、もしかしたらガリオスが死ぬかもしれないが、それはそれで目障りな強者がいなくなるのだから、ガレにとって悪いことではなかった。

どちらにどう転んだとしても、魔王への道がさらに一歩近づいたと言えた。


ライオネル王国北西部に位置するダカン平原は、かつては放牧された家畜が草をはみ、風がそよぎ、小川が流れ、虫が跳ねる牧歌的な世界だった。

しかし今やその情景はもはや記憶の中のものとなり、ただ死と破壊が吹き荒れる戦場となり果てていた。

緑の平原には数万にも及ぶ魔族と人の死体が積み重なり、家畜のいななきは死を前にする者のうめき声にとって代わり、飛び交う虫は死体にたかる蠅《はえ》のみだった。

大地は爆裂魔法の破壊でえぐれ、流れ出た血は川となり、池を作るほどだった。

魔王軍特務参謀であるギャミは、地獄の園のごとき戦場を、わずかな護衛のみを引き連れて歩いていた。

杖をつく身でありながら、その歩みは軽く、体を弾ませている。

「よきかなよきかな」

あふれる死骸《しがい》を見て、ギャミは満足気にうなずく。

「死ねばよい、殺せばよい。それが兵士の本懐よ」

ギャミは死と慟哭《どうこく》を飲むように眺め、生き生きと瞳を輝かせていた。心なしか若返っているようにさえ見える。

唄でも歌いそうな上機嫌の中、ギャミの足はひと際ひどい戦場にたどり着いた。

そこは巨大な穴となっていた。

どれほどの破壊が吹き荒れたのか、平原の中に巨大なすり鉢状の穴ができ上がっていた。

穴の中はさらに死屍累々《ししるいるい》。いくつもの死体が転がり積み重なっていた。

「ほほ、これはひどい。まるで死体のひき肉だ」

ギャミの言葉に、護衛達も顔をしかめる。しかし的確な表現でもあった。

転がる魔族の死体は腕も首も切断され、胴どころか、頭から真っ二つに両断されている死体すらある。

一方人間の死体はさらにひどい。どのような力が込められたのか、引きちぎられて潰され、捻《ね》じ切られている。まるで加減を知らぬ子供が、遊び散らかした後のようだった。

「ほほ、臭いもすごいぞ、鼻が曲がりそうだ」

ギャミが穴の中に降りていくと、窪地は臓物と血の臭いがこもり、戦場に慣れた兵士であっても、顔をしかめるほどだった。

ギャミが穴の奥底にたどり着くと、そこには巨人が横たわっていた。

ガリオスである。

魔王軍最強の名をほしいままにする男は、今や意識なく四肢を放り出し、天を仰いでいた。

力がみなぎっていた手足は黒く焼け焦げ、左手の指は全て吹き飛び、右足の太ももには折れた槍《やり》が突き刺さっている。

特にひどいのは胸だ。並みの魔族では着ることすらできぬ特大の胸鎧《よろい》が、袈裟懸《けさが》けに両断され、切り裂かれた胸の肉が、その断面からも見えた。

倒れ伏すガリオスを見て、ギャミは視線を上や下へと巡らせたあと、思いついたように眉を跳ね上げ、短い手を胸に当てた。

「ああ、ガリオス閣下。このような場所で死んでしまわれるとは、数々の武功ももはや土くれ。魔王様の悲願も果たせず、我ら魔族に一片の希望なし。かくなる上は死せる閣下の後を追うのみ。嗚呼《ああ》、なぜ死にたもうたか、閣下に死なれては、もはや我らに寄るべき大樹なく、ただ閣下の死を嘆き、その死を……」

ギャミは唄うように死を連呼する。

その声に、倒れ伏していたガリオスの瞳がカッと見開いたかと思うと、上半身を勢いよく起こし、天を裂くほどの大声で叫んだ。

「うるせぇ！　誰が死ぬかぁぁぁ！」

戦場すべてに響かんばかりの大音声。ギャミの護衛達はあまりの大声にのけぞるほどだったが、その声を面前で浴びせられたギャミはきょとんとしており、悪びれもせず言葉をつづけた。

「ああ、ガリオス閣下。生きておられたので？」

「あったりめぇだろうがぁぁ！　誰が死ぬか！」

「閣下の生存を知り、このギャミ感涙に堪えませぬ」

「そーいうことは涙の一つでも流してから言いやがれ！」

落雷のごときガリオスの声を浴びせられるが、ギャミはどこ吹く風とばかりに無視して周囲を見回す。

「それで、このようなところに倒れられていたということは……その、まさか……もしかして……負けられたので？」

ギャミは芝居がかった仕草で笑う。

特務参謀の小馬鹿にした仕草に、ガリオスは口から火を噴きだしそうな顔で怒った。

「誰が負けるかぁぁぁ！　お前イジメんぞ」

「では王子の死体は？　まさか粉々に砕いたとでも？」

ギャミが周囲を見回す。周囲にライオネル王国の王子の死体はなく、その痕跡《こんせき》もなかった。

「ああ、あいつならあっちだ」

ガリオスは、吹き飛んだ左の指を空に向けた。

ちぎれた指では方向を示せなかったが、掲げられた左手の先は鉢状の穴の淵《ふち》を超え、丘に布陣した人間の本陣があった。

「最後の一撃で、あいつをあっちにぶっ飛ばした」

ガリオスの視線の先では、人間の陣地にあった天幕が倒壊し、人間の兵士が集まり騒いでいるのが見えた。

「あそこまで飛ばされたのですか？　怪力とは存じておりましたが、いやはや」

はるか遠くに見える敵陣の混乱を見て、ギャミも感嘆の声を禁じ得なかった。

「こっちも偉くやられちまったけどな」

ガリオスが切り裂かれた胸を見る。

「それで、殺したので？」

「さぁな、手ごたえはあったが、死体を確認しようもない。でも死んでるだろ」

ガリオスの返答に、ギャミはそれもそうだとうなずいた。万が一生きていたとしても、無事で済むはずがない。

「どうです、ガリオス閣下。件《くだん》の王子は手ごわかったですか？」

「ん？　ああ、まぁな。俺の得物もこんなにされたしな」

ガリオスは右手に握っていた棍棒《こんぼう》を見せた。

ただの金属の塊ともいえる大棍棒だった。ガリオスでなければ振るうことも叶わず、力自慢の魔族でも三人がかりでようやく運べる代物である。

数多《あまた》の戦場を渡り歩き、岩を割り大地を穿《うが》った棍棒だったが、それが半ばから断ち切られていた。断面は鏡のように輝き、角に指を滑らせれば切れそうなほどだ。

ガリオスは長年の相棒を投げ捨て、割られた胸鎧《よろい》を力任せにはぎとる。

鎧の下では大きな傷が胸を走り、腰にまで達していた。

傷口からは桃色の肉どころか骨まで覗いているが、ガリオスは痛痒《つうよう》の表情さえ浮かべなかった。

並の魔族なら致命傷の深手だが、ガリオスは気にせず起き上がる。足に突き刺さった槍《やり》を抜き、服の切れ端で乱雑に傷口をぬぐうと、傷口からはすでに出血が止まっていた。

「ぬん！」

ガリオスが歯を噛《か》みしめ唸ったかと思うと、筋肉が膨張し傷口の肉が盛り上がり、大きく切り開かれた胸の傷が閉じる。指からの出血も止まり、貫かれた脚の傷もふさがっている。

周りの兵士達も驚く生命力だった。

「さすがは閣下。まさに不死身ですな。魔王様と喧嘩《けんか》をされた時のことを思い出します」

「ああ、あんときはマジ死にかけた」

ギャミの言葉に、ガリオスは死にかけた過去を楽しげに話す。

「魔王様と喧嘩をして生きていられるのは、閣下ぐらいのものですよ」

「それなんだが、ギャミよ。あの王子はマジで兄ちゃん殺《や》ったのか？」

ギャミの言葉に、ガリオスは疑問符で返した。

「あの王子が魔王様を倒したと、人間どもは申しておりますが、お気に召しませんでしたか？」

「いや、強かったよ、フツーに強かった。多分ガレより強い。でもなんつーか、あの程度で兄ちゃん殺れるとは思えねーんだけど」

ガリオスは大きな首をかしげる。

「さて、私には何とも。戦場の動きであれば答えられますが、こと、個人の武勇や力比べは私の不得手とするところですから。しかし、ガリオス閣下。戦いには相性や駆け引き、微妙な機微というものがあるのでは？」

「そうだな。まぁ、どうせ死んでるし、もういいか」

自らが言い出した疑問をすぐに投げ出し、ガリオス簡単に決着をつけた。

「で、次はどーするんだっけ？　王子と戦えたから、一応お前の言うことも聞いてやるよ。そういう約束だったしな」

王子と戦わせれば、ギャミの言うことを聞く。二人の間ではそういった密約がされていた。

「では魔王を僭称《せんしょう》する、第三軍のバルバルを誅《ちゅう》していただきたい」

ギャミはようやく本来の目的を口にした。

「そーすれば兵士がついてくるってか？　ほんとにうまく行くのか？」

「閣下の力がありますれば、兵士はついてきましょう」

ガリオスが首をかしげたが、ギャミが請け負う。

「言っとくが、ギャミ。弱い奴を仲間にするつもりはねーぞ」

「バルバルの軍を撃破して、ローバーンの軍に再編するだけです。閣下にご迷惑はおかけしませんのでご安心を。一度ぶつかり合い、弱いところから吸収しなければなりませんゆえ」

「で、第三軍からか。わかった。バルバルの軍はどこにいるんだっけ？」

「東です。ハメイル王国という国ですな」

ギャミが地図を取り出して第三軍がいる場所を指し示した。そのわずか下にはカシューと書かれた地があった。

「じゃ、道中の人間どもを蹴散らして進軍するか」

「はい、閣下。破壊と殺戮《さつりく》の限りを尽くし、どこまでも突き進みましょう」

ギャミとガリオス。いびつな竜達が笑っていた。

終章 ～聖女達の誓い～

ライオネル王国の王城ライツでは、毎日のように宴《うたげ》が開かれていた。

煌《きら》びやかな装飾で彩られた会場には、美しく繊細な旋律が流れ、着飾った紳士淑女が集う。

まさに天上のような世界。その中心にいる聖女エリザベートは、まさに有頂天と言えた。

事実、エリザベートに比肩できる女性は、この国には一人としていなかった。

救世教会《きゆうせきよう》が公式に認定する聖女というだけではなく、魔王を倒した王子の仲間として、現在の英雄にも数えられている。その功績が認められ、帰国後には王子と婚約。三十日前にはついに挙式を行い、王子の妻となった。

誰もがエリザベートを称え、贈り物を競い合い、こびへつらい頭を下げる。

これほど楽しいことはなかった。

しかもそう遠くない未来に王妃となり、この国さえも手に入ることは確実だった。

アンリ王子の御父上、現国王陛下は高齢となり、今は病に臥《ふ》せっている。毎日陛下を癒《いや》しの技で回復させることがエリザベートの日課となっているが、いくら聖女であっても老衰までは治療できない。その日一日の体力を回復しているだけだ。いずれそれも追いつかなくなるだろう。王の死は近い。

そうなれば名実ともに、この国はアンリ王子と自分のものになる。

笑いが止まらないとはこのことだった。この喜びをわかち合うアンリ王子が側にいないことが不満だったが、さすがにそこは我慢するしかなかった。

アンリ王子は国内にはびこる魔王軍の残党を退治するため、軍を率いて出陣された。王子なら必ず敵を撃破して勝利をもたらしてくれる。戦勝記念のお祝いをどうするのか、エリザベートの心配はそこにあった。

これまでにない盛大なお祝いとしなければいけない。それにもしかしたら、そのお祝いにもう一つ花を添えることができるかもしれない。そのことを考えるとエリザベートの頰が自然に緩み、心はまた天へと昇っていく気持ちとなる。

「エリザベートや」

夢にまどろんでいると、枯れた声が現実へと引き戻した。見ると救世教の実質的指導者、フアーマイン枢機卿《すうきけい》長がいた。

教会を代表する人物であるだけでなく、孤児であったエリザベートを見出だし、聖女として認定してくれた親代わりでもある。

「あら、どうされたの？　お父……いえ、枢機卿長」

アンリ王子と結婚し、もう自分は王家の人間。枢機卿長とは公私を分けていかなければならない。それにいつまでも父親面されても困る。

「何かあったのですか？」

エリザベートが尋ねると枢機卿長の表情はやや硬かった。

「よくお聞き、エリザベートや。アンリ王子のことだが……」

ファーマイン枢機卿《すうきけい》長はそこで言葉を区切り、もったいつけた。

「なんですの？　早く言って。王子がどうしたの？　まさかもう敵を倒して、凱旋《がいせん》されるの？」

エリザベートは声を跳ね上げた。まだ出陣されて十日と経《た》っていないが、もう勝利してしまったのかもしれない。だとすると大変だ。お祝いの準備が間に合わない。

「違うのだ、エリザベートよ。それがな、戦場でアンリ王子が負傷されたそうだ」

最初、エリザベートは枢機卿長の言葉が飲み込めず、何を言っているのかわからなかった。

次第に言葉の意味が飲み込め、同時に体から血の気が引いていった。

「お、王子は、ぶ、無事なので!?」

エリザベートはファーマイン枢機卿長の肩をつかみ、揺さぶるように確かめた。

「安心おし、アンリ王子は生きておられる。敵将と一騎打ちに臨まれ、重傷を負われたものの一命をとりとめられた。現在は傷を治療しておられるそうだ」

ファーマイン枢機卿長の言葉を聞き一安心と言いたいが、こうしてはいられなかった。

「すぐに、すぐにアンリ王子のもとに向かいます！」

エリザベートはすぐに出発するつもりだった。怪我《けが》をしたのならば癒《いや》し手《て》の力がいる。軍には優秀な癒し手が何人もいるが、ほかの者に任せてはいられない。王子の傷は私が治す。

すぐにでも出立しようとしたが、枢機卿長に止められた。

「お待ちなさい、エリザベート」

「なぜです、枢機卿長。王子が心配ではないのですか？」

アンリ王子の生死はファーマイン枢機卿長にだって重要なはずだ。聖女である自分とアンリ王子が結婚したことで、教会の力はかつてないほど強まっている。いま王子がいなくなれば、教会にとっても大きな痛手となるはずだ。

「もちろん心配だ。だからこそ、お前には伝えておかなければならないことがある。アンリ王子の負傷だが、これには裏がある」

「裏？　何の裏です？」

エリザベートが尋ねる。

「軍部の陰謀だ。軍部が王子の謀殺を画策した可能性がある」

「謀殺？　軍部が王子を殺《あや》めようとしたのですか？」

エリザベートは枢機卿長の言葉が信じられず問い返した。

「声が大きい。落ち着きなさい。アンリ王子は敵との一騎打ちに敗れた。負傷は全て魔族の手によるものだ。しかしそうなるように軍部が仕向けたのだ」

それからファーマイン枢機卿長は長々と話していた。

アンリ王子がザリア将軍を更迭《こうてつ》したことや、軍部との軋轢《あつれき》。兵士が意図的に退却し王子が孤立、窮地に陥ったことなどを教えてくれたが、半分も耳に入らなかった。

「聞いているのかエリザベートや？　もはや軍部は信用できん。王子の助けとなることができるのは儂《わし》ら教会だけじゃ。お前が王子を助けるのだ。これ、聞いておるのか？　しっかりせい」

ファーマイン枢機卿《すうききけい》長が何度も声をかけたが、頭がぼうっとして動かなかった。

さっきまで天国にいたのに、今や地獄の底に向かって落ちている気分だった。

今のこの身分と生活は、王子の存在があったればこそ。今の自分には、何の権限もなく力もない。アンリ王子が死ねばすべてが失われる。それにその王子すら、佞臣《ねいしん》に裏切られて暗殺される危険があるのだ。

アンリ王子と結婚し、盤石《ばんじゃく》に思えた足場が、これほどまでに脆《もろ》いガラス細工だったことが信じられなかった。

不意に周囲にあるドレスや宝石、豪華な食事の数々が価値のないガラクタに思えてきた。まるで舞台の背景に描かれた絵のようだ。煌《きら》びやかなドレスも、色とりどりの宝石も、立場を失えば何の価値もない。

称賛の言葉を浴びせる貴族の紳士淑女達も、裏で何をしでかすかわからない怪物に思えた。

王子がいなくなれば、これらすべてを失ってしまうのだ。いや、私が失うのはいい。今やこれらはガラクタと変わらない。でもこの子は？

エリザベートはお腹に手を当て、そこに宿る命を確かめた。

まだ正確にはわかっていない。

王室付きの侍医も、懐妊したと正確には診断できなかった。そのため王子にもまだ言っていない。しかしエリザベートには確信があった。新たな命を授かったと。

もし王子が死んでしまえば、この子はどうなってしまうのか？　子供のことを考えると、別種の恐怖が体を突き抜けた。自分の身は自分で守れるが、この子はそうはいかないのだ。

「王子のところに向かいます。すぐに馬車を用意してください」

「ああ、そうするがいい。しかし油断するな。信用できるのは儂ら教会だけじゃ」

ファーマイン枢機卿長が、しわがれた声で念押しした。


アンリ王子は本当に無事なのか？　不安にさいなまれる中、エリザベートは馬車を飛ばし戦地へと赴いた。

戦地までは二日の距離があり、エリザベートの人生の中で、最も長い二日だった。

王国軍が展開している陣地にたどり着くと、エリザベートは馬車から飛び降り、王子がいる天幕に走った。

王子のいる天幕の近くでは、将校の首がさらされていた。だがエリザベートは蝿《はえ》がたかる生首には目もくれず、天幕に飛び込む。

中に入ると、丁度着替え中だった王子が服を着ようと、背中を向けていた。

「王子、ご無事ですか？」

エリザベートが息せき切って尋ねると、アンリ王子は驚いた顔を見せた。

「ああ、なんだ、エリザベートか。早いな。無事だという知らせは届いただろう。ほら、この通りだ」

王子は着かけていた服を脱ぎ、上半身裸となって腕を曲げ、二の腕に力こぶを作って見せる。

「怪我《けが》はありませんか？」

言葉を信じられず、自分の目で見て確かめる。さらに内臓や骨に異常があってはいけないと、癒《いや》しの技を念のためにかけておく。

「おいおい、大丈夫だと言っただろう。しかし心配をかけたな」

「死にかけたと聞きました」

アンリ王子の言葉に、エリザベートはようやく安堵《あんど》の息を漏らす。

「ああ、不安にさせたくはなかったが、それは事実だ。確かに死ぬかと思った。我ながらよく生きていたものだ」

アンリ王子も運が良かったとうなずく。

報告では、王子は敵との一騎打ちの際に弾き飛ばされ、空を飛んだとさえ聞いている。一時は死んだとさえ言われ、訃報すら流れたのだ。

「私には神の加護と、君の存在があるからな。あの程度では死なん」

アンリ王子は、自分は不死身だと笑った。

「私に不足していたのは、側にいた騎士達の勇気だ。あの臆病者ども、王子である私を置いて逃げよった。だが安心しろ、臆病者は斬った」

王子は天幕の外に目をやり、さらされている首を見る。

「これで大丈夫だ。我が軍の臆病者は一掃した」

「王子？」

裏切られ、死にかけたというのに、あっけらかんとした王子の言いようにエリザベートは愕《がく》然《ぜん》とする思いだった。

駄目だ、この人は気づいていない。

自分が殺されそうになったというのに、事の重大さを理解していなかった。裏切られたことにすら気づいておらず、更迭《こうてつ》したザリア将軍が糸を引いていることもわかっていない。

この人に任せていてはだめだ。

エリザベートは、愛する王子があまりにも頼りないことに気づいてしまった。

悪い人ではないが、自身に降りかかる危機に気づけない。もう自分一人の体ではないというのに、あまりにも無防備すぎる。

「王子、誰か信用できる人はいますか？　これはという人です」

エリザベートは王子に尋ねた。誰かほかに、王子を助け守ってくれる人が必要だった。

「なんだ、エリザベート。王宮が不安なのか？　安心しろ、我が国に不届き者はおらん。特に王宮の文官武官達は忠臣ばかりだ。貴族や諸侯達もみな王家に忠誠を誓っておる」

「王子！」

そうではないと言いたかった。

確かに王国には優秀な文官や武官が数多くいる。忠誠を誓う大貴族も多い。しかしもはや誰も信用できなかった。

口では忠誠を誓っていても、皆、腹では何を考えているかわからない。そもそも裏切ったザリア将軍でさえ忠誠を誓っていたではないか。

「あと親戚のアラタ兄やいとこのアーカイトなどもひとかどの人物だぞ。今度紹介しよう」

王子は肉親を紹介してくれると言うが、彼らこそ最も信用できない相手だった。王子がいなくなれば、一番に得をするのは彼らだ。なぜそれが理解できない。

アンリ王子の甘い考えに、エリザベートは歯噛《はが》みする思いだった。

こうなると唯一信用できそうなのは、王子の父君であらせられる国王陛下だけだ。しかし陛下は臥《ふ》せり、明日をも知れぬ命。私達を支える後ろ盾《だて》は、あまりにも危うい盾だった。

陛下が崩御《ほうぎょ》されれば、自動的に王子が国王となる。ついこの間まではそれを望んでいたが、この状況で王子が国王となって、うまく国を運営できるとは思えなかった。

「あとは君の父親代わりである、ファーマイン枢機卿《すうきけい》長も頼りになるしな」

アンリ王子が、ファーマイン枢機卿長の名前を出す。

「それは……そうなのですが」

エリザベートとしても、これはうなずかざるを得ない。確かに教会と枢機卿長は信用できる。父親代わりではあるし、何より自分と王子の存在が教会の利益にもつながるからだ。

しかし枢機卿長をよく知るだけに、エリザベートは無条件で肯定できなかった。

ファーマイン枢機卿長は、強欲と権力欲の権化《ごんげ》である。

若いころから教会内の政治闘争に明け暮れ、歯向かう者を全て失脚させてきた。

自分達が枢機卿長の利益になる間はいいが、ひとたび敵対すれば、容赦をしないだろう。

居並ぶ家臣や王族、父親代わりの枢機卿長ですら、信用できなかった。肝心の王子も頼りにはできない。

エリザベートは奈落の底に落ちていくような気持ちになった。

絶望に覆われ、希望すらない。助けを乞う相手もいない。

光もない無明の闇に投げ出され、エリザベートは震えることしかできなかった。

体からは力が失われ、全身が凍えるように寒い。煌《きら》びやかな宝石は輝きを失い、無数のドレスは体を温めてはくれなかった。愛するアンリ王子さえ、力を貸してはくれない。

エリザベートはおびえる子供のように震え、反射的にお腹に手を当てた。

違う！　私がやるんだ！

手のひらに伝わるお腹の温かみを感じた時、エリザベートの心に大いなる火がともった。

自分の身は自分で守れる。だがこの子はそうはいかない。私が守らなければいけない！

腹部に宿る小さな命の灯火。その光は絶望の暗闇の中、か細い火となりエリザベートを照らし、その温もりは、エリザベートの冷え切った手に熱と勇気を与えた。

誰も頼りにできず、信用できないのならば、自分でやるしかなかった。

何をして、どうすればいいのかもわからないが、頼りにできるのは自分しかいなかった。

「どうした？　エリザベート？」

王子がエリザベートの変化に気づくが、その意味までは理解せず、ぼんやりとしていた。

まずはアンリ王子からだ。何よりも王子の身を守らなければならない。

私が王子を守り、私がこの戦を勝利に導く。すべてはそこからだった。


私は息を弾ませ、疾走《しっそう》する。ギリエ渓谷《けいこく》の灰色の岩場を蹴り、両腕を振り速度を上げる。

前を見ると、五十人ほどの集団が先を走っていた。王国から支給された鎧《よろい》を着ているのは、今日の訓練を終え、最後の仕上げに軽く走って汗を流しているアル達だ。

私は速度を上げて、彼らを追い抜く。

「おつかれ。あともう少しだから頑張ってね。ご苦労様」

私は先を走る兵士達を追い抜きながら、ねぎらいの声をかけていく。声をかけられ、兵士達が驚く。彼らは新たにカシューに配属された新兵達だ。現在は基礎訓練の真っ最中。

「ロメリア様？」

先頭まで行くと、訓練を指導していたレイがいた。レイは走る私に驚きの顔を見せる。

「何をやっているので？」

「いえ、ちょっと体が硬くなってきたので、少しほぐそうかと」

レイの問いに、私は運動不足の解消だと答えた。

最近机仕事が増えて、体を動かす機会もなかった。それにずっと部屋にいると気分もふさぎ込んでくるので、気分転換に軽く走ってみることにしたのだ。

「では、お先に」

私は速度を上げて追い抜こうとしたが、レイをはじめ兵士達がついてきた。特に先頭を走るアルは、私に追いつき追い抜こうとする。鎧を着ていることを考えるとかなりの速さだ。

「アル、なかなか速いですね」

「ロメ隊長こそ、結構速いですね」

「では一つ勝負といきませんか？　どちらが砦《とりで》まで早く着くか？」

私は勝負を持ちかけると、アルが笑う。

「いいでしょう。オラ、お前らも参加だ。最下位の奴はもう一周追加だ！」

アルの言葉に新兵達から非難の声が上がったが、アルが怒鳴って黙らせる。新兵の訓練には、これぐらいがちょうどいいだろう。

「では、よーい、ドン！」

私の号令に、皆が一斉に走る速度を上げる。

まずは身の軽い私が先頭になったが、その横を赤い影が追い抜いていく。アルだ。

「させるかぁ」

だがアルの横を青い影が疾走《しっそう》する。レイだった。

最近頭角を現してきたレイは、体力面でもアルに匹敵し始めている。

「ぬぅ、まだまだぁ」

アルが叫び、二人は全力疾走して、私を置き去りにしていく。

私はぽかんとしながらアルとレイを見た。二人は砦《とりで》の前を通り過ぎ、さらにギリエ渓谷《けいこく》の奥へと走って行く。

「どうやら最下位はあの二人ですね、気が付くまで何周も走らせましょう」

私が言うと、一緒に走っていた新兵達が苦笑いをした。

アルとレイを放って、走って砦に向かう。

砦に着くと、大きな門があり、私の姿を見て門番が門を開いてくれた。

開いた先には、大きな砦の内部が見えた。

ギリエ渓谷に棲《す》む魔物を討伐するため、仮設で建てられた砦だったが、今やその姿を一変させていた。砦の敷地は何倍も広くなり、内部ではいくつもの建物が新設されている。

金鉱山が本格的に稼働し、新たな町の建設が始まっているからだ。今は建設業者のための仮の施設でしかないが、砦の外には町の基礎が作られ、日に日に町ができ上がっている。

私は開けられた門から砦の中に入り、足を止めて息を整える。後ろを見ると、なんとかついてきた兵士達が地面に倒れている。まだまだ体力づくりが足りない。

「お前ら、ヘタるな。しゃんとしろ。ロメリア様の前だぞ」

アルとレイがいなくなったので、ロメ隊のミーチャが代わりに新兵達を指揮する。

「あっ、ミーチャさん。お帰りなさい」

訓練を終えた新兵のところに、ミアさんがやってくる。訓練で負傷した者を癒《いや》すためだ。

「怪我《けが》人の方はいませんか？」

「ああ、ミアさん。大丈夫です、いません」

ミアさんを見るなり、ミーチャの顔が一変し、すごい笑顔になる。

「えっ、ミーチャさん。でも？」

ミアさんが訓練を終えた新兵を見る。激しい訓練のせいで、新兵達は生傷だらけだ。

「あんなの唾つけておけば治りますよ。ミアさんに治療してもらうまでもありません」

ミーチャがとんでもないことを言うが、ミアさんは引かなかった。

「だめです。怪我人の治療は私の仕事です。もし悪化でもしたら、ロメリア様に怒られます」

「さすがミアさん。なら私もお手伝いしましょう。お前達、並べ」

ミーチャが嬉々としてミアさんの手伝いを申し出る。

ミアさんは少し迷惑そうにしていたが、私は放っておいた。

私はこぼれ出る汗を布で拭きながら、新たに建てられた事務所兼、私の屋敷に戻る。部屋に帰る途中で、道を歩くヴェッツリ先生と会った。

「ロメリア、なんだその恰好は？　お前は伯爵令嬢だろ」

「伯爵令嬢でも運動ぐらいしますよ。先生もどうです？　なまっているんじゃないですか？」

汗だくの姿を見とがめられたが、貴族の令嬢が走ってはいけないということはないだろう。

「俺はいいんだよ。本より重いものを持つつもりはない」

ヴェッツリ先生はそんなことを言うが、戦場に出るならそうもいかないと思う。

先生に別れを告げて屋敷に戻ると、屋敷ではクインズ先生が机で書類仕事をしていた。

「なんです、ロメリアお嬢様。その恰好は」

私の姿を見るなり、クインズ先生にも同じことを言われてしまった。

「ちょっと運動です。先生もどうです？　書類仕事ばかりだと、運動不足になりますよ？」

ヴェッツリ先生に言ったことをクインズ先生にも言うと、先生は急に真剣な顔になって私を見る。

「お嬢様、折り入ってお尋ねしたいことがあります。どうか隠さずに、本当のことを言ってください。いいですか？　お願いしますよ？」

「な、なんです？」

先生がいつになく真剣なまなざしで問うので、私は少し怖くなった。

「お嬢様、その……最近……私は太ったと思います？」

先生があまりに真剣な顔で聞くので、私はつい吹き出してしまった。

「なんです、お嬢様！　私は真剣にお尋ねしているのに！」

クインズ先生が怒るが、私は笑いが止められなかった。

「大丈夫ですよ、クインズ先生の体形は完璧です」

私が知る中で、先生は完璧な女性だ。それに体形が崩れても先生の価値は変わらない。

「まったく、もういいです。それより、ヤルマーク商会のセリュレさんからお手紙です。資金調達の目処《めど》が立ったと」

「本当ですか？　これで本格的に動けますね」

私は素直に喜んだ。金鉱山が開発され、さらにギリエ渓谷《けいこく》の奥では港も造られはじめ、カシユーの価値が増大した。そのため兵力は増員され、守備兵の総数は四百に増えた。

さらにヤルマーク商会が出資を決定してくれたので、これで大掛かりに動ける。

「あと、ガンゼ親方が、今日こちらに来られるそうですよ」

先生が教えてくれる。ガンゼ親方からは、港の進捗状況を聞けるだろう。

「わかりました、では着替えたほうが良さそうですね」

さすがに汗臭いままで会うわけにはいかないので、私は部屋に行き、服を着替える。

汗を吸った服を清潔なものに取り換えて、執務室に戻り自分の仕事に戻る。書類仕事を片付けていると、砦《とりで》の門が開き、遠征に出ていた兵士達が帰ってきた。

彼らには新兵の訓練も兼ねて、ロメ隊のグランやラグン、オットー達に二百名を率いさせて、カシュー領内にいる魔物の討伐にあたってもらったのだ。

「ロメリア様。ただいま戻りました。今回の討伐遠征ですが」

グランとラグンの双子が執務室にやってきて、帰還と魔物討伐の報告してくれる。

「ちょっと待ってください」

報告のために来た二人を制し、私は双子を確かめる。そしてズバリ答えた。

「右がラグン、左がグラン」

「「正解」」

私が二人を指さしながら答えると、双子の声が揃った。

私は拳を固める。最近二人がどちらかを当てる遊びをしているのだ。最初はわからなかったが、最近は見分けがつくようになってきた。

「さて、それでは報告をどうぞ。魔物の討伐はどうでしたか?」

恒例の遊びが終わり、私は二人の報告を聞く。

「魔物の討伐は順調でした。新兵に少し怪我《けが》人が出ましたが、もう復帰しました」

「順調すぎてカシューのほぼ全域から、魔物を駆逐しました。残るは一か所だけです」

二人の報告に私は満足する。ちなみに最初に報告したのがグラン。あとがラグンだ。

「ご苦労様です。ゆっくり休んでください。ところで、オットーはどうしました？」

私は双子に尋ねる。二人と同じく討伐部隊に付けたオットーの姿がない。

「砦に戻る途中で、馬車と遭遇しました。この砦に向かっていたらしく同道したのですが、その中の何人かはノーテ司祭様が送ってくれた癒《いや》し手《て》だったようです。馬車が遅れ気味でして、護衛としてオットーと他にも何人か付けました。もう少しすれば到着すると思います」

ラグンが報告してくれる。そういえばノーテ司祭がこの前くれた手紙に、修行に出していた癒し手が戻ってきたので、こちらに送ってくれると書いてあった。

もう少し後だと思っていたが、急いで来てくれたようだ。ありがたいことだ。

私は二人に休むように伝えると、また砦の門が開く音が聞こえた。

オットーが戻ってきたのかと思ったが、私の部屋にやってきたのはガンゼ親方だった。見慣れない若い女性も一緒だ。

「よぉ、嬢ちゃん。相変わらず仕事が大変そうだ」

ガンゼ親方は気さくに声をかける。私としても、敬語で話されるよりこちらの方が気が楽なので咎《とが》めない。

「親方こそ、お元気そうで。港の建設は順調なようですね」

進捗状況を聞く限りでは、建設はかなり進んでいるようだ。

「ああ、上手い方法を思いついた。人手はかかるが、この方法なら工期を短縮できる」

ガンゼ親方の言葉に、私はうなずく。港が早くできるのなら、いくらでも人を増員する。

「それはありがとうございます。今日はお疲れでしょう。ゆっくり休んでください。細かい報告は後程。ところで、そちらの女性は？」

私はさっきから気になっていた、ガンゼ親方の隣にいる女性を見る。

「ああ、これは儂《わし》の娘でエリーヌと申します」

ガンゼ親方が娘さんを紹介する。

「初めましてロメリア様。いつも父がお世話になっています。娘のエリーヌと申します」

私はエリーヌさんの、丁寧な挨拶《あいさつ》に驚く。本当にガンゼ親方の娘さんだろうか？

「そうでしたか、エリーヌさん。いつ来られたので？」

「つい先ほど。馬車が思うように進まず、困っていたところをロメリア様の兵隊さん達に助けてもらいました」

エリーヌさんの言葉に、私は先ほど聞いたグラン達の報告を思い出す。ノーテ司祭から癒《いや》し手《て》が来ると聞いていたが、その馬車に同道していたのだろう。

「おかげで助かりました。オットーさんって人は面白い方ですね」

エリーヌさんは異なことを言う。オットーが面白い？　私だってオットーが話しているのは、数えるほどしか聞いたことないのに。まぁ、そのあたりのことは今度聞こう。

二人には休んでもらい、入れ替わりでオットーと、ノーテ司祭が派遣してくれた三人の癒し手と面会する。

「お初にお目にかかります、ロメリア様。ノーテ司祭の弟子でカールマンと申します。ミアがお世話になっているようで」

癒し手の代表としてカールマンが挨拶をしてくれる。ノーテ司祭の弟子でカールマンと申します。ミアさん達の兄弟子にあたる人らしい。ノーテ司祭は教え子の中でも、腕の立つ人を送ってくれたようだ。

「こちらこそ、ミアさんやノーテ司祭様にはお世話になりっぱなしです。皆さんが来てくれて、大変心強いです。今日はゆっくり休んで、旅の疲れを癒してください」

私は新たに来てくれた癒し手を歓迎する。カシューの兵力が増えたのはいいが、癒し手がミアさん一人では足りなかったところなのだ。これで何とか回せるだろう。

カールマン達には休んでもらい、私は執務室で一人思索にふける。

兵力と資金が増え、そして癒し手も来てくれた。準備は整いつつある。

戦いの日は近い。私ははやる気持ちを抑え、準備を完全にすべく仕事に戻った。

そして書類を片付けていると、気が付けば夜もすっかり更けていた。

私は軽く伸びをして、固まった体をほぐす。少し考えて、散歩に出ることにした。

外に出ると月がのぼり、星が瞬いていた。砦《とりで》にはかがり火がたかれ、兵士達が見張りに立っていたが、多くの兵士はすでに休んでおり、人の気配は少ない。

私は砦の中を散策していると、夜の砦で、気合の入った声と剣戟《けんげき》の音が聞こえてきた。

見に行くとアルとレイが訓練をしていた。二人とも汗だくで剣を振るっている。どうやらあの後ずっと走り続け、そのまま剣の訓練に入ったようだ。

アルが力のこもった鋭い一撃を放つと、レイが反撃を返す。互いの刃が体をかすめ皮膚《ひふ》が切れ、血が噴き出る。

訓練のはずだが、互いに真剣でのやり取りだった。傷を治す癒《いや》し手《て》がいるとはいえ、下手をすれば死ぬような訓練だが、その甲斐あってか二人は互いに切磋琢磨《せっさたくま》し強くなり続けている。

「今夜も精が出ますね」

私は斬りあう二人に近づき、声をかける。

「ロメ隊長。どうしてここに？　一人ですか？」

不用心だとアルが咎《とが》めるが、私は否定しておく。

「いいえ、護衛ならいますよ」

私が後ろを見ると、物陰に身をひそめるカイルがいた。最近私が外に出ると、必ず護衛の兵士が付くようになった。昼間走っていた時も、ついてきていたぐらいだ。

「二人共、精が出るのはいいですが、あまり張り切りすぎないように」

アルやレイとしては新兵の訓練では身がなまるのだろうが、無理はしてほしくない。

「そういっていられません。ロメリア様。戦いが近いのでしょう？　見ていてわかりますよ」

レイが、近いうちに戦いがある事を指摘する。

「気づいていましたか」

私は少し反省する。はやる気持ちが抑えきれず、走るという形で発散したのがばれていたようだ。しかし指揮官の心が兵士にばれるのはいただけない。自戒すべきだ。

だが確かにレイの言うとおり、戦いは近い。だがそのことに、私の中で迷いがあった。

ここから先は予想ができない。今日会った人々、これから会う人達。どれだけの犠牲が出るかわからない。

しかも私の戦いはほとんど終わりがない。私の目標は海を越えた魔大陸にある。

トマスさんやミシェルさん、小さなセーラ。二度とあのような犠牲を出さないため、奴隷とされた人達を解放することが私の願いだ。

そこまで行くのに、どれだけの戦を乗り越えなければならないのか。何人の犠牲が出るのか想像もつかない。

しかもこの一歩を踏み出せば後戻りはできず、屍《しかばね》の上を歩き、踏みしだいた屍を無駄にしないために、さらに屍を積み上げることとなる。

それほどの犠牲を出すことが、私に許されるのか。自分に問わずにはいられない。

「ロメ隊長、命じてください」

アルが私の迷いを見抜くように、真っ直ぐな目で見る。

「ロメ隊長が命じるなら、たとえ竜の口の中でも飛び込みます。だから、その時が来たら、迷わず竜の口を指し示して下さい。そのために俺はいます」

アルが自分の死を恐れず、そして自分の死を恐れるなと私に言う。

「狡《ずる》いぞ、アル。ロメリア様、私も同じです。この命は貴方《あなた》のためにあります」

レイが胸に手を当てて誓いを立ててくれる。二人ともいい兵士だ。

「あ〜っと、三人の世界に邪魔して悪いですが、私も同じ気持ちですよ？」

遠く離れた場所から、気配を消してひそんでいたカイルが自己主張する。

「ええ。貴方も忘れてはいませんよ、カイル」

アルやレイ、カイルだけではない。ロメ隊の皆や、先生方。そして多くの人達が私に命を預けてくれている。もはや立ち止まるという選択肢など、私にはないのだ。

「では、行きましょう。最後まで」

月の下、私は戦い抜くことを誓った。

ロメリア戦記

~魔王を倒した後も人類やばそうだから軍隊組織した~

A History of the Romelia

GAGAGA

ガガガブックス

ロメリア戦記
~魔王を倒した後も人類やばそうだから軍隊組織した~

有山リョウ

発行　2020年 6 月24日　初版第1刷発行
　　　2024年11月20日　第2刷発行

発行人　鳥光 裕

編集人　星野博規

編集　濱田廣幸

発行所　株式会社小学館
〒101-8001 東京都千代田区一ツ橋2-3-1
[編集] 03-3230-9343 [販売] 03-5281-3556

カバー印刷　株式会社美松堂

印刷　TOPPANクロレ株式会社

製本　株式会社若林製本工場

Printed in Japan ISBN978-4-09-461138-0